오래되고
멋진
클래식
레코드

FURUKUTE SUTEKINA KURASHIKKU REKODO TACHI
by Haruki Murakami

古くて素敵なクラシック・レコードたち

村上春樹

오래되고 멋진 클래식 레코드

Haruki Murakami

무라카미 하루키
홍은주 옮김

My Good Old Classical Records

문학동네

차례

왜 아날로그 레코드인가

레코드를 모으는 것이 취미라서 이럭저럭 육십 년 가까이 부지런히 레코드가게를 들락거리고 있다. 이쯤 되면 취미라기보다 '고질병'에 가까운지도 모른다. 나는 일단 글을 써서 먹고사는 사람이지만 이상하게 책에는 그다지 집착이 없다. 그렇지만 레코드에 대해서는, 인정하기 좀 쑥스러운데, 나름대로 집착이 있는 모양이다.

내가 지금껏 사모은 것은 주로 재즈 레코드인데, 클래식도 옛날부터 좋아해서 재즈만큼은 아니어도 제법 많은 레코드를 수집하고 있다. 중고레코드가게에 가면 우선 재즈 코너를 한 바퀴 둘러보고, 거기서 이렇다 할 것을 건지지 못하면 클래식 코너로 옮겨간다. 그리고 흥미로워 보이는 게 있으면 사버린다(빈손으로 돌아오기는 왠지 허전하니까). 대략 그런 식으로 나의 클래식 레코드 컬렉션이 이뤄졌다. 지금 집에 있는 LP 컬렉션의 내역을 살펴보면 재즈가 70퍼센트, 클래식이 20퍼센트, 록과 팝이 10퍼센트쯤이다. CD로 따지면 비율이 또 달라지지만.

그렇다면 클래식 레코드 중에서도 어떤 것을 사느냐? 연주가나 작곡자도 당연히 선택 기준이 되지만, 재킷이 멋있어서 무심결에 사올 때도 있고, 그냥 '싸다'는 이유만으로 사버릴 때도 있다. 재즈의 경우처럼 '이 사람이 연주한 음반은 전부 모아봐야지' 하는 체계적인 계획은 없다. 어쩌다보니, 닥치는 대로 사모은 것이 더 많다.

그리고 이른바 '명반'이라는 것에도 거의 관심이 없다. 세상의 평가나 기준이 때로는 (적잖이) 내게 해당하지 않음을 경험으로 알기 때문이다. 그보다는 '밑져야 본전'이라는 마음으로 흥미로운 레코드를 적당한 가격—최대한 저렴한—에 사와서 마음에 안 들면 처분하고, 마음에 들면 남겨두는 방식을 지켜왔다. 남이 내리는 평가보다 나 자신의 귀를 신뢰한다. 혹은 취향을 우선으로 한다. 좋다 나쁘다, 훌륭하다 아니다에 대한 나의 판단이 때로는 틀릴 수도 있고 부당할 수도 있지만, 그로 인해 누군가에게 피해를 주는 일은 없다. 아마 없을 것이다.

그러므로 내가 모으는 레코드의 성격은 상당히 중구난방이다. 통일성이라고는 거의 찾아볼 수 없다. 그래도 기본적인 '취향'은 있기 마련이라, 예를 들어 우리집에 푸르트벵글러의 레코드는 달랑 몇 장밖에 없다(그것도 전부 반주다). 그 사실을 최근에야 깨닫고 스스로도 제법 놀랐다. 특별히 푸르트벵글러를 피해온 것도 아닌데, 아마 지극히 자연스럽게 손이 가지 않았나보다. 경원시했다고 할까…… 그러고 보니 토스카니니도, 카라얀도, 카를 뵘도 손에 꼽을 정도다. 대신 지휘자로 말하자면 토머스 비첨이나 레오폴드 스토코프스키, 디미트리 미트로폴로스, 에이드리언 볼트, 이고르 마르케비치, 페렌츠 프리처이, (젊은 날의) 로린 마젤까지 제법 많은 레코드를 갖고 있다.

클래식 레코드 중에는 입이 딱 벌어지게 비싼 값으로 거래되는 '희귀반'도 있다는데, 그런 데도 통 흥미가 없다. 수집가로서 특별한 가치가 없더라도 내용만 좋으면 그만이다. 혹은 재킷을 포함한 '모양새'가 좋으면 그만이다. 나는 재즈 레코드에 대해서는 변변찮으나마 컬렉터인 입장에서, 오리지널반(초회 프레스반)인지 아닌지, 재킷의 손상 정도는 어떤지, 음질은 어떤지 하는 세부사항을 어느 정도 따지고 들지만, 클래식에서는 그런 건 아무려나 상관없다. 희귀반을 모으기보다 세일품 상자를 부지런히 뒤지고 다니는 편이 훨씬 즐겁다.

클래식 레코드에서 나는 재킷 디자인에 집착하는 편이다. 경험상 재킷이 매력적인 레코드는 내용도 좋은 경우가 많기 때문이다(이건 재즈도 마찬가지지만). 재킷에 이끌려 내용도 잘 모르면서 사온 오래된 레코드가 마음에 들어서 줄기차게 들을 때도 많다. 그러니 일반적인 (성실한) 클래식 팬이 보면, '아니, 어쩌자고 이런 레코드를 애지중지하며 듣고 있어요?' 하며 어처구니없어할지도 모른다.

이 책에서는 주로 그렇게 '결과적으로 모여버린' 레코드를 중심으로 소개한다. 즉 어디까지나 개인적 취미, 기호에 치우친 책이지 체계적, 실용적인 목적은 없다. '이게 이 곡의 베스트반이다!' 하는 가이드북이 되려는 의도도 전혀 없고, '나는 이렇게 희귀한 레코드를 갖고 있답니다' 하고 자랑하려는 것도 아니다(실제로 나는 그럴 만한 전문 지식을 겸비하지 못했다). 우연히 사들인 레코드 중에 개인적으로 제법 마음에 드는 것을 장에서 꺼내와 '보세요, 이런 것도 있어요' 하고 보여줄 뿐이다. 대부분 1950년부터 1960년대 중반에 걸쳐—즉 반세기 이전에 녹음된 새카만 바이닐 디스크다.

그런 책이 대체 무슨 쓸모가 있느냐고 묻는다면 '글쎄, 없을지도 모르죠'라고 솔직하게 대답하는 수밖에 없다. 그래도 클래식을 애호하는 분이라면 책장을 넘기며 재킷 사진을 바라보는 것만으로 어느 정도 친밀감을 가져주시지 않을까 추측한다(희망한다). 나는 가끔 한 시간쯤 멍하니 바닥에 앉아서 마음에 드는 레코드 재킷을 차례차례 손에 들고 바라본다. 때로는 냄새도 맡아본다. 그것만으로도 제법 평온함이 느껴지니까.

물론 신보는 아날로그로 발매되는 일이 거의 없으니 CD를 사서 듣는다. 그러나 유감스럽게도 CD의 플라스틱 케이스를 손에 들고 지그시 바라보아도 별달리 행복한 기분이 들진 않는다(하물며 인터넷 쪽은 말할 필요도 없을 테다). 그에 비해 오래된 LP판에는 LP판만의 아우라 같은 것이 깃들어 있다. 그 아우라가, 마치 소박한 온천에 몸을 담근 것처럼 내 마음을 안에서부터 서서히 덥혀준다.

LP판의 어떤 점이 그렇게 좋냐는 질문을 가끔 받는다. 내 생각에 LP판의 장점은 첫째, 손질을 해주면 그만큼 소리가 좋아진다는 점이다. 몇 번이고 반복해서 깨끗하게 닦아주면 소리가 확실히 눈에 보이게(아니, 귀에 들리게) 향상된다. 나는 그것을 '레코드의 보은'이라고 부른다. CD에서는 절대 일어나지 않을 일이다. 그렇기에 틈만 나면 부지런히 레코드를 닦는다. 오래된 먼지투성이 레코드를 싼값에 데려와 최대한 반짝반짝하게 만들어주는 것은 내게 무엇보다 큰 기쁨이다.

둘째로, 오디오 장비를 정비할수록 음질이 향상된다는 것도 메리트다. 카트리지를 교환하거나, 톤암을 미세하게 조정하거나, 인슐레이터*의 소재 및 종류를 따져보거나, 기계 배치를 바꿔보거나 하면서 내 손으로 직접 소리를 통제할 수 있다. CD플레이어는 기본적으로 '사온 상태 그대로'인 블랙박스이기에, 사람의 손이 관여할 여지가 거의 없다(고 생각한다). 레코드플레이어를 정비하려면 나름대로 수고와 돈이 들지만, 어디까지나 취미의 세계이니 그 정도는 어쩔 수 없다. 약간의 고생은 각오하는 수밖에.

한마디로 말해 'LP판은 애정을 가지고 대하면 그만한 반응을 보여준다'는 것이다. 그렇듯 인간적인 관계를 맺을 수 있다는 점이 내게는 더할 나위 없다.

재킷 크기가 CD보다 훨씬 크다는 점도 마음에 든다. 손에 들고 바라보기에 딱 좋은 크기다. 마음에 드는 레코드 재킷을 바라보는

---

* 오디오기기와 설치면 사이에 끼워 진동을 억제하는 액세서리.

것만으로 그 안에 있는 음악의 세계에, 또다른 문을 통해 들어갈 수 있다. 어쩌면 나는 물건의 형태에 너무 집착하는지도 모른다. 그래도 이렇게 돼버렸으니 별수없다고 받아들이기로 했다. 어차피 인생이란 거의 의미 없는 편향의 집적에 지나지 않으니까.

LP판의 단점은 무겁다는 것(특히 초기 것들이 그렇다), 그리고 자리를 많이 차지한다는 것이다. 우리집에는 만 오천 장 정도(아마 그쯤 되지 싶다. 일일이 세어보지는 않았지만)의 레코드가 있는데, 이것들이 잡아먹는 공간 때문에 아내의 원성을 수시로 듣는다. 샀다가 팔고, 샀다가 팔고를 되풀이하는데도 어찌된 셈인지 전체적인 수는 시시각각, 착실하게 늘어나고 있다. 가치 있는 레코드가 세일품 상자에서 헐값에 팔리고 있는 모습을 보면 차마 지나치지 못하고 '거북을 구해주는 우라시마 다로'*가 된 심정으로 집어들어버린다. 이런 건 분명 취미라기보다 '고질병'이라 불러야 하는지도 모른다.

이 책에서는 기본적으로 아날로그 레코드만 다루었지만, 종종 예외로 CD 연주도 레퍼런스 삼아 언급했다. 평소에는 아날로그와 CD를 거의 반반의 비율로 듣는 편이지만.

왜 브루크너가 없지? 왜 바그너가 빠졌어? 등등 이런저런 의문, 불만이 있으시리라 짐작하지만, 이 책은 어디까지나 우리집에

* 바닷가에서 아이에게 괴롭힘을 당하는 거북을 구해주고 보답으로 용궁에서 극진한 대접을 받고 돌아오니 삼백 년이 지나 있었다는 설화의 주인공.

'소장중인 LP판'을 주체로 구성했고, 여러모로 편향된 면이 있다. 브루크너와 바그너는 어쩌다보니 우리집에 흥미롭고 오래된, 적당한 LP판이 보이지 않아서 그리된 것이다. 절대 브루크너나 바그너를 경시하는 게 아닙니다.

다루고 싶은 레코드는 아직 많이 남았지만, 욕심을 부리자면 끝이 없으니 이쯤에서 마무리합니다.

◎ 악기 등 약어

Pf → 피아노

Vn → 바이올린

Va → 비올라

Vc → 첼로

Cl → 클라리넷

Cem → 쳄발로

Hn → 호른

Fl → 플루트

SQ, Q → 현악사중주단

S → 소프라노

Ms → 메조소프라노

A → 알토

T → 테너

Br → 바리톤

B → 베이스

◎ 음반사 약어

West. → 웨스트민스터

Col. → (미국) 컬럼비아

Gram. → 그라모폰

Phil. → 필립스

HMV → 히즈마스터스보이스

Dec. → (영국) 데카

Vic. → RCA 빅터

Tele. → 텔레풍켄

Van. → 뱅가드

Stravinsky: Petrushka

1

스트라빈스키 〈페트루슈카〉

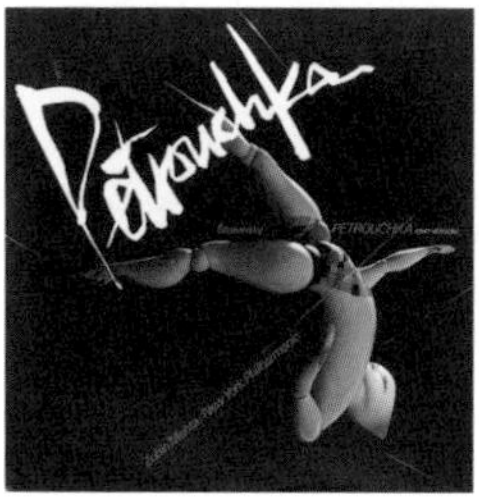

에르네스트 앙세르메 지휘 스위스 로망드 관현악단 London LL130 mono (1949년)

에르네스트 앙세르메 지휘 스위스 로망드 관현악단 London CS6009 stereo (1958년)

클라우디오 아바도 지휘 런던 교향악단 Gram. 2532 010 (1980년)

주빈 메타 지휘 뉴욕 필 일본CBS SONY 25AC1162 (1979년)

에리히 라인스도르프 지휘 뉴필하모니아 관현악단 LONDON SPC-21058 (1973년)

앙세르메와 스위스 로망드 관현악단은 이 곡을 모노럴과 스테레오로 두 번, 영국 데카에서 녹음했다. 이 시기(모노럴과 스테레오의 과도기)에는 카탈로그를 채우기 위해 이런 식으로 새로 녹음하는 일이 종종 있었다. 어느 쪽이나 재킷이 예스럽고 우열을 가리기 힘들게 마음을 끈다(둘 다 미국 사양 런던반). 거의 재킷만 보고 집어온 레코드다.

앙세르메의 신구 녹음 시기에는 십 년 정도의 차이가 있지만, 연주의 선은 거의 똑같다. 굳이 비교하자면 스테레오반이 녹음이든 연주든 좀더 선명하고 날카롭다. 모노는 한결 젠틀하고 온화한 인상이다. 연주의 흐름은 둘 다 자연스럽고 조급한 구석이 없으며 적당한 유머가 감돌아 몇 번이고 편하게 귀를 기울일 수 있다. 앙세르메의 인덕 같은 것이 느껴지는 연주다. 앙세르메는 피에르 몽퇴의 뒤를 이어 디아길레프 발레단 지휘자로 발탁되어서 스트라빈스키의 수많은 곡을 초연했다. 스트라빈스키와 절친한 사이이기도 했기에 그 음악이 무리 없이 몸에 잘 배어든 듯하다. 나중에는 음악적 해석을 놓고 사이가 틀어져 서로 말도 안 하게 됐다지만.

이후에 나온 연주자들의 녹음은(이를테면 아바도나 메타) 음반사의 방침인지 몰라도, 음향 효과를 여봐란듯이 강조하는 경향이 짙어졌다는 게 내 느낌이다. 아바도는 날카롭고 지적이며, 메타는 힘있고 농밀하다. 어느 쪽이든 높은 점수를 받을 만한 뛰어난 연주라고 생각하지만, '자, 어떠신지' 하듯이 야심적으로 빚어낸 소리가 귀에 남기에(개인적인 견해), 몇 번씩 반복해서 레코드를 턴테이블에 올리고 싶을지는 잘 모르겠다.

보스턴 교향악단 음악감독 자리를 후임 윌리엄 스타인버그에게 내주고 자유의 몸이 된 라인스도르프가 영국으로 건너가 뉴필하모니아를 지휘한 음반. 영국 데카의 '페이즈 4' 녹음이 뛰어나다. 소리가 깊이 있고 선명하지만 영악할 정도로 나서지는 않는다. 소리를 감상하는 것만으로도 이 레코드를 소장할 가치가 있지 않을까 싶을 정도다. 또한 라인스도르프의 연주도—뜻밖이라고 하면 실례겠지만—상당히 만족스럽다. 숙달된 지휘자답게, 과장되게 굴거나 야심이 앞서는 부분 없이 들려줘야 할 곳을 확실히 들려준다. 말 그대로 상급 프로페셔널의 세계다. 이 LP는 별 기대 없이 다른 걸 사는 김에 같이 산 건데 결과는 '당첨'이었다. 가끔 그런 때가 있다. 다만 레코드 재킷만은 좀 어떻게 해주면 좋겠다. 꼭 B급 공포영화 사운드트랙 같다. 이런 걸 재킷만 보고 사가는 사람은 웬만해선 없지 않을까.

Schumann: Symphony No.2 in C Major, Op.61

2

슈만 교향곡 2번 C장조 작품번호 61

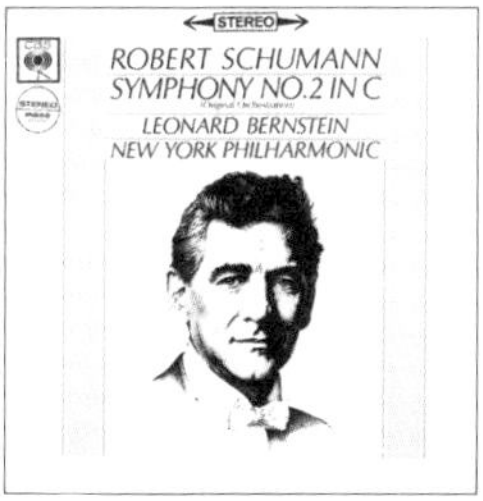

조지 셸 지휘 클리블랜드 관현악단 Col. ML4817 (1952년)

조지 셸 지휘 클리블랜드 관현악단 Epic LC-3832 (1960년)

프란츠 콘비츠니 지휘 게반트하우스 관현악단 Eterna 8 20 289 (1960년)

레너드 번스타인 지휘 뉴욕 필 독일CBS SBRG 72122 (1960년)

폴 파레 지휘 디트로이트 교향악단 Mercury SR90102 (1955년)

슈만이 남긴 네 곡의 교향곡 중 가장 덜 부각된다 싶은 것이 이 2번이다. 그래도 잘 들어보면 여기저기 슈만답게 '좀 별난 전개'가 숨어 있어서 개성적인 매력이 넘치는 곡을 만들어낸다. 특히 2악장이 재미있다.

조지 셀은 이 곡을 두 번, 모노럴 시대와 스테레오 시대에 녹음했다. 모노럴 쪽은 지극히 셀다운, 잘 벼려진 타협 없는 연주다. 클리블랜드 관현악단도 그의 요구에 부응해 빈틈없이 연마된 소리를 낸다. 이 시기 미국 오케스트라는 전화戰禍를 피해 유럽에서 이주해 온 실력 있는 연주가들(주로 유대계)이 대거 유입되어 매우 수준이 높다.

스테레오 시대에 들어선 이후 셀의 연주는(사실 우리집에 있는 건 모노럴이지만), 모노럴 시대보다 표면이 좀더 매끄러워지고 입에 닿는 맛이 그럭저럭 좋아졌다지만, 한 꺼풀 벗겨보면 내용물은 그다지 바뀌지 않았다. 기본적으로 이 지휘자의 스타일은 '전투적'이라고 표현해도 될 만큼 공격적이다. 이 곡에서 의식 아래 머금은, 정신적 긴박감 같은 것을 끌어내려 했는지도 모른다.

이 교향곡 2번의 초연은 라이프치히 게반트하우스 연주회에서 이뤄졌다. 콘비츠니의 연주가 말 그대로 '원조'인 셈이다. 꼭 그래서만은 아니겠지만, 오케스트라의 소리가 셀보다 자연스러운 느낌이다. 어느 정도는 녹음에 따라 달라졌겠지만 차이가 상당히 현저하다. 콘비츠니는 말하자면 '슈만의 정석'다운 소리를 내는 데 집중한다. 그리고 짐작건대 그 시도에 성공해서, 골격이 바르고 귀에 잘 다가오며 '역시' 하고 고개가 끄덕여지는 결과물을 만들어냈다.

명인 번스타인의 연주는 실로 정확하고 거침이 없다. 스마트하고 지적이다. 다만 콘비츠니와 비교하면 너무 운동선수처럼 내달리는 느낌도 없지 않아서, '좀더 숨을 고르는 부분이 있으면 좋지 않았을까'라는 생각이 들고 만다. 이 연주를 듣고 있으면 예전에 여행했던 음악 도시 라이프치히의, 색 바랜 건물들이 드리운 들쑥날쑥한 그림자가 그리워진다.

파레와 디트로이트 교향악단은 팽팽하게 당겨진 근육질의 연주인데, 그렇다고 즉물적이지는 않다. 소리는 확실히 미국적이지만 셸이나 번스타인처럼 주장이 강한 연주에 비해 건전한 중용을 내용적으로 착실하게 유지하는데다 콘비츠니만큼 고지식하지도 않기에 마음놓고 들을 만한 충실한 연주라고 생각한다. 크게 유명하지 않은 지휘자와 오케스트라의 조합이라 잘 거론되지 않는 모양인데, 나는 이 연주가 꽤 마음에 든다.

Mozart: Piano Concerto No.25 in C Major, K.503

5

모차르트 피아노협주곡 25번 C장조 K.503

카를 제만(Pf) 프리츠 레만 지휘 뮌헨 필 Gram. 16014 (1952년)

다니엘 바렌보임(Pf) 오토 클렘페러 지휘 뉴필하모니아 관현악단 Angel S36536 (1968년)

프리드리히 굴다(Pf) 클라우디오 아바도 지휘 빈 필 일본Gram. 30MG0165/6 (1975년)

머레이 페라이어(Pf와 지휘) 영국 실내관현악단 Col. 37267 (1982년)

이 레코드를 듣기 전까지는 카를 제만이라는 피아니스트의 이름만 얼핏 들어봤을 뿐 실제 연주를 접한 적은 없었다. 이 오래된 10인치 레코드는 독일의 중고레코드가게에서 발견하고 집어온 것인데, 들어보고는 여기 담긴 훌륭한 음악적 자세에 큰 감동을 받았다. 그래, 이런 모차르트를 듣고 싶었어, 싶은 소리가 정말이지 낭랑하게 울린다. 피아노도 훌륭하고 오케스트라도 좋다. 더할 나위 없다. 모차르트의 C장조 소리가 구석구석 가득차 있다. 이런 음악을 우연히 만나면 더없이 행복하다.

제만의 이 레코드를 만나기 전에는 젊은 날의 다니엘 바렌보임(당시 스물여섯 살)이 오토 클렘페러가 지휘하는 뉴필하모니아 관현악단과 협연한 25번을 즐겨 들었다. 나는 절대 피아니스트 바렌보임의 팬이라고 할 수는 없지만, 노련한 클렘페러와 손잡고 에인절 레코드에서 베토벤과 모차르트 협주곡을 녹음하던 시절의 그에게서는 말로 표현하기 힘든, 기품 있는 신선함이 감돈다. 이 모차르트 25번도 더없이 훌륭하다. 그가 지닌 신선함이 클렘페러의 다소 끈적하고 중후한 소리와 융화되어 '딱 좋은' 모차르트의 소리를 자아낸다. 카덴차도 훌륭하다. 원숙기 이후의 바렌보임은 기술적으로 확실히 발전했지만, 이 시절의 청신한 에센스는 잃어버린 것 같다고 나는 느낀다. 그에 대한 평가는 사람마다 취향에 따라 갈릴 테지만.

그런 흐름으로 새삼스레 굴다의 연주를 들어보면 '아, 역시 빈 사람이구나' 하는 생각이 든다(무릎을 친다). 굴다 하면 아무래도

'좀 별난 사람'이라는 인상이 있는데, 이 레코드에 귀기울이고 있으면 마치 오사카의 우동집에서 스우동*을 먹는 것처럼 신기하게 안심이 된다. 특별히 무슨 꿍꿍이가 있는 것도 아니고, 쓸데없는 재료를 넣는 것도 아니고, 있는 그대로의 모차르트를 대수롭지 않게, 조금은 멋을 부리며 연주한다. 게다가 오케스트라는 빈 필이다. '위대한 명연'까지는 아닐지라도 나무랄 데가 없다.

페라이어는 내가 좋아하는 현역 피아니스트 중 한 사람으로, 그가 연주하는 모차르트나 슈베르트는 평소에도 즐겨 듣는다. '귀재'나 '천재'라고 할 수 없을지는 몰라도 어디까지나 풍부한 중용을 지향하는 연주가이기에 '실패작'이 없고, 모차르트와 슈베르트의 음악에 실로 아름답게 녹아든다. 직접 피아노 연주와 지휘를 맡은 이 25번도 필요충분한 테크닉을 온화하게 구사하며 친밀한 자애로 가득한 음악세계를 구현한다. 세련된 멋은 없지만, 은은한 따사로움이 느껴진다. 세상에 온통 '귀재'나 '천재'뿐이라면 좀 피곤하겠지요.

---

* 면에 국물만 부은 우동.

Rakhmaninov: Rhapsody on a Theme of Paganini, Op.43

4

라흐마니노프 〈파가니니 주제에 의한 광시곡〉 작품번호 43

마르그리트 베버(Pf) 페렌츠 프리처이 지휘 베를린 방송교향악단 Gram. (1960년)

세르게이 라흐마니노프(Pf) 레오폴드 스토코프스키 지휘 필라델피아 관현악단 Vic. LCT-1118 (1934년)

얼 와일드(Pf) 야샤 호렌슈타인 지휘 로열 필 RDA 29-A (1965년) BOX

레너드 페나리오(Pf) 피들러 지휘 보스턴 팝스 Vic. LSC-2678 (1963년)

내가 이 〈파가니니 주제에 의한 광시곡〉을 처음 들은 것은 피아노 마르그리트 베버, 지휘 페렌츠 프리처이로 이루어진 베를린 방송교향악단 LP였다. 매우 단호한, 개인적인 감정 같은 것을 배제한 이지적인 호연으로, 고등학교 시절 즐겨 들었다. 아쉽게도 당시의 LP는 지금 가지고 있지 않기에 여기 내놓은 것은 독일 그라모폰에서 재발매한 음반이다(은색으로 번쩍거리는 재킷은 썩 마음에 들지 않지만). 그러나 수록된 연주는 지금 들어도 전혀 색 바랜 느낌이 없다. 굵직하고 다부진 오케스트라 소리와 힘차고 명확한 피아니스트의 손놀림. 나무랄 데 없다. 녹음은 아무래도 조금 오래된 느낌이지만.

그다음 구해서 들은 것이 작곡자가 직접 연주한 앨범. 이 재킷은 그야말로 러시아 느낌, 혹은 1950년대 느낌이 물씬 풍기는 예스러운 아트워크다. 그나저나 북쪽 나라 잿빛 하늘에 라흐마니노프의 뚱한 얼굴이 실제로 둥실 떠올라 있으면 좀 무서울 것 같은데.

녹음 시기는 1934년, 초연 직후인 듯하다. 초연 오케스트라도 이 레코드와 마찬가지로 스토코프스키가 지휘하는 필라델피아 관현악단이었다. 물론 SP녹음이라 소리와 연주에서 고풍스러운 느낌을 지울 수 없지만, 어찌됐든 위대한 피아니스트이기도 한 작곡자가 직접 남긴 연주인 만큼 연주 자체는 나무랄 데 없이 대담하다. 일말의 흔들림 없이 묵중한 세계다. 과연 존재감이 크다.

보다 새로운 음반(이라 해도 1965년 녹음이지만)으로는, 미국 피아니스트 얼 와일드가 야샤 호렌슈타인(로열 필)과 협연한 라흐마니노프 피아노협주곡 작품집(LP 4장 박스세트)에 수록된 것을 비교적 자주 듣는다. 리더스 다이제스트 정기구독 증정용으로 RCA사가 의뢰받아 영국에서 제작한 것인데, 시판되지는 않았지만 연주와 녹음이 몹시 훌륭해서 들을 만한 가치가 충분하다. 아는 사람은 아는 숨은 명반이다. 나는 미국의 중고레코드가게에서 발견했는데, 글쎄 다 해서 1달러에 팔고 있지 뭔가! 통신판매 박스세트는 중고레코드가게를 뒤지고 다니는 사람들에게 제법 즐거운 '빈틈'이랍니다.

페나리오는 훌륭한 연주를 여럿 남겼지만, 이 곡은 다소 기술에 매몰되어 침착함을 잃은 느낌이다. 보스턴 팝스도 여기서는 좀 과하다. 라이브로 들었더라면 제법 신났겠지만.

Chopin: Ballade No.3 in A-Flat Major, Op.47

5

쇼팽 발라드 3번 A♭장조 작품번호 47

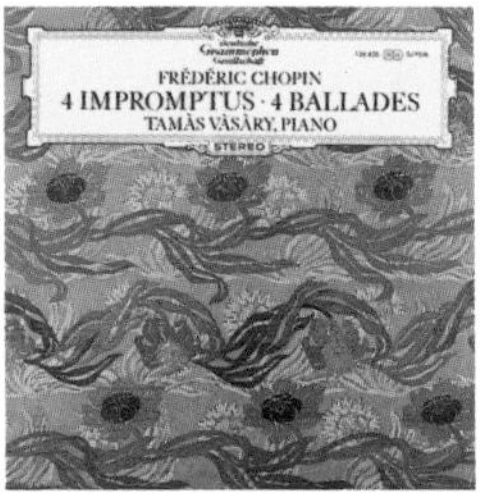

스뱌토슬라프 리흐테르(Pf) Gram. LPM-18766 (1963년)

아르투르 루빈스타인(Pf) 일본Vic. SRA7721 (1959년) BOX

프리드리히 굴다(Pf) London LD 9177 (1955년) 10인치

비톨트 말쿠진스키(Pf) Angel S-36146 (1963년)

블라도 페를뮈테르(Pf) 일본Vic. VIC-28040 (1974년)

타마스 바사리(Pf) Gram. 136 455 (1965년)

고등학생 시절, 리흐테르의 레코드로 이 곡을 처음 들었다. 그래서 쇼팽의 수많은 곡 중에서도 특히 이 발라드 3번을 좋아하게 되었다. 그렇게 운명 같은 만남이 있는 법이다. 그런데 리흐테르의 연주를 루빈스타인의 연주와 비교해 들으면 곡의 인상이 완전히 달라진다. 녹음 연도는 불과 사 년 정도 차이인데, 한 시대를 건너뛴 기분이 들 정도다. 폴란드 태생인 루빈스타인의 경우는 '쇼팽은 이런 것이다' 하는 연주 이념이 리듬에서 소노리티(소리의 울림)에 이르기까지 DNA처럼 몸속에 내장되어 있을 것이다. 한편 러시아인인 리흐테르에게 쇼팽은 어디까지나 외래의 음악이다. 악보를 객관적으로 읽고 자신의 음악을 만들어나가는 자유가 허용된다. 그런 차이가 특히 쇼팽의 곡에서는 중요한 요소로 작용하는 듯하다. 리흐테르는 1960년 카네기홀에서도 3번을 연주했는데, 이 레코드의 연주(스튜디오 녹음)와는 분위기가 많이 다르다. 리듬을 타는 방식도 미묘하게 다르다. 둘 다 훌륭하지만, 카네기홀 라이브 녹음을 듣고 있으면 절로 '휴우' 하고 한숨을 내쉬고 싶어진다. 연주 후에 터져나오는 관객의 '포효'도 과연 합당하도다.

프리드리히 굴다는 원래 모차르트와 베토벤 등 독일-오스트리아 고전음악에 출중한 사람이지만, 다른 것을 칠 때도 저마다 재미있고 개성적인 맛을 낸다. 이 쇼팽도 루빈스타인에 비하면 '쇼팽 맛'이 엷고, 예를 들자면 슈만 같은 사람의 세계에 한 발을 담그고 있는 느낌도 든다. 훌륭한 연주이긴 하지만 어딘가 '빌려온 물건' 같은 인상을 지울 수 없다.

말쿠진스키도 폴란드 태생. 파데레프스키를 사사한 순수 '쇼팽주의자'인데, 루빈스타인보다 스물일곱 살이나 젊은 만큼 '쇼팽 감각'이 좀더 현대적이다. 왼손도 '이거지' 하는 야단스러운 움직임을 삼가고, 그 결과 한결 지적이고 단아한 음악이 빚어졌다. 그러나 쇼팽의 소리는 확연하게 울려퍼진다. 리흐테르처럼 예측하기 힘든 스릴은 없지만, 그런 건 애초부터 지향하지 않았을 것이다.

나는 페를뮈테르가 연주하는 라벨을 애호하는데, 쇼팽도 그에 못지않게 훌륭하다. 일단 소리에 깊이가 있고 또한 내성적이다. 어느 누구의 쇼팽 연주와도 한결 다른 맛을 낸다. 특히 이 〈발라드집〉은 감칠맛이 있다. 음악가들이 연륜을 쌓아가는 방식에는 여러 가지가 있겠지만, 페를뮈테르의 그것은 어떤 이상理想인지도 모른다.

헝가리인 피아니스트 바사리의 연주는 단정하기는 하나 지금 와서는 크게 주목할 점이 없는 듯 느껴진다. 호로비츠의 피아노는 박력 만점에 스릴 있지만 내 귀에는 다소 고리타분하게 들린다. 콘서트에서 들었다면 '브라보!'를 외쳤을 테지만.

Fauré: Requiem, Op.48

6

포레 레퀴엠 작품번호 48

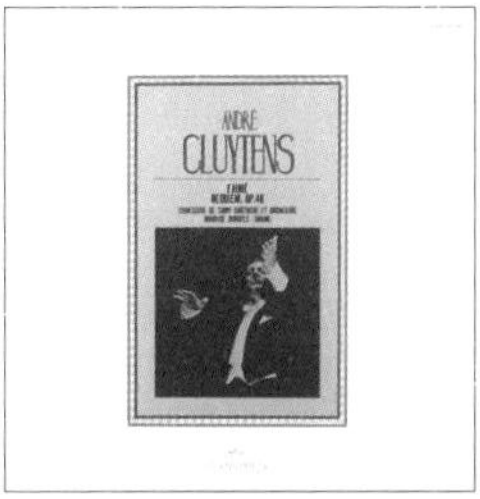

앙드레 클뤼탕스 지휘 파리 음악원 관현악단 Angel S35974 (1962년)

앙드레 클뤼탕스 지휘 생 외스타슈 관현악단 일본Seraphim EAB-5014 (1950년)

나디아 불랑제 지휘 오케스트라와 합창단 EMI 051-16359 (1948년)

데이비드 윌콕스 지휘 뉴필하모니아 관현악단 Seraphim S-60096 (1967년)

에밀 마르탱 지휘 생 외스타슈 관현악단 Disques Charlin (1965년)

에르네스트 앙세르메 지휘 스위스 로망드 관현악단 London 5321 (1955년)

고등학생 시절, 클뤼탕스가 지휘한 1962년 음반으로 포레의 레퀴엠을 처음 듣고, 피셔 디스카우와 로스 앙헬레스의 비할 데 없이 훌륭한 가창에 감동받았다. 몇 번을 내리 들었는지 모른다. 이 레코드는 많은 이들의 사랑을 받으며 베스트셀러가 되었다. 내가 새삼스레 진부한 찬사를 나열할 필요도 없다. 그야말로 역사에 남을 명연이다.

그보다 십이 년 전 녹음된 클뤼탕스의 음반을 들은 것은 한참 나중인데, '상당히 고풍스러운걸'이라는 것이 첫인상이었다. 그러나 계속 듣다보니 차츰 그 소박함이 마음에 와닿았다. 1962년 음반처럼 압도적인 감동을 불러오지는 않을지언정, 작은 세계에서만 존재할 수 있는 친밀하고 소중한 무언가가 있다. 독창자들도 초 유명 스타 가수라고는 할 수 없지만, 그 목소리에 불완전한 인간들의 간절한 바람이 실려 있는 듯 들린다.

프랑스의 고명한 작곡가이자 지휘자 나디아 불랑제는 포레의 직제자답게 진심이 담긴 연주를 스승에게 바친다. SP를 복각한 음반인데도 소리가 놀랍도록 깨끗하다. 클뤼탕스의 연주에 익숙한 귀에는 음악의 흐름, 선율, 각 파트의 밸런스 등이 적잖이 '여느 때와는 다르게' 들리지만, 그만큼 오히려 신선한 느낌이 있다. 마치 커다란 조각품 하나를 다른 각도에서 바라보는 것처럼. 불랑제의 개성이 구석구석 배어나오는 빼어난 연주다.

데이비드 윌콕스가 지휘한 영국 킹스 칼리지 합창단의 음반은 말 그대로 코러스가 주인공이다. 소년 열여섯 명, 성인 남성 마흔 명으로 구성된 합창단이다. 독창자 두 사람도 남성으로, 소프라노 파트는 오랜 전통대로 보이소프라노(트레블, 소년)가 담당하는데, 이 가창이 신기할 만큼 마음을 파고든다. 트리니티성당에서 이뤄진 녹음도 명료하고, 클뤼탕스(1962년 음반)와는 또다르게 청신한 매력을 지닌 음반이다.

생 외스타슈 성당은 전속 합창단이 유명한 파리의 성당으로, 마르탱이 지휘를 맡고 있었다. 거기에 임시로 편성한 소규모 오케스트라를 보태어 녹음했다. 말하자면 핸드메이드처럼 만들어진 음반이다. 독창자들도 소박하다. 그러나 산책길에 '동네 성당을 들여다봤더니 마침 멋진 음악을 연주하고 있더라'는 듯한 친밀한 공기가 감돈다. 이목을 끄는 화려함은 없지만 차분하고 따뜻한 공감을 안겨주는 연주다.

앙세르메 음반은 그와 대조적으로 수잔 당코와 제라르 수제라는 호화로운 독창자 라인을 갖추고 있다. 메이저 음반사(영국 데카)가 작정하고 준비한 면면이랄까. 독창자의 실력은 과연 대단하지만 어째 음악과 어우러지지 못하는 부분이 있다. 인선의 문제인지, 도무지 심금을 울리지 못한다.

Khachaturian: Violin Concerto in D Minor

7

하차투랸 바이올린협주곡 D단조

다비트 오이스트라흐(Vn) 아람 하차투랸 지휘 모스크바 방송교향악단 Angel 40002 (1965년)

드비 에를리(Vn) 세르주 보도 지휘 센토 솔리 관현악단 Musidisc RC723 (1972년)

루지에로 리치(Vn) 아나톨 피스툴라리 지휘 런던 필 Turnabout 34519 (1971년)

레이먼드 챈들러의 소설 『기나긴 이별』에, 사립탐정 필립 말로가 새벽 세시 집에서 이 바이올린협주곡을 듣는 장면이 나온다. "하차투랸은 이걸 바이올린협주곡이라고 부르는 모양이지만, 내 귀에는 트랙터 공장의 늘어진 팬벨트 소리 같기만 했다"라는 것이 그의 감상(의 요약)이다. 잠을 제대로 자지 못해 짜증이 난 상태였는지도 모르지만, 아무튼 말로 씨는 이 곡에 대해 썩 좋은 인상을 품지 못한 것 같다.

다비트 오이스트라흐는 하차투랸에게서 이 곡을 헌정받고(작곡에도 기술적인 면에서 힘을 보탰다) 1940년 초연을 올렸다. 나아가 이 레코드에서는 작곡자가 직접 반주 오케스트라를 지휘하고 있으니 그야말로 궁극의 조합인 셈이다. 뚜껑을 열어봐도 매우 뛰어난 연주다. 불협화음 같은 소리가 삽입된 상승과 하강의 패시지가 곳곳에 등장하기에 그것이 말로 씨 귀에는 '늘어진 팬벨트'처럼 들렸는지도 모른다. 그러나 친근한 민요 같은 멜로디도 많이 쓰여서, 이해하기 힘든 '현대음악'은 결코 아니다. 오이스트라흐의 서정적인 바이올린 연주는 강약이 확실하고 곡의 구조를 깔끔하고 명쾌하게 구축하므로 듣는 입장에서 물리지 않는다.

에를리는 프랑스의 바이올리니스트이고 반주도 프랑스 오케스트라인데, 오이스트라흐에 비하면 의외로 훨씬 토착적인 소리를 낸다. 특히 2악장에서는 집시 바이올린을 연상시키는 적당히 거친 음색으로 애절한 멜로디를 연주한다. 오이스트라흐가 흠잡을 데 없는 우등생의 연주라면 이쪽은 살짝 불량기가 있다. 하차투랸 특유의 허점투성이인 측면을 잘 포착해 흥미로운 음악을 만들어냈다.

루지에로 리치의 바이올린은 언제 들어도 표정이 풍부하다. 매혹적이고 우아한 호연이다. 오이스트라흐도 미음美音을 내는 연주가지만, 기본적으로 '정조正調'를 벗어나지 않는다. 대가로서의 스케일 같은 것도 필요하고, 사회주의리얼리즘의 속박도 없지 않았을 것이다. 그에 비해 리치는 한결 자유롭게, 원하는 만큼 마음껏 미음을 만끽한다. 매우 이해하기 쉽고 거리감이 없는 연주다.

말로 씨가 이 곡을 들은 것은 짐작건대 1950년대 중반 라디오 방송에서일 텐데, 과연 누구의 바이올린 연주였을까? '트랙터 공장의 늘어진 팬벨트 소리'라…… 그렇게까지 형편없는 음악은 아니라고 생각하는데.

Mozart: Symphony No.41 in C Major "Jupiter", K.551

8

모차르트 교향곡 41번 〈주피터〉 C장조 K.551

브루노 발터 지휘 빈 필 Angel GR-19 (1938년)

토머스 비첨 지휘 로열 필 HMV ALP-1536 (1957년)

페터 마크 지휘 일본 필 일본Col. MS7006 (1963년)

카를 뵘 지휘 빈 필 일본Gram. 92MG 0651 (1975년) BOX

처음 이 곡을 들은 것이 SP시대에 녹음된 발터/빈 필 버전이었기에, 내게는 그 연주가 정점관측을 위한 기준=잣대처럼 작용하고 있다. 즉 뭘 들어도 '발터의 그 연주에 비하면……'이라는 생각을 지우지 못하는 것이다. 그런 기준을 두면 음악을 판단하기 쉬워지는 한편, 감상 방식에 얼마간 편향된 면이 생기는지도 모른다. 그만큼 발터의 연주가 인상적이었다는 말이겠지만.

그래도 그런(좋건 나쁘건) 브루노 발터의 잣대를 대봐도, 토머스 비첨과 페터 마크가 지휘한 〈주피터〉는 충분히 만족할 만했다. 비첨의 연주는 조금 오래된 느낌은 있어도 결코 고리타분하지는 않다. 잘 다듬어진 고전 라쿠고*처럼 독특한 풍취를 지닌 연주다. 재킷 사진 속 지휘자의 온화한 얼굴에서는 '쓴맛 단맛 다 본' 풍류객 같은 여유가 엿보인다. 좋은 시대의 좋은 음악이라고 할까, 아바도나 래틀은 할 수 없는 연주일 것이다(뭐, 하고 싶어하지도 않겠지만).

페터 마크는 1919년 태어난 스위스인 지휘자로, 1963년 일본에 와서 일본 필을 지휘하며 모차르트 교향곡을 몇 곡 녹음했다. 우리집에 있는 것은 1970년 저가로 재발매한 음반인데, 어느 헌책방 한구석에서 무려 백 엔에 팔리고 있었다. 정말이지 거짓말 같은 가격이다. 내용물은? 훌륭했답니다. 젊은 날의 마크가 혼신의 힘을 다해 일본 필을 지휘하고, 오케스트라도 그에 착실히 부응한다. 이 시

---

* 落語, 에도시대부터 계승되어오는 일본의 전통적인 화술 기반의 예술.

기 일본 오케스트라가 이렇게 수준이 높았구나 새삼 감탄하게 된다. 녹음도 훌륭하다. 이런 횡재를 만나니 중고가게 순례(와 세일품 상자 뒤지기)를 멈출 수 없다. 참고로 마크 씨는 스위스의 대학에서 철학과 신학을 전공했는데, 나중에 선禪에 경도되어 1962년부터 이듬해에 걸쳐 홍콩에서 선승 수행을 했다고 한다. 아마 일본에도 그때 들렀던 모양이다. 꽤 이색적인 지휘자라고 할까.

일본에 와서 녹음한 곡으로 말하자면 카를 뵘 지휘, 빈 필의 〈주피터〉도 잊어서는 안 된다. 1975년 NHK홀 녹음. 특유의 온화한 긴박감…… 듣다보면 '아, 이거 빈 필이겠구나' 하고 단번에 알 수 있다. 그도 그럴 것이 발터가 1930년대에 내던 소리와 거의 달라지지 않았다. 오케스트라란 신기하지요. 연주는 물론 빼어나다. 완벽한 모차르트다.

"뵘 선생의 지휘만은 아무래도 모르겠더군(비법을 알 수 없더군)요. 그렇게 작게 지휘봉을 휘두르면서 그렇게 크게 오케스트라를 움직이다니"라는 것이 오자와 세이지 씨가 내게 들려준 뵘 평이다. 흠, 그런가.

Richard Strauss: Don Quixote, Op.35

9

리하르트 슈트라우스 교향시 〈돈키호테〉 작품번호 35

클레멘스 크라우스 지휘 빈 필 London LL855 (1953년)
조지 셀 지휘 클리블랜드 관현악단 일본CBS SONY 13AC217 (1960년)
헤르베르트 폰 카라얀 지휘 베를린 필 Gram. 139009 (1965년)
(이상, 첼로 독주는 전부 피에르 푸르니에)
헤르베르트 폰 카라얀 지휘 베를린 필 Angel S-37057 (1975년)
로린 마젤 지휘 빈 필 Dec. SXL6367 (1964년)

명첼리스트 푸르니에가 독주를 맡은 LP가 세 종류 있다. 그나저나 크라우스, 셀, 카라얀처럼 개성이 제각각인 일류 지휘자 세 명과 공연하다니, 말만 들어도 굉장하다. 오케스트라도 빈, 클리블랜드, 베를린으로 삼인삼색이다.

클레멘스 크라우스와의 모노럴반은 서두부터 격조 높은 긴장감이 감돈다. 당시 크라우스 예순 살, 푸르니에 마흔일곱 살. 둘 다 연주가로서 한창 물이 올라 있지만, 음악적으로는 크라우스가 현장을 리드한다. 팽팽하고 빈틈없는 연주다. 소리가 빼곡히 새겨져 있는 느낌이다. 푸르니에는 그 위에 조금도 힘들이지 않고 자연스럽게(내 귀에는 그렇다) 스스로를 녹여낸다. 짐작건대 실내악으로 갈고닦은 '조화의 능력'이 아낌없이 발휘됐을 것이다. 뭐니 뭐니 해도 티보, 코르토와 트리오를 결성했던 사람이니까. 이 레코드를 듣고 있으면 '〈돈키호테〉에 이 이상 뭐가 필요하담?'이라는 생각이 들 정도다.

셀/클리블랜드의 음색은 크라우스/빈보다 오히려 유연하고 나긋나긋하다. 푸르니에 본래의 개성에는 더 가까운지도 모른다. 연주에 위화감이 들지 않고, 양자의 음악이 자연스레 하나가 되어 있다. 셀/클리블랜드 하면 아무래도 냉철하고 즉물적이며 철두철미하다는 인상이 있는데, 의외다. 첼로 독주 부분만 놓고 보면 크라우스반과 거의 차이가 느껴지지 않는다. 물론 왜 차이가 없으랴만, 크게 느껴지지는 않는다는 말이다. 그 정도로 자연스럽게 들린다.

마지막으로 카라얀. 처음 들어보고 '소리가 요동친다'는 인상을 강하게 받았다. 카라얀만의 방식이 두드러진다. 크라우스, 셸에 이어 들어보면 색깔이 훨씬 짙음에 놀란다. 잔향도 (늘 그렇지만) 너무 강하다. 꼭 그것에 끌려갔다고는 할 수 없겠지만, 푸르니에의 연주도 전보다 끈적한 느낌이다. 물론 이런 건 어디까지나 개인적인 취향의 문제일 텐데, 나는 역시 앞선 두 음반의 색이 옅고 자연스러운 소리에 더 끌린다.

참고로 카라얀이 로스트로포비치를 맞아들여 1975년 녹음한 〈돈키호테〉는, 첼로 독주가 과연 유려하고 중후하지만 오케스트라가 '어떠냐' 하고 과시하는 느낌이 강해서 별로 내 취향은 아니었다. 어떤 정점에 이른 연주라고는 생각하지만.

추가로 마젤. 첼로는 에마누엘 브라베크(빈 필의 수석주자)인데, 1960년대의 마젤은 무슨 짓을 저지를지 예측할 수 없는 부분이 있어서 재미있다. 여기서도 한껏 연극조로 풀어내고 있어서 '어이, 좀 과한 거 아니야' 싶기는 하지만, 그래도 억지로 떠안기는 느낌이 없고 나름대로 유쾌한 연주다. 게다가 이 레코드는 녹음이 정말 훌륭하다.

Mendelssohn: Violin Concerto in E Minor, Op.64

10

멘델스존 바이올린협주곡 E단조 작품번호 64

다비트 오이스트라흐(Vn) 유진 오르먼디 지휘 필라델피아 관현악단 Col. MJ5085 (1955년)

루지에로 리치(Vn) 피에리노 감바 지휘 런던 교향악단 Dec. LXT5334 (1957년)

나탄 밀스타인(Vn) 윌리엄 스타인버그 지휘 피츠버그 교향악단 Capitol P8243 (1953년)

야샤 하이페츠(Vn) 샤를 뮌슈 지휘 보스턴 교향악단 Vic. LM-2314 (1959년)

하이먼 브레스(Vn) 르네 레보비츠 지휘 로열 필 리더스 다이제스트 (1962년) BOX

멘델스존 바이올린협주곡(콘체르토), 줄여서 '멘콘'. 엄청난 인기 곡이라 셀 수 없이 많은 레코드가 나와 있고 우리집에도 제법 여러 가지가 있지만, 일일이 꼽자면 끝이 없다. 여기서는 주로 1950년대에 녹음된 음반으로 범위를 좁혀보기로 한다.

우선 당시 소비에트연방의 지보至宝 다비트 오이스트라흐가 미국을 방문했을 때 컬럼비아레코드에서 녹음한 것. 오이스트라흐의 바이올린은 그야말로 '미성'이라 해도 될 만큼 낭랑한 아름다움을 지녔는데, 이것이 오르먼디가 지휘하는 필라델피아 사운드와 합쳐지니 그저 장려하다는 말밖에. 두말할 나위가 없다. 편하게 들을 수 있고 기분좋은 뒷맛이 희미하게 남는다.

오이스트라흐를 듣고 나서 리치의 연주를 들으면 의외일 만큼 억제되고 내성적인 느낌이 든다. 이탈리아계 미국인이지만 독일로 건너가 쿨렌캄프를 사사했으니 그저 예쁜 소리를 내기만 하는 사람은 아니다. 한발 뒤로 물러나 견실하게 연주한다. 완서악장이 특히 아름다운데, 영국 데카의 모노럴 녹음이 농염함을 잘 담아냈다.

밀스타인은 발터/NY, 아바도/빈 등과도 '멘콘'을 몇 번 녹음했는데, 스타인버그/피츠버그와 함께한 캐피톨반은 귀가 번쩍 뜨이는 화려함은 없어도 과장된 요소를 세심히 걷어내어 높은 완성도를 보여준다. 시종일관 긴박감을 유지하고, 다소 드라이하면서도 들려줘야 할 곳은 명료히 들려주어 낭만파 원류의 기품 같은 것을 풍긴다. 스타인버그의 지휘도 음악의 골격을 탄탄히 떠받친다. 음질은 다소 경질인 편.

명반이라는 평판이 자자한 하이페츠와 뮌슈/보스턴의 음반. 과연 화려한 연주다. 다른 이들이 지니기 힘들 스타성이 있다. 기술도 빼어나다. 이렇게까지 명쾌하고 자신감 있는 연주를 들려주면 감탄을 넘어 그저 황송할 따름이다. 눈빛만으로 박진감 넘치는 연기를 할 수 있는 가부키 배우 같다고 할까. 사람마다 호불호가 있겠지만, 어떤 전형으로 역사에 남을 명연이리라.

남아프리카 출신 캐나다인 바이올리니스트, 하이먼 브레스. 대중적으로 거의 알려지지 않은 이름이지만(적어도 나는 이 레코드를 손에 넣을 때까지는 몰랐다) 이 '멘콘'은 두말할 필요 없는 명작이다. 리더스 다이제스트사가 한정판으로 발매한 통신판매 박스 상품이라 지금은 구하기 힘들 텐데, 눈앞에 펼쳐지는 아름다운 음악에 처음부터 끝까지 넋을 놓고 듣게 된다. 멜로디를 명료히 짚어주되 결코 감상적으로 흐르지 않는다. 레보비츠의 반주도 섬세하고 깊이 있다. 녹음 음질도 최상급이다.

Grofé: Grand Canyon Suite

11

그로페 〈그랜드캐니언 모음곡〉

아르투로 토스카니니 지휘 NBC교향악단 Vic. LM1004 (1945년)
아서 피들러 지휘 보스턴 팝스 Vic. LSC2789 (1965년)
외이빈 피엘스타 지휘 오슬로 필 Camden CAS468 (1958년)

오호라, 토스카니니가 그로페의 〈대협곡〉을 지휘하다니—싶어서 의외이긴 했지만 재킷이 수준급이라 미국 중고가게 매대에서 보고 바로 집어왔다. 가격은 무려 1달러(오리지널반, 하자 전혀 없음). 싸도 너무 싸다.

연주는 성실하다고 해야 할지, 지극히 진지한 '묘사음악'이다. 토스카니니의 의도 역시 오케스트라 소리로 풍경을 얼마나 생생하게 그려내느냐에 특화되어 있다. 그런 의미에서 보면 〈전람회의 그림〉(라벨 편곡)이나 레스피기의 〈로마 3부작〉 등을 연주할 때의 접근 방식과 근접한지도 모른다. 즉물적이면서도 무척 컬러풀하다. 다채로움이라는 면에서 모노럴 녹음은 아무래도 불리할 텐데, 토스카니니가 이끌어내는 소리에서는 팽팽하게 당겨진, 선명한 색채가 느껴진다. 현대인의 귀로 들어도 고리타분한 구석이 없고, 통속성 같은 것을 가볍게 초월해버린다. 〈산길에서〉의 노새 발굽 소리만은 좀 겸연쩍게 들리지만. 그나저나 이 시절의 음반사는 재킷에 상당히 노력과 비용을 들인 것 같죠. 훌륭한 아트워크다.

한편 스테레오 시대에 접어든 뒤에 녹음된 피들러반은 기술적 이점을 최대한 활용해 멋들어진 대화면을 눈앞에 펼쳐낸다. 토스카니니와 달리 풍후하게, 아낌없는 스케일로. 드라마틱하다기보다 파노라마에 가깝다. 어딘지 모르게 디즈니 애니메이션 같은 느낌도 들지만…… 피들러의 지휘는 역시나 원숙하다. 오케스트라 소리도 두말할 것 없이 아름답다.

조금 특이한 버전을 꼽자면, 외이빈 피엘스타가 지휘한 오슬로 필하모니 관현악단의 연주. 왜 굳이 노르웨이 오케스트라가 연주하는 〈대협곡〉을 들어야 하나……라고 묻는다면 대답하기 난처하지만, 이 연주, 좀 소박한 면은 있어도 상당히 재미있다. 스테레오녹음의 수준도 우수하다. 눈을 감고 들으면 북유럽 오케스트라의 소리라고 짐작할 수 없다. RCA 저가 레이블인 '캠든'용으로 유럽 음반사에서 판권을 사들인 걸까.

그리고 LP가 아닌 CD로 소장중인 음반인데, 하워드 핸슨 지휘 이스트먼 로체스터 관현악단의 머큐리반(1958년 스테레오)도 연주와 녹음이 매우 뛰어나다.

그로페는 이 밖에도 〈나이아가라〉 〈죽음의 골짜기〉 등의 묘사음악을 여럿 작곡했지만, 일반적으로 많이 알려진 것은 이 〈그랜드 캐니언 모음곡〉 정도다. 거슈윈의 〈랩소디 인 블루〉 오케스트레이션을 맡은 것도 이 사람이다.

Beethoven: Violin Sonata No.9 in A Major "Kreutzer", Op.47

12

베토벤 바이올린소나타 9번 〈크로이처〉 A장조 작품번호 47

게오르크 쿨렌캄프(Vn)+빌헬름 켐프(Pf) Gram. 17153 (1935년) 10인치

헨리크 셰링(Vn)+아르투르 루빈스타인(Pf) Vic. LM-2377 (1958년)

아르튀르 그뤼미오(Vn)+클라라 하스킬(Pf) Phil. 05351 (1956년) 10인치

예후디 메뉴인(Vn)+루이스 켄트너(Pf) HMV HMV-10 (1950년대 초반)

야샤 하이페츠(Vn)+브룩스 스미스(Pf) Vic. LSC-2577 (1960년)

이 쿨렌캄프/켐프의 10인치 레코드는 독일 중고가게에서 샀다. 녹음은 1935년 5월. 히틀러가 정권을 쥐면서 이미 많은 음악가가 국외로 도피한 시기다. 두 사람은 나치에 동조하는 입장은 아니었지만, 독일에 남아 동포를 위해 연주를 계속하는 길을 택했다. 당시 쿨렌캄프 서른일곱 살, 켐프 마흔 살로, 두 사람 다 실로 약동적이고 발랄한 소리를 들려준다. 기품 있지만 절대 콧대 높게 굴지는 않는 연주다. 바이올린과 피아노가 저항감 없이 대등하게 엮이며 풍요로운 음악을 자아낸다. 마치 정치의 강풍에 꿋꿋이 맞서는 초목처럼.

기본적으로 드라이한 소리를 내는 셰링과 기본적으로 화사한 소리를 내는 루빈스타인이 손을 잡았다. 서로 미흡한 부분을 보완하는 정도는 아니어도, 둘의 개성이 하나로 합쳐지면 일종의 설득력이 생겨난다. 이 시기의 루빈스타인은 셰링을 높게 평가했던 것 같다. 하지만 녹음 탓인지 셰링의 소리가 건조한 정도를 넘어 조금 메마르게까지 들린다. 내용이 충실한데도 순수한 감동을 일으키지 못하는 것은 그 탓이 아닐까. 내 귀에는 셰링이 그후 잉그리트 헤블러와 함께한 연주가 한결 안정적으로 느껴진다.

그뤼미오와 하스킬이 함께한 연주는 자연스러움 그 자체로, 처음부터 끝까지 걸리는 곳 없이 실로 마음 편하게 감상할 수 있다. 바이올린과 피아노의 음색 모두 우아하고 아름답다. 다만 이 곡에서 어떤 정신적 요소를 찾아내고픈 사람이라면 조금 아쉽게 느껴질지도 모른다. 나는 개인적으로 이 연주를 좋아하지만.

메뉴인이 루이스 켄트너(둘은 동서지간이다)의 피아노 반주로 영국에서 녹음한 〈크로이처〉는 녹음 연도가 확실치 않다. 아마 모노럴 시대, 1950년대 초반이 아닐까 싶다. 메뉴인의 바이올린은 선이 좀 가는 느낌이지만, 진심을 담아 센스 있는 연주를 한다. 켄트너도 만만찮은 풍격을 지닌 피아노 연주로 메뉴인을 탄탄히 받쳐준다. 무뚝뚝하게 밀어붙이는 자세를 전혀 찾아볼 수 없어서 차분히 경청할 수 있는 〈크로이처〉다.

하이페츠의 연주는 자못 현란한 기량을 앞세운 공격성이 귀를 찌르고 음색이 상당히 날카롭고 건조해서, 솔직히 끝까지 한번에 듣기가 힘들다. 피아노의 브룩스 스미스도 그 노선에 착실히 음조를 맞춘다. 아마 이 시기 미국을 중심으로 이렇게 즉물적인 연주가 유행했다는 이유가 있을 테지만, 지금 와서 이런 연주를 듣는 의미를 찾기는 힘들 것 같다. 다만 이 음반에 커플링된 바흐의 〈두 대의 바이올린을 위한 협주곡〉(에릭 프리드먼과 공연, 사전트 지휘)은 '같은 시기에 녹음됐는데 어쩜 이렇게 스타일이 다를까' 하고 고개가 갸웃해질 만큼 차분하고 따스한 연주다.

Beethoven: Violin Sonata No.5 in F Major "Spring", Op.24

15

베토벤 바이올린소나타 5번 〈봄〉 F장조 작품번호 24

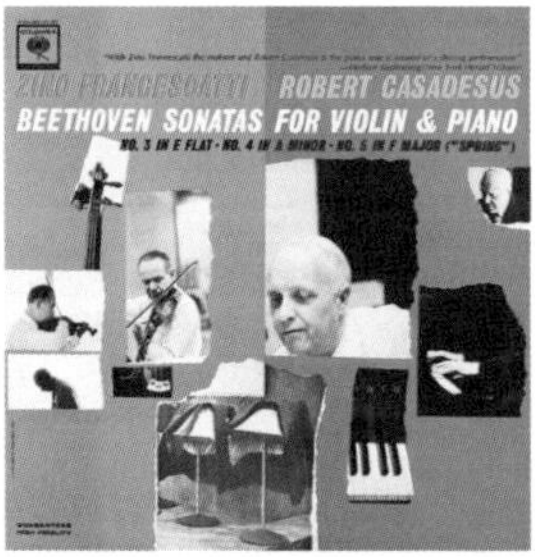

지노 프란체스카티(Vn)+로베르 카자드쥐(Pf) Col. ML5827 (1961년)

야샤 하이페츠(Vn)+ 이매뉴얼 베이(Pf) Vic. LM1022 (1947년)

다비트 오이스트라흐(Vn)+레프 오보린(Pf) 일본Phil. 15PCC7-10 (1962년)

에런 로샌드(Vn)+아일린 플리슬러(Pf) VOX STLP511.340 (1950년대 후반)

앞서 〈크로이처〉에서 꼽은 셰링/루빈스타인 음반에 〈봄〉이 커플링되어 있는데, 두 사람 다 〈크로이처〉와 거의 같은 자세로 임하는지라 내 감상도 전체적으로 비슷하다(〈크로이처〉보다는 연주가 조금 차분하긴 하지만).

프란체스카티는 앞서 말한 콤비에 비해 한결 가뿐하고 유연한 자세로 연주하는데, 이런 연주 스타일이 젊은 날의 베토벤이 쓴 이 발랄한 바이올린소나타에 잘 들어맞는다. 빠른 패시지에서도 '쫓기는' 느낌이 없다. 프란체스카티와 카자드쥐, 두 명인이 내는 음색은 독일보다 프랑스에 가깝다고 할 수 있을 듯한데, 적어도 이 곡에서는 조금도 위화감이 없다. 함께 좋은 음악을 연주하는 기쁨이 솔직하게 전해진다. 이 레코드에 수록된 3번과 4번 소나타 연주 역시 훌륭하다. 두 사람의 인품 덕도 있겠지만, 힘 들어간 데 없이 자연스러운 연주다.

하이페츠의 연주는 〈크로이처〉에 비해 훨씬 꾸밈없고 그렇게 애쓰지도 않는다. 이런 곡이 이 사람의 기질에 맞는지도 모른다. 빼어나게 유려해서 중간중간 무심코 넋을 놓게 되는데, 템포를 비롯해 전체적인 인상은 조금 예스러운 느낌이 있다. 템포 문제는 피아니스트에게도 적잖이 책임이 있는 것 같지만.

피아니스트로 말하자면, 장인 아돌프 부슈와 함께 1933년 이 곡을 녹음한 루돌프 제르킨의 연주가 매우 만족스러웠다. 들려줘야 할 것은 전부 정확히 들려주면서 지나치게 나서지는 않는다. 실내악을 연주하는 제르킨은 독주자일 때와는 또다른 맥락에서 실로 깊이가 있다. LP가 아니라서 재킷 사진은 싣지 않았지만.

오이스트라흐와 함께한 오보린의 피아노도 거의 같은 의미에서 훌륭하다. 물러설 때는 물러서고, 나설 때는 나선다. 그 호흡이 정말이지 환상적이다. 오이스트라흐의 바이올린 음색을 들으면 나는 항상 미성의 테너가 부르는 아리아가 연상된다. 거의 천부적인 미성이다. 표정이 풍부한 그 미성을 오보린의 이지적이기 그지없는 피아노가 떠받친다. 이 콤비의 베토벤 소나타 〈봄〉도 훌륭하지만, 비교하자면 〈크로이처〉 쪽이 좀더 마음을 울린다. 특히 2악장에서 네 가지 변주가 이어지는데, 둘의 호흡이 딱 맞아서 흐트러지는 구석이 없다.

에런 로샌드의 바이올린은 정면으로 감정을 발산한다. 파트너인 플리슬러의 피아노도 절대 뒤지지 않는다. 둘이 합쳐진, 자못 공격적인 〈봄〉과 〈크로이처〉다. 대화라기보다 꼭 싸움을 거는 것처럼 들린다. 그런 이유로 두 곡을 끝까지 듣기는 좀 고역이다.

Vaughan Williams: Fantasia on a Theme by Thomas Tallis

14

본 윌리엄스 〈탈리스 주제에 의한 환상곡〉

유진 오르먼디 지휘 필라델피아 관현악단 Col. 72982 (1963년)

에이드리언 볼트 지휘 필하모닉 프롬나드 관현악단 West. wl-5270 (1953년)

존 바비롤리 지휘 신포니아 오브 런던 Angel 36101 (1963년)

레오폴드 스토코프스키 지휘 그의 교향악단 Vic. LM-1739 (1952년)

디미트리 미트로폴로스 지휘 뉴욕 필 Col. MS-6007 (1958년)

어떤 곡을 훌륭한 연주로 처음 듣고 그 곡 자체에 반해버리는 것—음악 애호가라면 이런 경험을 몇 번쯤 해보았을 것이다. 내가 이 〈탈리스 주제에 의한 환상곡〉을 맨 처음 들은 것은 유진 오르먼디가 지휘하는 필라델피아 관현악단의 연주였다. 그리고 그 아름다운 음색에 감동하고 말았다. 영국 전통의 요소는 조금 부족할지 모르지만, 듣다보면 그런 걸 따질 겨를도 없이 한 폭의 옛 명화를 보는 듯 평온한 기분이 든다. 음질도 윤택하고 훌륭하다.

영국인 지휘자 에이드리언 볼트 경의 연주에는 오르먼디에 비해 음악의 기반을 보다 명확히 하려는 의사가 엿보인다. 음색의 아름다움뿐 아니라 어떤 시대의 '어떤 장소'를 일깨우려는, 향수에 가까운 자연스러운 그리움이 깃든 듯하다. 특별한 공기가 감돈다고 할까.

존 바비롤리 경의 연주는 지극히 우아하고 단아하다. 화려한 연출을 배제하고, 음표를 완벽하게 숙지한 울림이 있다. 충분히 서정적이지만 그것을 올바르게 진정시키는 절도가 있다. 영국인 지휘자가 만들어내는 영국 오케스트라의 정석적인 사운드(같은 것)를 아낌없이 만끽할 수 있다. 같이 수록된 〈푸른 옷소매 주제에 의한 환상곡〉도 마찬가지로 훌륭하다. 마치 재킷에 쓰인 터너의 수채화 같다. 바비롤리는 본 윌리엄스의 신뢰를 받은 지휘자로, 그의 많은 작품을 초연했다.

스토코프스키는 실력 있는 연주자가 모인 오케스트라를 자유자재로 움직이며 기량의 극치를 이끌어낸다. 영국인 지휘자들이 그려내는 본 윌리엄스의 세계와는 사뭇 다른 음악 풍경을 당당히 펼쳐 보인다. 그것은 이미 영국의 전통을 벗어나, 스토코프스키 자신의 세계로 탈바꿈시킨 무언가다. 그 세계를 받아들일지 말지는 듣는 이의 마음에 달렸다. 같이 수록된 쇤베르크의 〈정화된 밤〉에 대해서도 똑같은 감상을 말할 수 있다. 무척 개성적이고 매력적인 음악이라는 것이 내 생각이지만.

미트로폴로스가 연주하는 이 곡은 스토코프스키와 마찬가지로 〈정화된 밤〉과 커플링되어 있는데(73쪽, 〈정화된 밤〉 재킷 사진 참조), 이 지휘자답게 시종일관 심상찮은 긴장감이 흐른다. 곳곳에 불온한 먹구름마저 모습을 드러낸다. 볼트나 바비롤리 같은 영국인 지휘자들이 연주하는 곡과는 다른 것처럼 들린다. 꼭 쇤베르크가 만든 곡 같다. 한번 들어볼 가치는 있다.

Joseph Haydn: Piano Sonata No.48 in C Major, Hob.XVI/35

15

요제프 하이든 피아노소나타 48번 C장조 Hob. XVI/35

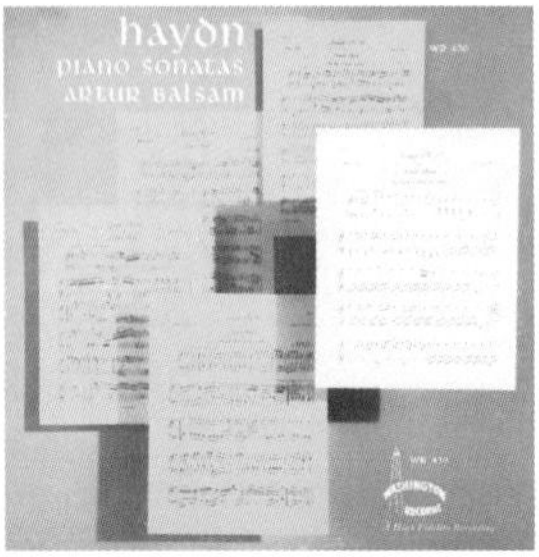

미야자와 메이코(Pf) 일본Col. OS-7029 (1968/69년)

아르투르 발삼(Pf) 워싱턴 레코드 WR430 (1958년)

빌헬름 바크하우스(Pf) London STS15041 (1958년)

존 매케이브(Pf) London 소나타 전집 vol.2 (1977년) BOX

미야자와 메이코의 이 레코드는 최근 구한 것인데 마음에 들어서 자주 듣고 있다. 나는 예전부터 '하이든의 피아노소나타는 기본적으로 따분하다'고 생각해왔는데(물론 모차르트나 베토벤에 비해서 그렇다는 말이지만), 이 레코드—소나타 전집에서 선곡한 음반—를 듣고 생각이 바뀌었다. 이 앨범에는 매우 매력적이고 멋진 음악이 모여 있다. 지금껏 아무 생각 없이 막연하게 들어왔던 곡이 완전히 다르게, 신선하게 들린다. 물론 미야자와 메이코 씨의 훌륭한 연주 덕이다. 일본 컬럼비아 제1스튜디오에서 녹음된 스타인웨이 피아노의 소리도 더없이 아름답다.

내가 가진 다른 연주와 비교해볼 요량으로 48번 소나타를 골랐다. 레코드장을 뒤져보니 우리집에는 이 밖에 세 종류의 48번이 있었다. 셋 다 남성 피아니스트다. 바크하우스, 발삼, 매케이브(전부 LP).

발삼은 폴란드에서 태어나 독일에서 피아니스트 활동을 시작했다가 나치 정권을 피해 미국으로 이주했다. 주로 반주자, 교육자로 정평이 난 사람이다. 여기서는 독주자로 하이든의 소나타를 느긋한 템포로 연주하는데, 솔직히 듣는 재미가 조금도 없다(그렇게 재미없는 레코드를 왜 계속 갖고 있는가? 대답하기 어려운 질문이다).

거장 바크하우스는 역시나 격조 높은 연주를 들려준다. 음악도 빈틈없이 훌륭하다. 하지만 그다지 즐거워 보이지 않는다. 듣는 사람도 별로 즐겁지는 않다. 바크하우스는 이 〈하이든 리사이틀〉이라는 레코드를 제외하면 하이든을 거의 녹음하지 않았는데, 스스로도 '잘 안 맞는 듯'하다고 생각한 걸까.

매케이브는 영국인 작곡가이자 피아니스트. 필요 이상의 색깔이 없는 담백한 연주라 호감이 간다. 하이든에 대한 사랑 같은 것이 느껴진다(이 사람도 미야자와와 마찬가지로 하이든의 피아노소나타 전곡을 녹음했다). 다만 너무 안정적이어서 드라이브감이 부족하다. 음악에 드라이브감이 부족하면…… 으음, 따분해진다.

그러고 나서 미야자와 메이코의 연주를 다시 한번 들어본다.

좋은걸, 이거. 다른 피아니스트와는 하이든 음악에 대한 접근법이 완전히 다르다. 이 곡이 당시의 포르테피아노를 위해 쓰였음을 정확히 의식하고, 그 사운드를 현대 피아노의 세계에 실로 절묘하게, 시종일관 논 레가토*로 옮겨놓는다. 1960년대에 이렇게 '고악기 연주'에 가까운 시도를 했고 나아가 훌륭한 성과를 냈다는 사실에 나로서는 감탄하지 않을 도리가 없다. 굴드가 논 레가토로 연주한 하이든도 유니크하지만, 미야자와 메이코는 그보다 훨씬 앞서, 같은 작업을 (보다 정공법으로) 해낸 것이다. 그 자세는 높이 평가받아 마땅하다.

---

* 음을 약간씩 끊어서 연주하는 기법.

Joseph Haydn: Symphony No.94 in G Major, "Surprise"

16

요제프 하이든 교향곡 94번 〈놀람〉 G장조

토머스 비첨 지휘 로열 필 Col. ML4453 (1951년)

토머스 비첨 지휘 로열 필 일본Angel EAC 30031 (1957년)

카를로 마리아 줄리니 지휘 필하모니아 관현악단 Angel 35712 (1958년)

카를 리히터 지휘 베를린 필 Gram. 138782 (1961년)

하이든의 교향곡은 하도 많아서 뭐가 뭔지 구별하기 힘든데, 이 곡만은 확실히 기억할 수 있다.

비첨의 음반은 모노럴 녹음인데, 육 년 후인 1957년 마찬가지로 로열 필하모니를 지휘해 스테레오로 새로 녹음했다. 줄리니와 리히터는 둘 다 스테레오 초기의 녹음이다.

당시 일흔둘의 비첨이 연주하는 하이든은 지난날의 영국 신사 같다고 할까, 자세가 바르고 단정하고 절제된 느낌이다. 예의 2악장의 〈놀람〉 부분도, 놀래는 방법이 어찌나 온건하고 기품 있는지 이 정도면 귀부인들이 손에 든 잔에서 홍차를 흘릴 일도 거의 없을 것이다. '부족하다'고 말하는 사람도 있을 테지만, 토머스 비첨 경은 아랑곳없이 무척 밝고 즐겁게, 마이 페이스로 유유히 하이든을 지휘한다. 이런 하이든도 한가롭고 좋다. '인생이란 무엇인가?' 같은 명제와는 조금도 연이 없는 세계다. 스테레오 재녹음 에인절반도 가지고 있는데, '햇살이 비쳐드는 살롱' 같은 연주 스타일은 거의 변함없다. 다만 소리가 스테레오로 바뀌었을 뿐. 사람이 그렇게 갑자기 달라지지는 않는 법이니까.

당시 마흔넷, 한창 물이 오른 줄리니의 연주 스타일은—적어도 비첨에 비한다면 말이지만—보다 힘차고 드라마틱하다. 1악장부터 공격적으로 돌진해온다. 나아가 2악장의 〈놀람〉은 청중을 놀래주려고 단단히 작정한 것 같다. 누가 홍차를 흘리건 뭘 흘리건 알 바 아니다. 연주 자체는 나무랄 데 없이 뛰어나다고 생각한다. 양쪽

다 영국 오케스트라이므로, 비교해가며 들으면 재미있다. 역시 영국인과 하이든은 궁합이 맞는 걸까?

카를 리히터의 연주는 늘 그렇듯 품격 있고 훌륭한데(무릎을 꿇고 듣고 싶어진다), 중심이 하이든보다는 모차르트의 세계에 얼마간 기울어 있는 것 같다. 아마도 그런 시점으로 해석하지 않았을까. 비첨의 음반을 듣고 나서 이것을 들으면, 어딘가 성분이 다른 음악처럼 들린다.

그 밖에 우리집에 있는 〈놀람〉을 몇 장 꼽아본다. 오이겐 요훔이 런던 필을 지휘한 음반(1973년). 이것도 영국 오케스트라다. 연주는 정통적이고 용의주도하며 깊이 있다. 요제프 크리프스/빈 필(1957년)은 온화하고 우아한, 빈의 향취가 물씬한 하이든. 양쪽 다 제각기 호연이지만, 이거다 싶은 결정타가 없는 느낌이다.

이 음반들 중 한 장만 고르라고 하면, 나는 아마 '춘풍태탕春風駘蕩'한 비첨반을 고를 것이다(스테레오와 모노럴 둘 다 좋지만, 굳이 꼽자면 모노럴). 그 태연자약한 분위기가 꽤 중독성 있다.

Brahms: Intermezzo, Op.116, 117, 118, 119

17

브람스 간주곡집 작품번호 116, 117, 118, 119

빌헬름 켐프(Pf) Gram. 138903 SLPM (1963년)

글렌 굴드(Pf) Col. MS6237 (1966년)

발터 클린(Pf) VOX SVBX5430(3장 세트) (1969년?)

밴 클라이번(Pf) Vic. LSC3240 (1971년)

브람스 만년의 걸작, 간주곡집. 가라앉았다가는 떠오르고 다시 가라앉았다가는 떠오르는, 세상 한 귀퉁이의 고독한 영혼. 나이가 들고서야 비로소 진정으로 이해할 수 있는 음악이 있는데, 이것도 분명 그중 하나일 것이다.

구도자 켐프는 이렇듯 내성적인 음악에 어울리는 피아니스트라는 것이 일반적인 인상이다. 실제로 이 브람스 곡집의 연주도 이지적이고 거침없으면서도 품격이 있는데, 왠지 그 자리에 멈춰버린 것 같은 느낌이다. 브람스가 곡에 담아낸 생각 같은 것이 듣는 이에게 전해지지 않는다. 당시 켐프는 예순여섯 살, 누구나 인정하는 대가의 반열에 올라 있었으니 그런 심경이 좀더 섬세하게 표현되었을 법도 한데. 음악 전체에 원숙함보다 약간 피곤한 인상이 있다.

한편 굴드의 연주는 심오하다. 아무튼 '심오하다'는 표현밖에 떠오르지 않을 정도로 깊이 있는 세계가 펼쳐진다. 당시 굴드는 서른네 살. 피아니스트로는 아직 청년기에 가까운 나이다. 그런데도 이 경지에 도달했다고 생각하면 경탄스럽기 그지없다. 아니, 도달하기만 한 것이 아니라 그뒤에 다시 원래로 돌아가기도 하지 않았나. 그 점이 대단하다고 생각한다. 그전까지 굴드는 모차르트나 베토벤 해석을 두고 이런저런 물의를 빚어왔는데, 이 브람스 소곡집에는 그렇듯 괴팍한 구석이 일절 없다. 단도직입적으로 마음을 파고드는 음악이다.

한번은 FM방송 라이브 녹음본으로 훌륭한 모차르트 협주곡을 중간부터 듣고는, '이 기품 있고 명석한 피아니스트는 대체 누구람?' 싶어서 끝까지 들어봤더니, 다름 아닌 클린이었다. 모차르트 연주로 정평이 나 있지만, 브람스 연주도 못지않게 훌륭하다. 굴드처럼 기이할 정도의 심오함은 없을지언정, 어찌 보면 난삽한 브람스의 음악 세계를 마치 귀중한 옥돌처럼 얼룩 한 점 없이 세심하게 닦아 현대로 가져온다. '이 소품들은 콘서트홀에는 적합하지 않다. 해질녘 집에서 혼자 조용히 들어야 한다'고 이 레코드의 라이너 노트에 적혀 있는데, 지당한 말이다.

밴 클라이번이 1971년, 서른일곱 살에 녹음한 브람스 곡집. 타이틀은 〈마이 페이버릿 브람스My Favorite Brahms〉. 절반 정도를 '간주곡'이 차지하는데, 굴드나 클린에 이어서 들으면 꽉 다른 곡처럼 느껴진다. 소리의 폭이 무척 넓고 울림이 명쾌해서 어딘지 쇼팽의 곡 같은 분위기가 있다. 분명 격조 있고 뛰어난 연주고, 원래 이런 음악이거니 생각하고 들으면 문제없겠지만, 나는 아무래도 마지막까지 위화감을 지울 수 없었다.

Shostakovich: Piano Concerto No.1 in C Minor, Op. 35
Shostakovich: Piano Concerto No.2 in F Major, op. 102

18-1

쇼스타코비치 피아노협주곡 1번 C단조 작품번호 35
쇼스타코비치 피아노협주곡 2번 F장조 작품번호 102

앙드레 프레빈(Pf) 레너드 번스타인 지휘 뉴욕 필 Col. MS6392 (1962년)

레너드 번스타인(Pf) 지휘 뉴욕 필 Col. MS6043 (1958년)

쇼스타코비치의 작품 중 내가 제일 좋아하는 것은 뭐니 뭐니 해도 이 두 곡의 피아노협주곡이다. 둘 다 고등학생 시절 레코드를 구해서 수도 없이 되풀이해 들었다. 아무리 들어도 신기하게 질리지 않았다. 번스타인이 지극히 경쾌하게 연주하고 지휘하는 2번은 당시 일본 컬럼비아의 쿠폰을 모아 보너스 레코드로 받았다. 레코드가 도착했을 때 얼마나 기뻤던지. B면에 담긴 라벨의 협주곡도 좋아했다(나중에 수입반으로 새로 샀지만). 경묘하면서도 소탈하다. 쇼스타코비치 특유의 '그루브감'이 못 견디게 좋았다. 2번이 작곡된 것이 1957년이니 비교적 빠르게, 동시대에 레코딩된 셈이다.

1번에서 피아노를 연주하는 앙드레 프레빈은 그전까지는 〈마이 페어 레이디〉의 멋쟁이 재즈 피아니스트 혹은 영화음악가 정도로만 알고 있었는데, 피아노 독주자로 번스타인/NY필과 함께한 이 연주는 실로 날카롭고 발랄해서 놀라웠다고 할까. '오호, 이 사람 클래식도 잘 치는걸' 싶어서 완전히 다시 보게 됐다(당시만 해도 프레빈은 클래식을 거의 연주하지 않았다).

그나저나 이 시대의 번스타인은 정말이지 생기 넘치고 힙하고 세상 멋있었다. 내 머릿속에서 그의 인상은 대통령 시절의 존 F. 케네디와 정확히 포개진다. 이 두 사람은 '지금 여기서 무언가 새로운 일이 일어나고 있다'는 신선한 활기를 사회에 선사해주었다. 번스타인이 나이들어 본거지를 유럽으로 옮기고 빈 필을 지휘하게 된 뒤로는 음악이 너무 농밀한 쪽으로 안착해버린 느낌이라(지극히 개인적인 의견이다), 큰 매력을 느끼지 못하게 되었다. 아마 내용 면에서는 보다 깊어졌을 테지만, 예전 같은 유연함은 사라진 듯하다.

그런 이유로 이 두 장의 LP만 있으면 쇼스타코비치 피아노협주곡은 더이상 필요 없다고 생각해왔는데, 나중에 몇 가지 예외가 등장했다. 하나는 마르타 아르헤리치가 하일브론 뷔르템베르크 실내악단과 협연한 1번. 이건 정말로 훌륭하다. 카네기홀에서 이 곡을 연주하는 것을 한 번 들은 적이 있는데, 좀처럼 말로 표현하기 힘들 만큼 멋진 연주였다(공연자는 쿠르트 마주어 지휘 NY필). 그때까지 아르헤리치는 기본적으로 '선이 굵은' 사람이라고 생각했는데, '오오, 쇼스타코비치를 이렇게 담백하고 가볍게 친다고? 게다가 이런 스윙이라니 너무 설레잖아!' 싶어서 눈이 번쩍 뜨였다. 아주 근사하게 나이들어가는 피아니스트라고 생각한다.

Shostakovich: Piano Concerto No.1 in C Minor, op. 35
Shostakovich: Piano Concerto No.2 in F Major, op. 102

18-2

쇼스타코비치 피아노협주곡 1번 C단조 작품번호 35
쇼스타코비치 피아노협주곡 2번 F장조 작품번호 102

아니 다르코(Pf), 모리스 앙드레(Tp) 장프랑수아 파야르 지휘 파야르 실내관현악단 Erato 70477 (1976년)

존 오그던(Pf), J. 윌브러햄(Tp) 네빌 마리너 지휘 아카데미 Argo ZRG 574 (1972년)

유진 리스트(Pf) 게오르그 요훔 지휘 베를린 국립가극장 관현악단 World Record Club 328 (1961년)

존 오그던(Pf) 로런스 포스터 지휘 로열 필 EMI ASD2709 (1971년)

유진 리스트(Pf) 빅토르 데자르첸스 지휘 빈 국립가극장 관현악단 World Record Club 328 (1961년)

쇼스타코비치 피아노협주곡은 번스타인이 참여한 두 장의 레코드가 있으니 이걸로 충분하지 않을까란 발언을 앞서 해버렸는데, 그런 식으로 다른 연주자들을 싹 잘라내기는 아무래도 석연찮으니, 우리집에 있는 다른 레코드 네 장을 추가로 소개합니다.

이중에서도 재미있는 것이 1번 두 장(다르코와 오그던)으로, 반주 오케스트라가 글쎄, 파야르 지휘의 파야르 실내관현악단과 마리너 지휘의 아카데미, 각각 원래는 바로크 쪽이 본업인 사람들이다. 특히 파야르가 연주하는 쇼스타코비치는 그리 흔히 들을 수 있는 것이 아닐 테다. 게다가 트럼펫은 명인 모리스 앙드레. '과연 어떨까' 하는 호기심 절반으로 레코드를 샀다. 내용은? 프랑스 억양이 있는 쇼스타코비치라고 할까, 상당히 살롱 느낌이 드는 연주다. 앙드레의 트럼펫도 찌르는 듯한 소리가 아니라 둥글고 부드럽다. '으음, 여느 쇼스타코비치와는 해석이 다른걸(좋건 나쁘건)' 하고 고개를 갸웃하게 된다. 물론 이것도 이것대로 꽤 즐겁지만.

존 오그던은 1962년 '차이콥스키 콩쿠르'에서 아시케나지와 우승을 나눠 가진 사람으로, 선이 굵은 신인 피아니스트로 장래가 촉망됐지만 조현병을 비롯한 여러 질환에 시달리다 연주 활동을 그만두고 비교적 젊은 나이에 세상을 떠났다. 그의 쇼스타코비치 연주도 날카롭고 깊은 터치로 정확히 표현해내어 긴박감이 넘친다. 마리너의 반주도 집중력이 좋고 겉돌지 않는다. 트럼펫의 존 윌브러햄도 원래는 바로크 쪽이 본업인데, 훌륭한 소리로 오그던의 열연에 부응한다.

2번의 오그던은 로런스 포스터가 지휘하는 로열 필과 공연했다. 이 곡에서도 오그던의 연주는 매우 뛰어나다. 한 음 한 음이 확실한 설득력을 지닌 느낌이다. 전체를 관통하는 힘찬 드라이브와 터프한 테크닉, 명석한 해석. 아시케나지가 세계를 안에서부터 통합해나가는 사람이라면, 오그던은 당당히 포장지를 찢고 밖으로 나오는 사람이다. 그런 만큼 결과물에 리스크가 있지만, 일단 합이 맞는다면 재밌어진다. 오그던이 연주한 이 두 장의 쇼스타코비치는 좀더 빛을 봐도 되지 않을까. 참고로 오그던은 아무리 어려운 곡도 악보를 한 번 보고 막힘없이 쳐냈다고 한다. 상당히 특별한 능력이 있는 사람이었던 모양이다.

유진 리스트는 미국 태생 피아니스트. 1934년 약관 열여섯에 쇼스타코비치 1번 협주곡의 미국 초연을 해내어 신동 피아니스트로 인기를 모았다. 당연히 쇼스타코비치가 자신 있는 레퍼토리이겠거니 싶은데, 이 레코드를 들어본 한에서는(1번과 2번이 커플링되어 있다) 별로 감탄할 대목이 없다. 테크닉은 좋지만 시종일관 서두르는 느낌이라 내용에 깊이가 느껴지지 않는다.

Schönberg: Transfigured Night, Op.4 (Version For String Orchestra)

19

쇤베르크 〈정화된 밤〉 작품번호 4 오케스트라판

빅토르 데자르첸스 지휘 로잔 실내관현악단 West. WST17031 (1974년)

디미트리 미트로폴로스 지휘 뉴욕 필 Col. MS-6007 (1958년)

야샤 호렌슈타인 지휘 남서독일 방송교향악단 VOX PL 10.460 (1957년)

주빈 메타 지휘 로스앤젤레스 필 일본London L18C-5134 (1967년)

후기낭만파음악을 졸일 수 있는 데까지 졸여낸 농밀한 작품. 세기말의 냄새가 난다. 말 그대로 세기말, 1899년에 작곡되었다. 초기의 쇤베르크는 바그너나 브람스의 영향을 크게 받았다.

원래 현악육중주를 위한 곡이었지만, 작곡자가 현악 오케스트라를 위해 편곡하면서(1917년) 다양한 편성으로 연주되었다. 오케스트라판과 오리지널판 양쪽을 다 소개한다.

우선 오케스트라판. 데자르첸스는 1942년 스위스 로잔 실내관현악단을 창설한 사람이다. 이 악단은 실내관현악단의 개척자라고 할 만한 존재인데, 거기서 삼십 년 동안 직접 수석지휘를 맡았다. 그런 만큼 연주가 균형 잡혀 있고 뛰어나다. 억지로 밀어붙이는 구석이 없고 유려한 동시에 면밀하며 탐구적인 음악이다. 작품이 제시하는 이야기성보다 순수한 음악성을 더 중시하는 것처럼 들린다.

그와 대조적으로 미트로폴로스는 강력한 오케스트라에서 긴박한 극적 울림을 끌어낸다. 첫머리부터 흉흉한 비극의 도래를 예감케 하는 불길한 묘사가 끊임없이 이어진다. 이 지휘자의 접근법은 (말하기 좀 뭣하지만, 늘 그렇듯이) 통절하고 무자비하다. NY필도 그의 요구를 지극히 충실하게 따라간다. 한 조각 의심도 끼어들 여지 없이…… 그러나 후반부에 접어들어 조금씩 구원의 가능성이 엿보이기 시작하면, 그 어슴푸레한 빛이 말할 수 없이 아름답다. 데자르첸스와 미트로폴로스, 둘 다 자신이 구축하려는 음악세계를 선명히 주장하는 사람들이다.

호렌슈타인은 화려하지 않지만 기술적으로 뛰어난 지휘자다. 그러나 유감스럽게도 이 곡에서는 앞서 꼽은 두 사람에 비해 자세가 확고하지 않아서 설득력이 부족한 느낌이다. 다만 LP에 커플링된 같은 작곡가의 〈실내교향곡〉은 잘 통솔된, 훌륭한 연주다.

나는 주빈 메타가 로스앤젤레스 필을 지휘한 레코드를 듣고 이 곡이 얼마나 멋진지 비로소 깨달았다. 그의 이 연주(작곡가가 직접 작업한 1943년 개정판, 콘트라베이스 파트가 개편되었다)는 지금 들어도 변함없이 멋지다. 치밀하고 거침없으며 듣는 이를 끌어들이는 듯한 설득력이 있다. 당시의 메타에게는 이의를 제기할 수 없게 만드는 독특한 카리스마(혹은 섹시함)가 있었다고 생각한다. 후일에는 그렇게 흠칫하게 만드는 부분이 줄어들지 않았나 싶다. 음악적으로는 성숙했을 테지만, 치열한 음악 비즈니스의 세계에서 개성 강한 지휘자가 그 개성을 유지한 채 나이들어 완성형에 이르기란 좀처럼 쉽지 않은 일일 것이다.

Schönberg: Transfigured Night, Op.4 (Version for String Sextet)

20

쇤베르크 〈정화된 밤〉 작품번호 4 현악육중주판

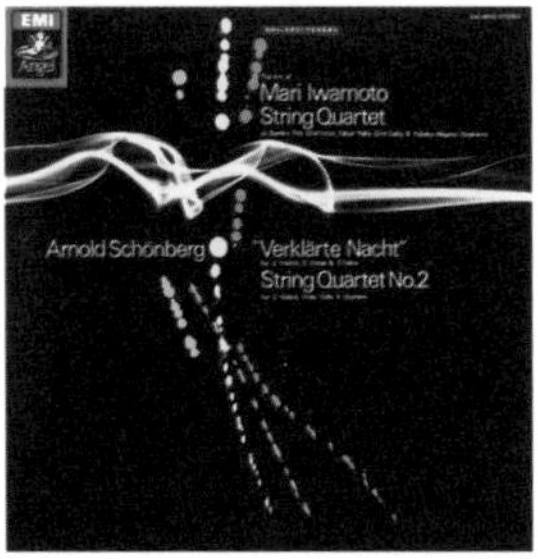

이와모토 마리SQ+2 일본Angel EAC-60155 (1972년)

뉴비엔나SQ+2 일본Phil. SFL-8623 (1967년)

말보로 음악제 멤버 Col. MS-6244 (1960년)

피에르 불레즈 지휘 도멘 뮤지컬 앙상블 일본Col. OW-7572 (1975년)

후에 만들어진 오케스트라판에 비해 오리지널 현악육중주판은 극적 효과를 내기보다 작품의 음악적 구조를 보다 명확히 제시하는 쪽으로 기우는 것 같다. 많은 오케스트라판이 소리를 통해 컬러풀하고 관능적인 세계를 만들어내려고 시도하는 반면, 오리지널판 연주자들은 결과적으로, 혹은 의도적으로 쇤베르크가 지금부터 지향하고자 하는 음악세계를 구조를 통해 암시한다. 지금은 사실 오케스트라판으로 연주되는 경우가 많지만.

이와모토 마리SQ+2의 연주는 더없이 긴밀하고 정확하며 이지적이다. 소수 그룹의 이점을 살려, 오케스트라 연주에서는 아무래도 전체적으로 뭉뚱그리거나 모호한 채로 넘어가게 되는 부분을 명료히 드러내며 음악적으로 날카롭게 파고든다. 그런 면에서는 의미가 있지만, 그만큼 이 곡의 매력이기도 한 서정적인 요소는 대부분 배제되었다.

그에 비해 뉴비엔나SQ+2는 해상도를 추구하기보다 종합적으로 음악을 자아나가는 데 집중한다. 가령 험난한 상황을 맞닥뜨린다 해도 어둠 속에서 빛을 맞아들일 여지를 살며시 갖추어두는—그런 인상을 안겨주는 연주다. 부드러운 깊이가 있다. 빈의 풍미를 머금은, 잘 다듬어진 쇤베르크라고 할까. 나는 이 연주가 꽤 마음에 든다. 뉴비엔나SQ라는 단체는 그리 오래 활동하지는 않았던 모양이라 자료를 찾기 힘들다. 거의 쇤베르크 작품을 전문으로 했던 것 같다.

루돌프 제르킨이 주재하는 말보로 음악제에 참가한 여섯 명의 현악 연주자가 그룹을 이루어 〈정화된 밤〉에 도전했다. 나도 몇 번 이런 유의 음악제를 보러 간 적이 있는데, 제한적인 장소에서 매일 숙식을 함께하며 연습을 하니 그룹의 결속력이 (상설 단체와는 다른 의미로) 상당히 높아진다. 레코딩의 구성 멤버는 대부분 처음 듣는 이름이고 스타 연주자도 없지만, 연주의 질이 매우 높다. 호흡도 잘 맞는다. 음악적 해석과 연주 스타일을 따지기에 앞서, 뜻을 같이하는 연주가들이 모여 '함께 무언가를 한다'는 기쁨이 더 컸는지도 모른다. 그런 분위기에는 무척 호감이 간다. 실내악의 세계가 아니고는 맛보기 힘든 부분이다.

귀재 불레즈가 지휘하는 도멘 뮤지컬 앙상블의 연주는 그와 거의 정반대로, 음악의 틀을 계속 뒤흔들고 수학문제 풀듯이 세부를 재검토해서 새로운 긴장감을 만들어낸다. 흥미로운 연주다. 왠지 정신분석을 받는 기분이라, 다 듣고 나면 좀 피곤해지지만.

Beethoven: Piano Trio No.7 in B-Flat Major "Archduke", Op.97

21

베토벤 피아노삼중주 7번 〈대공〉 B$^{\flat}$장조 작품번호 97

오이스트라흐(Vn), 크누셰비츠키(Vc), 오보린(Pf) 일본Col. RL3061 (1958년)

장 푸르니에(Vn), 야니그로(Vc), 바두라스코다(Pf) West. WL5131 (1952년)

아이작 스턴(Vn), 레너드 로즈(Vc), 유진 이스토민(Pf) Col. MS6819 (1965년)

코간(Vn), 로스트로포비치(Vc), 길렐스(Pf) Monitor MC2010 (1956년)

루빈스타인(Pf), 하이페츠(Vn), 포이어만(Vc) Vic. LCT1020 (1941년)

베토벤 피아노삼중주 중에서 가장 익숙한 멜로디를 가진 〈대공〉. 별처럼 많은 레코드가 나와 있다.

우선 '오이스트라흐 트리오'는 크누셰비츠키, 오보린이라는 명인이 모인 정평이 난 연주다. 아닌 게 아니라 훌륭하다. 흠잡을 데가 없다. 음악의 내용이 농밀하고 논리적이라 처음부터 끝까지 넋을 놓고 듣게 된다. 이 곡의 어떤 스탠더드로 삼아서 소중히 모셔두어도 좋을 것이다.

그에 비해 '푸르니에(동생) 트리오'의 연주는 한결 유연하고 자유롭다. 파리 사람 푸르니에, 밀라노 사람 야니그로, 빈 사람 바두라스코다, 도시적인 젊은이 셋이서 러시아 아저씨들에게서는 기대하기 힘든 세련된 맛을 낸다. 나는 개인적으로 이런 유의 음악을 좋아한다. 세간의 평가는 별로 높지 않은 모양이지만. 소리가 베토벤답지 않다고 비판하는 사람도 있을 테지만, 뭐 어떠랴. 물 만난 고기처럼 생기 넘치는 바두라스코다의 피아노가 특히 인상적이었다.

'스턴 트리오'는 아이작 스턴이 다른 두 사람보다 한 수 위인 탓에, 아무래도 이 사람이 주인공이 되어버린다. 그렇다고 여기서의 연주가 두드러지게 훌륭한 편인 것도 아니다. 이스토민은 실내악이 장기인 견실한 피아니스트지만 이렇다 할 재미가 없다. 문장이 머릿속에 쏙쏙 들어오고 잘 썼다는 건 알겠는데 다 읽고 나서는 딱히 마음에 남지 않는 글과 비슷하다. 글렌 굴드가 들어갔더라면 분명 재미있었을 텐데(과연 어땠으려나?). 세 사람 중에서는 의외로(라고 할까) 레너드 로즈의 온화한 첼로 소리가 귀에 남는다.

오이스트라흐 트리오보다 한 세대 젊은 명인들이 포진한 '코간, 로스트로포비치, 길렐스' 트리오. 딱 봐도 막강한 조합이지만 다들 진심으로 연주를 즐기는 듯 친밀한 분위기가 전체적으로 감돌아서 호감이 간다. 이따금 길렐스가 너무 의욕을 부리는 부분이 엿보이지만(참고로 길렐스는 코간의 처남이다).

루빈스타인, 하이페츠, 포이어만의 이른바 '백만불 트리오'. 2차대전 이전의 백만 달러이니 지금이면 아마 천만 달러쯤 될까. 진주만공격 직전에 녹음된 SP반이라 소리는 그다지 좋지 않다. 하지만 듣다보면 그런 점은 싹 잊힌다. 거장 셋이 한자리에 모인 셈인데, 경쟁심 같은 것 없이 각자 최고의 음악을 가져와 딱 맞게 하나로 맞춰낸다. 물론 실력이야 다들 두말할 나위 없지만, 나는 루빈스타인이 자유자재로 펼쳐내는 시원스러운 연주에 특히 마음이 끌린다. 자기과시욕이 제법 강해 보이는 사람인데도 실내악에서는 그런 부분이 뒤로 물러나고 실로 잘 훈련된, 영리한 연주를 펼친다. 그리고 포이어만의 첼로가 음악의 기반을 넌지시 아름답게 떠받친다. 삼중주의 매력이 물씬한 음반이다.

Debussy: Prelude Book 1

22

드뷔시 전주곡집 1권

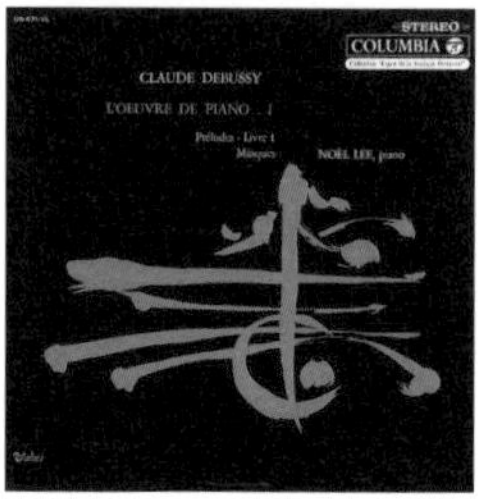

장 카자드쥐(Pf) Vic. LSC-2415 (1960년)

프리드리히 굴다(Pf) MPS52.001 (1969년)

노엘 리(Pf) 일본Col.(Valois 원반) OS-671 (1965년?)

하나후사 하루미(Pf) Ades 14.048 (1983년)

야스카와 가즈코(Pf) 일본Vic. SJX-7515 (1971년)

내가 십대 시절 처음 드뷔시의 전주곡집(의 일부)을 들은 것은 스뱌토슬라프 리흐테르의 〈이탈리아 음악 여행〉(그라모폰)에서였다. 〈돛〉 〈들을 지나는 바람〉 〈아나카프리 언덕〉 세 곡이 수록되어 있었다. 세 곡 모두 매우 예리한 감각을 발휘한 인상 깊은 연주였다. 그가 전주곡집 전곡을 스튜디오 녹음으로 남길 마음을 먹지 않았던 점이 아쉽다. 그러고 보면 리흐테르는 리사이틀에서의 소품 연주를 제외하면 정식으로 드뷔시 작품집을 내지 않았던 것 같다.

〈전주곡집〉 전곡반 중에는 명연으로 손꼽히는 레코드가 많지만(코르토, 기제킹, 미켈란젤리, 프랑수아, 베로프 등), 여기서는 그런 '명반'의 그늘에 가려 (아마도) 세간의 화제에 잘 오르지 않는 것을 다뤄본다.

장 카자드쥐는 로베르 카자드쥐의 아들로, 장래가 촉망되던 피아니스트였지만 안타깝게도 마흔다섯이라는 이른 나이에 교통사고로 세상을 떠나고 말았다. 재능이 뛰어난 음악가였다는 사실은 이 레코드만 들어도 잘 알 수 있다. 더없이 부드러운 손목의 움직임, 풍부한 감수성, 도시적인 소탈함. 〈아나카프리 언덕〉에서 선명하고 현란하게 건반을 수놓는 움직임이 인상적이다. 그리고 이어지는 〈눈 위의 발자국〉의 조용한 고독.

굴다는 모노럴 시대(1955년)에 영국 데카에서 신선한 감각을 가득 채운 〈전주곡집〉을 남겼는데, 이 1969년반에서는 스타일을 확 바꾸어 자유인답게 극히 개인적이고 유니크한 접근법을 보여준다.

나는 평소에는 데카반을 즐겨 듣지만, 이 MPS반도 좋아한다. 예를 들어 〈요정은 예쁜 무희〉나 〈민스트럴〉에서 드러나는 거리낌없는 즐거움은 아마 여기서만 맛볼 수 있는 것일 테다(이 레코드는 지금은 작고하신 음악평론가 구로다 교이치 씨에게서 받았다).

노엘 리는 난징 출신 중국계 미국인 피아니스트로, 1960년대 중반에 프랑스로 건너가 드뷔시 스페셜리스트로 높은 평가를 받았다. 흔들림 없는 테크닉으로 아름다운 음악을 들려준다. 이거다 싶게 특출한 부분은 없는 것 같지만.

파리를 중심으로 활약하는 하나후사 하루미에게 전주곡집은 중요한 레퍼토리다. 그런 만큼 과연 깊이 파고든 연주를 보여준다. 구석구석까지 꼼꼼히 검증해 시종일관 '공격적'인 자세를 유지한다. 무난한 곳으로 도피하려 하지 않는 의연함이 느껴진다. 피아노 소리가 선명하고, 녹음도 우수하다.

고등학교 2학년 때 고베의 콘서트홀에서 야스카와 가즈코가 연주하는 드뷔시의 〈판화〉를 들었다. 그 소리가 아직도 귀에 남아 있다. 그녀가 전주곡집 1권을 연주한 이 레코드에서도 그때와 같은 소리가 울려퍼진다. 정겹다. 그야말로 드뷔시의 소리다. 자세가 바르고 정통적인, 드뷔시 특유의 소리.

Beethoven: Septet in E-Flat Major, Op.20

25

베토벤 칠중주 E♭장조 작품번호 20

빈 팔중주단 멤버 London LL1191 (1959년)

바릴리SQ + 블라흐(Cl) 등 일본West. SWN 18003 (1956년)

아르투로 토스카니니 지휘 NBC교향악단 Vic. LM1745 (1951년)

멍하니 듣고 있으면 모차르트의 디베르티멘토*인가 싶을 듯한 (그래도 잘 들으면 문법이 미묘하게 다르다), 그야말로 빈 정서가 감도는 젊은 날의 베토벤 실내악. 당연하지만 빈 음악가들의 연주가 잘 어울린다. 어려운 얘기는 뺍시다, 하는 분위기라 듣기 편하다. 어려운 얘기를 빼버린 베토벤도 제법 멋지다.

그나저나 이 빈 팔중주단 멤버의 재킷 속 베토벤의 얼굴은 꽤나 까다로워 보인다. 왠지 모르게 눈빛이 형형하다. 정말로 눈을 형형히 빛내면서 이런 곡을 슥슥 써내려갔는지도 모르겠다. 천재가 어떤지 나는 잘 모르니까. 그래도 분명 모차르트는 이렇게 무서운 얼굴은 하지 않았겠지. 친근하게 다가가는 곡이라 대중적인 인기를 끌었는데, 베토벤 스스로는 그 점이 불만이었던 모양이다. '이런 건 내가 하고 싶은 게 아니야' 하듯이. 마치 어쩌다 자기 책이 베스트셀러가 되어버린 본격문학 작가 같다.

우리집에 있는 레코드는 보스코프스키 형제를 중심으로 빈 필 멤버가 모인 그룹과 바릴리SQ 단원에 빈 필의 관악기 멤버가 합류한 그룹, 이렇게 두 장이다. 녹음 연도도 크게 차이 나지 않고, 바릴리와 빌리 보스코프스키 둘 다 당시 빈 필의 콘서트마스터였으니, 어느 하나만 고르기란 상당히 어려운 일이다. 뭐 둘 다 갖고 있으면 좋겠지만, 꼭 하나를 골라야 한다면 나는 아마 런던반을 고르지 않

* 18세기 중반에 나타난 기악 모음곡.

을까. 둘을 비교했을 때 바릴리반은 보다 느긋하고, 전체적으로 장난스러운 따스함이 감돈다. 물론 그것도 그것대로 나쁘지 않지만, 런던반의 탄탄한 음색이 듣는 이에게 젊은 날 베토벤이 품었을 '청운의 뜻'이라 할 만한 것을 좀더 잘 느끼게 해준다. 어느 쪽을 고를지는 순전히 듣는 이의 취향 문제다. 두 음악의 질에 우열을 가릴 수 없고, 그럴 필요도 없으니까.

현악 오케스트라용으로 편곡되어 토스카니니가 연주한 칠중주는 들으면 들을수록 신기한 음악이다. 토스카니니가 직접 편곡했는데, 어딘가 이탈리아 오페라 같은 분위기가 나고 빈 정서 같은 건 찾아보기 힘들다. 이 곡을 들으면 토스카니니 음악의 기본이 오페라에 있음을 이해할 수 있다. 그래도 이렇게까지 극단적으로 분위기가 바뀌어버리면, 이것도 이것대로 '별개의 음악'으로 즐길 수 있을지 모른다. 만일 베토벤이 듣는다면 어떤 표정을 지을까. 한번 보고 싶기도 하고, 아니기도 하고……

Bartók: String Quartet No.4

24

버르토크 현악사중주 4번

줄리어드SQ Col. D3L-317 (1963년)

타트라이SQ 일본 세븐시즈 SH-5285 (1960년대 중반)

노바크SQ 일본Phil. 13PC-169 (1968년)

버르토크 현악사중주 하면 어지간히 내공이 쌓인 골수 클래식 팬이 아닌 이상 일단 한 발짝 물러서지 않을까(개인적인 추측). 나도 레코드를 그리 자주 턴테이블에 올리는 편은 아니다. 다 들으려면 나름대로 기력이 필요하니까. 하물며 다른 일을 하면서 듣는 것은 엄두도 못 낸다. 그래도 긴 인생에서는 '버르토크 현악사중주를 듣고 싶다'는 생각이 드는 특별한 시간이 간혹 찾아오고, 그런 때 이 음악은 제법 쓸모가 있다. 그리하여 한 발짝 안으로 들어서면, '맞아, 그렇지' 하며 순순히 피부로 공감할 수 있는, 피와 눈물이 흐르는 음악세계가 그 너머에 있음을 알 수 있다.

'20세기의 삼대 비극은 히틀러와 원폭과 현대음악이다'라고 호언한 사람이 있는데(누구였더라?) '과연' 하고 작게 고개를 끄덕이면서도, 버르토크 현악사중주는 아름답고 매력적인 음악이라고 나는 생각한다.

우리집에 있는 버르토크 현악사중주 전집 LP 세 종류는 전부 1960년대에 녹음된 것인데, 여기서 무엇을 선택할지가 상당히 어렵다. 어느 것이나 열정이 담긴 훌륭한 연주라 뭘 골라도 실패할 일은 없지만 연주의 특질과 경향은 물론 조금씩 다르다.

셋 중 제일 첨예한 것은 역시 줄리어드SQ. 원래부터 현대음악이 특기인 콰르텟이다. 지극히 치밀하고 실용적이며 네 사람의 호흡이 한순간도 흐트러지지 않는다. 마치 정밀한 기계 같다. 그렇다고 열정의 온도가 부족한 것도 아니다. 질적으로도 한 시대를 대표하는 연주라 할 수 있을 것이다. 줄리어드는 버르토크 전집을 총 세 번 녹음했는데, 이 음반은 그중 두번째다.

타트라이SQ의 연주는 줄리어드에 비해 좀더 원만한(비예각적인) 인상이다. 그들의 연주에서는 멜로디를 최대한 충실하게 노래하려는 의식이 짙게 느껴진다. 헝가리 출신 그룹이라는 점과 관계있는지도 모르겠다. 열렬한 민요 채집자였던 버르토크의 일면을 좀더 의식하지 않았나 싶다. 특히 3악장을 영롱하고 아름답게 연주한다.

체코 그룹 노바크SQ의 연주 스타일은 줄리어드와 타트라이의 대략 중간 정도다. 음악의 구조를 명료히 시각화하면서도 줄리어드보다 '숨이 덜 막히는' 음악을 만들어나가려는 자세가 엿보인다. 특히 3악장의 피치카토* 연주가 차밍하다.

어쨌거나 줄리어드의 두번째 전집이 나오고 뛰어난 완성도로 세상의 주목을 받은 뒤에는, 누가 됐든 그 연주와 비교당할 것을 의식하지 않을 수 없었으리라. 줄리어드SQ의 리더 로버트 만의 회고록에 따르면 줄리어드SQ가 데뷔한 당시는 부다페스트SQ의 전성기였기에, 그들이 손대지 않는 '현대물'을 주요 레퍼토리로 삼을 수밖에 없었다나.

---

* 현을 손가락으로 튕겨 연주하는 주법.

Tchaikovsky: Violin Concerto in D Major, Op. 35

25

차이콥스키 바이올린협주곡 D장조 작품번호 35

이고리 오이스트라흐(Vn) 빌헬름 쉬히터 지휘 프로 아르테 관현악단 Angel 35517 (1959년)

다비트 오이스트라흐(Vn) 프란츠 콘비츠니 지휘 드레스덴 국립관현악단 Gram. LPE17163 (1954년) 10인치

레오니트 코간(Vn) 반데르노트 지휘 파리 음악원 관현악단 일본Col. TD1002 (1957년?)

크리스티앙 페라스(Vn) 콘스탄틴 실베스트리 지휘 필하모니아 관현악단 EMI ASD278 (1957년) 10인치

루지에로 리치(Vn) 장 푸르네 지휘 네덜란드 방송관현악단 London 21116 (1961년)

유진 포더(Vn) 에리히 라인스도르프 지휘 뉴필하모니아 관현악단 RCA ARL1-0781 (1974년)

'멘콘'에 필적하는 인기를 누리는 '차이콘', 무엇보다 멜로디가 탁월하게 아름답다. 명반으로 통하는 것이 전 세계에 숱하게 존재하고, 바이올리니스트에게는 치열한 격전지다. 우리집에는 LP로만 열 장 정도의 '재고'가 있는데, 항상 그렇듯이 손닿는 대로 사들인 것들이라 정리해보면 중구난방이다.

이고리 오이스트라흐는 위대한 바이올리니스트 다비트의 아들인데, 아버지는 이 곡을 그야말로 주특기로 삼아 여러 번 녹음한 바 있다. 약관 스물여덟의 아들(이고리 공)이 그 왕위(다윗왕)에 용감하게 도전했다. 반주 지휘자는 NHK교향악단 상임지휘자를 역임한 쉬히터.

우리집에 있는 아버지 쪽 LP는 콘비츠니가 지휘하는 드레스덴과 공연한 음반이다(1954년 녹음). 아버지의 소리는 여느 때처럼 '미성'이라 절로 넋을 놓고 듣게 된다. 게다가 그저 아름답기만 한 것이 아니라 희미하게 흙냄새가 남는 강건한 아름다움이다. 그에 비해 아들은 선이 다소 가늘다. 고개가 끄덕여지는 연주고, 센스도 좋고, 테크닉도 전혀 문제없는데, 아무래도 아버지와 비교당하고 마는 딱한 운명이다. 아버지의 연주에는 듣는 이를 절로 웃음 짓게 하는 인간적인 순간이 있지만, 아들의 연주에서는 유감스럽게도 아직 그런 것이 보이지 않는다.

코간은 당시 삼십대 중반으로, 약동감 넘치고 매끄러운 연주를 들려준다. 음색은 아름답지만 좋건 나쁘건 오이스트라흐가 가지고 있는 연극조(드라마성)가 없고, 그만큼 좀더 신세대 냄새가 난다. 페라스는 프랑스인 바이올리니스트답게 빈틈없고 차밍한 연주를 해서 시종 호감이 간다. 리치는 소리가 맑고, 특히 완서악장의 연주가 훌륭하다. 이중 어느 레코드를 골라잡아도 실패하진 않으리라. '이거다!' 하는 특출한 요소는 눈에 띄지 않을지라도 어느 것이나 딱히 부족함 없이, 저마다의 매력을 발산하는 연주다.

내가 신기하게(라고 할까) 마음에 들어하는 것은 헝가리계 미국인 유진 포더의 연주다. 1974년 스물넷의 나이에 차이콥스키 콩쿠르에서 우승하고 여세를 몰아 같은 해 녹음했다. 아름다운 음색과 정확한 테크닉, 망설임 없이 활발한 손놀림이 인상적이다. 라인스도르프의 반주는 그에 맞춰 충분한 힘을 발휘한다. RCA의 런던 녹음도 샤프하다. 이 레코드를 굳이 거론하며 칭찬하는 사람은 거의 없는 듯하지만, 나는 종종 즐겨 듣는다. 포더는 '제2의 클라이번'이라는 칭호와 함께 화려하게 데뷔했지만, 마약과 술에 절어 건강을 버리고 대중에게서 거의 잊힌 채 2011년 세상을 떠났다. 음악의 세계에서 젊은 시절 화려하게 데뷔한 연주가가 스타로 살아남기란 녹록지 않은 일이리라.

Rossini: Overture "The Thieving Magpie"

26

로시니 가극 〈도둑까치〉 서곡

프리츠 라이너 지휘 시카고 교향악단 Vic. LSC-2318 (1959년)

조지 셀 지휘 클리블랜드 관현악단 Col. MS7031 (1957년)

토머스 비첨 지휘 로열 필 Capitol SG-7251 (1961년)

이고르 마르케비치 지휘 프랑스 국립방송 관현악단 Angel 35548 (1957년)

람베르토 가르델리 지휘 뉴필하모니아 관현악단 일본London SLA6006 (1973년)

클라우디오 아바도 지휘 런던 교향악단 일본Gram. MG-1002 (1975년)

로시니의 적잖은 서곡 가운데 왜 〈도둑까치〉인가? 내가 이 서곡을 좋아해서 『태엽 감는 새』라는 소설 첫 권 제목에도 사용했기 때문에, 라는 것이 이유입니다. 이 오페라가 상연되는 일은 잘 없고 서곡만 유명하다.

라이너가 지휘하는 시카고 교향악단. 이 사람은 '강경파'라고 할까, 거의 항상 눈빛을 번득이며 긴밀하고 힘있는 음악을 들려주는데, 유머센스나 도시적 소탈함은 부족한 감이 있다. 그래서 로시니의 서곡처럼 경묘함이 필요한 곡에서는 아무래도 '힘으로 밀어붙인다'는 인상을 듣는 이에게 안겨주고 만다. 가극의 서곡이란 '자, 이제 막이 올라갑니다. 무슨 일이 일어날 거라고요' 하며 관객을 설레게 하는 맛이 있어야 하는 법인데.

조지 셀도 라이너 못지않게 성실한 사람 같은데, 이 사람이 지휘하는 로시니의 서곡 역시 예상을 벗어나지 않고 상당히 격조 높고 빈틈없는 결과물로 완성되었다. 듣다보면 감탄이 나오긴 하지만 위트가 없는지라 영 흥이 나지 않는다. 연주만 잘한다고 다가 아닌데. 이렇게 보면 로시니 서곡집을 지휘하기란 (언뜻) 쉬워 보여도 녹록지 않은 일인 모양이다.

그 점에서 영국 신사 비첨의 연주는 어깨 힘을 적당히 빼고, 고상한 위트가 넘치는 결과물을 보여준다. 묵직한 코트를 벗어던지고 가벼운 케이프를 두른 느낌이다. 산전수전 다 겪은 친척 아저씨의 유쾌한 이야기를 듣는 기분이 들기도 한다.

마르케비치의 연주는 경묘하다고 할 수는 없어도 센스가 부족하진 않다. 듣고 있으면 즐거워진다. 셸이나 라이너의 '정면 돌파'식 연주와 어디가 어떻게 달라서 그런 건지 열심히 귀기울여보지만, 기술적 차이는 나로서는 잘 알 수 없었다. 그래도 '소리의 질감'이 완전히 다르다는 건 느껴진다. 지휘자 각자의 캐릭터, 라고 한마디로 정리해버려도 되려나? 참고로 마르케비치는 대다수의 여타 유럽 지휘자들과 달리 가극장을 이끈 경험이 없다.

본토(라고 할까) 이탈리아 지휘자이자, 이탈리아 오페라가 거의 전문분야인 가르델리는 어떨까? 아닌 게 아니라 이 사람은 서곡이 그 자체로 완결되는 단독 작품이 아니라 본체인 가극 혹은 가극장에 결합되어 기능하는 것임을 제대로 이해하고 있다. 그렇기에 소리의 성분부터 다른 사람과 크게 다르다. 듣고 있으면 왠지 모르게 가슴이 설렌다. 이탈리아의 어느 소도시 가극장에서 동네 아저씨들과 나란히 앉아 오페라를 보고 있는 양 행복한 기분이 된다.

마찬가지로 이탈리아인으로서 오페라 지휘가 장기인 아바도. 이 사람이 연주하는 로시니에는 가르델리만큼 생생하지는 않아도 가극장의 풍경을 떠올리게 하는 또렷한 울림이 있다.

Ravel: String Quartet in F Major

27-1

라벨 현악사중주 F장조

부다페스트SQ Col. ML-4668 (1953년)

부다페스트SQ Col. ML-5245 (1957년)

줄리어드SQ Vic. LSC-2413 (1962년)

줄리어드SQ Col. M30650 (1970년)

어느 LP나 드뷔시의 현악사중주와 앞뒷면을 이룬다. 여러 의미에서 커플링하기에 최적의 조합일 것이다. 드뷔시가 1893년 발표한 현악사중주의 영향으로, 라벨은 십일 년 후인 1904년 이 곡을 발표했다. 닮은 구석이 적지 않다. 여기서는 라벨의 작품을 부다페스트와 줄리어드 각각의 신구반을 중심으로 비교해 들어본다. 근대 프랑스를 대표하는 이 작품을, 베토벤이 장기인 동유럽계 유대인을 중심으로 하는 미국의 두 현악사중주단이 연주한다—얼핏 보면 미스매치 같지만, 모두 우열을 가리기 힘들 만큼 멋진 결과물로 완성되었다.

부다페스트SQ의 신구반은 녹음 간격이 불과 사 년인데, 아마 음반사에서 스테레오반 리스트를 채우려는 목적이 있지 않았을까 싶다(우리집에 있는 것은 둘 다 모노럴이지만). 1957년 녹음본만 '정석'으로 쳐주는 모양인데, 구반의 완성도도 절대 나쁘지 않다. 라벨의 곡에서 가장 중요한 요소 중 하나는 독자적인 소노리티인데, 연주의 첫 음부터 그것이 확실하게 들린다. 구반을 먼저 듣고 신반을 들으면 제일 먼저 드는 생각이 소리의 질감이 부드러워졌다는 점이다. 비유하자면 구반은 군살을 걷어내 깨끗한 소리를 만드는 데 집중했고, 신반은 그 위에 새로운 살을 붙여나갔다—고 할 수 있으려나. 어느 쪽이든 각각의 미덕이 있다고 본다. 같은 멤버에 불과 사 년의 차이를 두고도 연주되는 음악은 미묘하게 변화해간다는 데 감탄하게 된다. 이런 것을 사람들은 '성숙'이라고 부르는지도 모른다.

녹음 방식의 차이도 있겠지만.

1962년 줄리어드SQ의 RCA 녹음은 부다페스트보다 한결 소리의 조임이 강해졌다. 쇤베르크에 가깝게 느껴질 정도다. 어디로 보나 이 시대 줄리어드의 소리이고, 그 치밀함도 음악적 완성도도 심상치 않다. 하지만 지금 관점에서 보면 이런 음악적 자세는 너무 엄격한지도 모르겠다. 1970년반은 RCA반보다 표현이 아주 조금 유연해졌지만, 전체를 지배하는 농밀한 긴장감은 여전하다. 라벨의 소노리티가 프랑스풍이라기보다 좀더 보편적인 방향으로 미묘하게 치우쳐 있다. 이런 부분을 다루는 방식에서 부다페스트SQ와의 차이가 제법 흥미롭다.

나는 한번 스위스에서 줄리어드SQ의 리더 로버트 만이 라벨의 이 곡으로 학생 콰르텟을 지도하는 현장을 본 적이 있다. 군데군데 상당히 엄격하게 지적했지만("훌륭한 연주였다. 하지만 그건 라벨이 아니야"), 비판과 충고를 받은 학생들의 연주가 실시간으로 향상되는 것을 실감할 수 있었다. 마치 소설의 문장이 퇴고를 거치며 차츰 생명력을 얻어가듯이. 그것은 나에게도 귀중한 경험이었다.

Ravel: String Quartet in F Major

27-2

라벨 현악사중주 F장조

레벵구트SQ Gram. LPM13812 (1953년)

파레닝SQ 일본Angel EAA 180 (1969년)

이탈리아SQ Phil. PHS900-154 (1965년)

라살SQ 일본Gram. MG2388 (1971년)

라벨(과 드뷔시)의 콰르텟은 훌륭한 연주가 많기에, 한 번에 다 담을 수 없어 두 번으로 나눕니다.

레벵구트SQ는 1930년대 프랑스에서 결성된 전통 있는 사중주단으로, 하이든, 모차르트 등의 고전 작품을 주요 레퍼토리로 삼았지만, 라벨 같은 근대 작품에서도 눈이 번쩍 뜨일 만큼 걸출한 음악 세계를 보여준다. 우아하고 무리하지 않으며 자연스러운 프랑스 고유의 냄새가 난다. 도시적인 소탈함이 느껴지면서도 마지막 악장의 긴박감은 그들의 연주가 얄팍한 것이 아님을 명료히 보여준다. 강경함과 유연함을 오가는 솜씨가 절묘하다. 이 레코드는 호평받으며 ACC 디스크 대상을 수상했다.

파레닝SQ의 연주는 그로부터 십육 년 후 녹음되었다. 이 프랑스 사중주단은 주로 쇤베르크나 버르토크 같은 현대물이 장기였는데, 음색에서도 그처럼 첨예한 향기가 난다. 레벵구트SQ의 연주에 비해 우아한 프랑스적 정서는 다소 옅어지고, 세기 전환기(턴 오브 더 센추리) 유럽의 신비로운 불안감 같은 것이 어딘지 모르게 감돈다. 어쨌거나 레벵구트와 파레닝은 각자 색깔은 다르지만 우열을 가리기 힘든 차밍한 연주를 들려준다. 이 프랑스인 단체의 연주에는 부다페스트나 줄리어드에는 없는 '무언가'가 있다. 언어에 비유하자면 '악센트'나 '억양'에 가까운 것인지도 모른다. 물론 부다페스트와 줄리어드의 음악 그 자체는 두말할 나위 없이 훌륭하지만.

그리고 이탈리아SQ. 콰르테토 이탈리아노. 이탈리아와 프랑스는 지리적으로도 바로 옆이니 감성이 뭐 그리 다를까 싶은데, 신기할 정도로 멜로디의 느낌이 다르다. 선율만 들으면 완전히 다른 작품 같다고 할까, 당장이라도 누구 하나가 벌떡 일어나서 아리아를 열창할 것처럼 달변가의 연주를 들려주는 이탈리아SQ다. 비교해서 들으면 그런 감성의 차이가 제법 흥미롭다. 줄리어드SQ의 고도로 훈련된 연주와 대척점에 있는 음악을 찾는다면 이 이탈리아SQ 정도를 들 수 있지 않을까 싶다. 그래도 네 사람 다 무척 유쾌하고 활기차게 연주하니 그게 최고다 싶고, 듣다보면 덩달아 편안하고 즐거워진다.

마지막으로 미국 라살SQ의 연주도 꼭 소개해두고 싶다. 라살은 현대음악이 장기인 단체지만 이 라벨 연주는 실로 내추럴해서, 마치 이야기의 실을 더듬어가듯이 무난하게 들을 수 있다(이를테면 〈어미 거위〉를 들을 때처럼). 긴밀한 소노리티나 컬러풀한 기교보다 음악의 줄거리에 해당하는 것을 또렷하게 전면에 내세운다. 매우 흥미로운 접근법이다.

서두에 썼다시피 라벨 현악사중주는 곡도 훌륭하거니와 뛰어난 연주가 많아 어떤 것을 골라도 만족하리라 생각한다. 개성의 색깔이 조금씩 다를 뿐이다.

Poulenc: Gloria

28

풀랑크 〈글로리아〉

조르주 프레트르 지휘 프랑스 국립방송 관현악단 EMI ASD2835 (1961년)

로버트 쇼 지휘 RCA 빅터 교향악단 Vic. LSC2822 (1965년)

레너드 번스타인 지휘 뉴욕 필 Col. M34551 (1976년)

풀랑크는 처음에는 세련된 파리지앵, 재능 있는 젊은이로 사교계에 이름을 날렸으나, 나이들면서 화려한 생활과 거리를 두고 가톨릭 신앙에 깊이 경도되며 작풍도 눈에 띄게 변화해갔다. 〈글로리아〉는 그가 만년에 작곡한, 소프라노 독창과 합창단과 관현악을 위한 종교음악이다.

프레트르가 지휘한 레코드는 1961년 풀랑크가 직접 감수, 입회한 가운데 녹음되었다. 풀랑크 만년의 작품은 대부분 프레트르의 지휘로 초연되었다. 독창자는 로산나 카르테리. 옛것의 인용(에 가까운) 부분과 모더니즘의 혼합(뒤죽박죽)이라는 풀랑크의 특색을 정확히 이해한, 설득력 있는 연주다. 오케스트라, 코러스, 독창의 밸런스도 적절하다. 파리의 성당에서 녹음했다는데, 적당한 잔향을 남기는 사운드가 종교음악에 어울려서 듣기 좋다.

로버트 쇼는 원래 합창단 지휘자였기에 필연적으로 코러스가 적극적으로 나선다. 아니, 거의 코러스가 전체적인 주인공 격인데 그 합창단의 통솔(조이기)력이 과연 뛰어나다. 모호한 데가 없다. 녹음은 선명하고 우수하지만, 프레트르반처럼 성당 느낌이 나는 잔향이 거의 없어서 보다 현세적인 인상이 강하다. 음악을 세부까지 자세히 듣고 싶다면 프레트르반보다 이쪽이 적절할 것이다. 소프라노 독창은 새러메이 엔디치.

쇼와 대조적으로, 번스타인은 지극히 오케스트라 중심으로 음악을 질주시킨다. 코러스와 독창은 어디까지나 그 힘찬 흐름에 종속

되는 입장이다. 말하자면 종합적인 드라마성을 중시하고, 그만큼 종교성=가톨릭 요소는 희석되었다. 희석 정도는 쇼와 거의 비슷하다. 번스타인은 역시 전체적인 그림을 그리는 데 탁월하다. 감동적이고 생명력 넘치는 음악이다. 독창은 주디스 블레겐.

삼인삼색으로 저마다 장점이 있어 하나만 고르기 고민스러운데, 나는 아무래도 여러 의미에서 자연스러운 밸런스를 이룬 프레트르의 음반을 고를 것 같다. 풀랑크는 인품이나 성향에 여러 면이 함께 있는 복잡한 사람이었던 모양이니, 아마도 '치유의 균형' 같은 것이 필요하지 않을까. 프레트르는 그런 면을 섬세하게 안배하는 느낌이다. 왠지 몰라도 나는 옛날부터 풀랑크 음악의 팬이다.

그나저나 여기서 다룬 세 장의 레코드 재킷이 전부 스테인드글라스인 것도, 우연일 테지만 나란히 놓고 보면 재미있답니다.

Brahms: Symphony No.3 in F Major, Op.90

29

브람스 교향곡 3번 F장조 작품번호 90

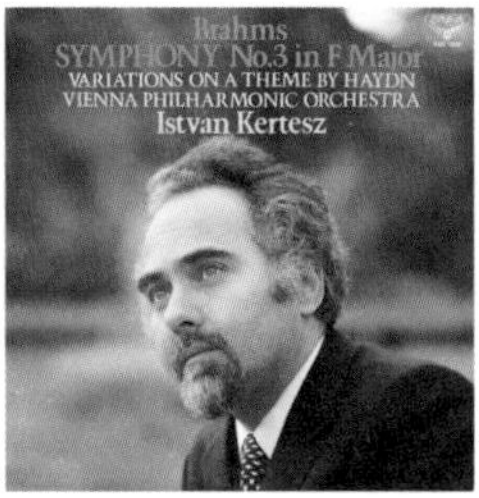

세르게이 쿠세비츠키 지휘 보스턴 교향악단 Vic. LM-1025 (1949년)

오토 클렘페러 지휘 필하모니아 관현악단 Angel 35545 (1957년)

레오폴드 스토코프스키 지휘 휴스턴 교향악단 Everest SDBR-3030 (1960년)

에르네스트 앙세르메 지휘 스위스 로망드 관현악단 London CS-6363 (1963년)

이슈트반 케르테스 지휘 빈 필 일본London K15C-7035 (1973년)

앞서 말해두고 싶은데, 여기서 다루는 다섯 장의 디스크 모두 훌륭한 연주를 담고 있고 무엇을 선택해도 아쉽지 않을 것이다. 어느 것을 고르든 브람스의 아름다운 심포니를 마음껏 만끽할 수 있다. 우열을 가릴 생각은 없다. 그저 개인적 감상일 뿐이다.

이 라인업에서는 쿠세비츠키의 레코드 녹음이 가장 오래되었는데, 소리든 연주든 낡은 느낌이 들지 않는다. 불필요한 잔재주 없이, 시종일관 바른 자세를 무너뜨리지 않고, 논리적인—게다가 따스함이 느껴지는—음악을 만들어간다. 좋은 의미의 '올드스쿨' 느낌이 진하게 전해진다. 만약 우리집에 브람스 3번이 이 한 장밖에 없다 해도 별로 부족함을 느끼지 않았을 것 같다. 심플한 재킷도 무척 마음에 든다.

클렘페러는 그야말로 '정정당당'한 인상의 브람스다. 아름다운 행서체라고 할까, 한 점 한 획을 허투루 하지 않는다. 흐트러지거나 느슨해진 데가 없는 훌륭한 연주다. 그러나 따스함이라면…… 어째 부족한 느낌이다. 그 유명한 3악장에서도 절대 감상적으로 흐르지 않고, 낯빛 하나 바꾸지 않은 채 의연하고 기품 있게 밀고 나간다. 워낙 학구적인 사람이니 그런 점은 바늘을 내려놓기 전부터 각오하는 바지만.

스토코프스키는 그 정도로 '학구적'이지는 않은 듯, 상대가 바흐건 베토벤이건 브람스건 '알 게 뭐람'이라는 자세로 마음껏 자기가 하고 싶은 걸 한다. 그런 부분에서 호불호가 갈릴 텐데, 적어도 이 브람스 3번에서는 그런 방식이 결코 나쁘지 않다는 게 내 생각이다. 서비스는 적당한 선에서 억제하고, 그 위에서 유유히 멜로디를 노래한다. 만약 클렘페러가 이 레코드를 들었다면 그 굵은 눈썹을 찌푸렸을지도 모르지만.

앙세르메의 레코드에 바늘을 내려놓고 가장 먼저 드는 생각은, 다른 오케스트라의 브람스와는 소리가 꽤 다르다는 것이다. 어딘지 프랑스 냄새가 난다. 혹 브람스 원리주의자라면 탐탁지 않게 느낄 테지만, 나는 전혀 브람스 원리주의자가 아니기에 그냥 '이런 것도 나쁘지 않네' 하고 넘어간다. 좀더 단호하게 돌파하면 좋겠다 싶은 대목도 없지는 않지만.

이슈트반 케르테스의 브람스 3번(1973년 녹음)은 실로 훌륭한 연주다. 몇 번을 들어도 흠잡을 데가 거의 보이지 않는다. 빈 필의 소리가 한없이 기분좋게 울린다. 이스라엘에서 사고를 당해 마흔셋이라는 젊은 나이로 세상을 떠난 탓에, 이 레코드를 포함해 영국 데카에서 발매한 훌륭한 브람스 교향곡 전집이 그의 유작이 되었다(2번만 구녹음으로 이뤄져 있다). 아날로그 소리도 매우 아름답다.

Brahms: Violin Concerto in D Major, Op.77

30-1

브람스 바이올린협주곡 D장조 작품번호 77

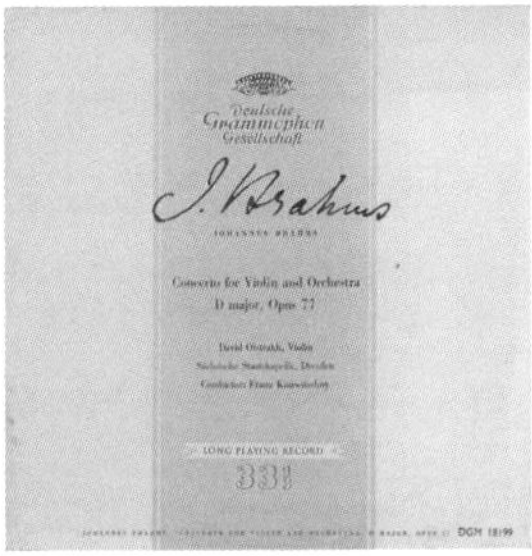

다비트 오이스트라흐(Vn) 프란츠 콘비츠니 지휘 드레스덴 국립관현악단 Gram. 18199 (1954년)

다비트 오이스트라흐(Vn) 오토 클렘페러 지휘 프랑스 국립방송 관현악단 Angel 35836 (1960년)

예후디 메뉴인(Vn) 루돌프 켐페 지휘 베를린 필 Eterna 8 20 261 (1957년)

예후디 메뉴인(Vn) 푸르트벵글러 지휘 루체른 음악제 관현악단 Vic. LS2002 (1949년)

브람스 바이올린협주곡은 레코드가 많아서 두 그룹으로 나누겠습니다. 우선 오이스트라흐와 메뉴인을 각각 두 장씩. 두 사람 다 아름다운 음색과 유려한 선율로 정평이 난, 일세를 풍미한 명연주가다.

다비트 오이스트라흐는 이 곡을 여러 번 녹음했는데, 우리집에 있는 이 두 장의 레코드만 들어봐도 '이 이상 대체 뭘 할 수 있다는 거야?' 하는 커다란 물음표가 머리 위에 둥실 떠오르고 만다. 이것만으로 충분하지 않은가 싶은 것이다. 그 정도로 어느 것이든 우열을 가리기 힘들게 충실한 연주다. 세월이 흘러도 영롱함이 거의 바래지 않았다.

그렇지만 같은 오이스트라흐의 연주라 해도 콘비츠니와 클렘페러 사이에는 적잖은 차이가 있다. 콘비츠니가 지극히 독일적인 음색으로 빈틈없이 완성한 데 반해, 클렘페러는 굳이 말하자면 프랑스 쪽에 가까운 유연함을 보인다. 클렘페러반은 러시아인 독주자, 독일인 지휘자, 프랑스의 오케스트라가 모인 다국적 팀인데, 오케스트라의 어법이 뜻밖일 정도로 강한 존재감을 발휘한다. 특히 2악장의 음색이 우아하고 아름답다. 오케스트라에 따라 음악의 인상이 꽤나 달라지는 법이다.

콘비츠니의 반주는 올곧다고 할까, 다소 딱딱한 부분이 있지만 흔들림 같은 것은 전혀 찾아볼 수 없다. 안정감이 있는 단단한 지반 같다. 오이스트라흐는 그 지반을 효과적으로 활용한다. 한편 클렘페러반에서는 오케스트라의 미묘한 흔들림을 나름대로 즐기는 듯 보인다. 그런 차이를 맛보는 것도 작은 즐거움일 것이다. 독주는 양쪽 다 비슷하게 훌륭하다.

메뉴인은 켐페와 베를린 필이라는 더할 나위 없는 반주를 얻어 여유로운 연주를 펼친다. 모노럴 녹음 소리가 뚜렷하지 않은 편이라 좀 아쉽지만, 한결같이 아름다운 브람스를 만끽할 수 있다. 오이스트라흐가 항상 우등생 같은 연주를 들려주는 데 비해 메뉴인에게는 '위태로운' 구석이 있다. 아름다움과 표리일체인 위태로움. 그런 면이 매력이기도 하고 약점이기도 하다. 그래도 이 '켐페반'에서는 아름다움이 숨김없이 드러난다고 생각한다. 맑고 탁월한 연주다. 몇 번씩 연달아 듣고 싶고, 들을수록 더 좋아진다. 어떤 경우에는 위태로운 부분도 조금은 필요하다.

그로부터 팔 년 전인 1949년, 메뉴인은 푸르트벵글러와 함께 루체른 음악제에서 이 곡을 녹음했다. 푸르트벵글러는 2차대전 이후 나치 협력자라는 이유로 한동안 음악 활동을 금지당했는데, 후에 문제가 해결되어 복귀할 수 있었다. 유대인이지만 그에게는 줄곧 동정적인 입장이었던 메뉴인과 함께, 진심을 담아 브람스 협주곡을 연주한다. 바이올린은 열정적으로 노래하고, 오케스트라의 소리는 자비롭기 그지없다. 오래된 녹음이라(RCA가 처음으로 제작한 LP판이다) 소리는 약간 예스럽지만, 기념비적인 명연이다.

Brahms: Violin Concerto in D Major, Op.77

30-2

브람스 바이올린협주곡 D장조 작품번호 77

아이작 스턴(Vn) 토머스 비첨 지휘 로열 필 Col. ML4530 (1952년)

나탄 밀스타인(Vn) 아나톨 피스툴라리 지휘 필하모니아 관현악단 일본Capitol CSC5051 (1957년)

헨리크 셰링(Vn) 피에르 몽퇴 지휘 런던 교향악단 일본RCA RCL 1053 (1958년)

울프 횔셔(Vn) 클라우스 텐슈테트 지휘 북독일 방송교향악단 Angel DS37798 (1980년)

스턴은 평생 동안 총 세 번 이 곡을 녹음했는데, 그중 첫번째에 비첨과 호흡을 맞추었다. 서른을 갓 넘긴 당시의 스턴은 촉망받는 신예답게 파워풀하다. 대담하다고 할까, 단도직입적으로 음악을 파고든다. 1978년 주빈 메타/NY필과 함께 녹음한 연주(CD)와 비교해서 들어보았는데, 마치 다른 사람의 연주 같았다. 너무 끈적하게 가는 거 아닌가, 특히 2악장은…… 하며 고개를 갸웃하게 되는데, 그래도 이런 게 원숙의 경지라는 것이리라. 신구를 비교한다면 나는 오히려 구 비첨반의, 다소 거칠게 깎아낸 솔직함에 마음이 끌리지만(비첨의 반주도 놀라울 만큼 꾸밈없다). 일반적으로 높이 평가받는 오르먼디와의 두번째 음반은 아직 들어보지 못했다. 들어봐야겠다고 생각은 하고 있으나……

이 젊은 날의 스턴에 이어서 들으면, 이미 베테랑의 영역에 접어든 밀스타인은 과연 능수능란하다. 자유롭고 활달하게, 악기 위에서 마음껏 기교를 부린다. 1악장의 카덴차는 그야말로 기예에 가까워서, 들으면서 나도 모르게 '휴우' 한숨이 나올 정도다. 오이스트라흐에 비해 밀스타인은 의외로(라고 할까) '여기다' 싶은 순간 한 발짝 더 깊게 파고드는 호방함 같은 것이 있다. 원만한 오이스트라흐는 한 발짝 직전에 아슬아슬하게 멈추고 뒤로 물러난다. 그런 호방함이 좋게 작용할 때가 있는가 하면 그렇지 못할 때도 있다. 같은 우크라이나 오데사 출신인데도 두 사람의 개성과 예술세계는 제각각이다. 참고로 밀스타인이 네 살 위다.

앞서 말한 두 오케스트라(비첨과 피스톨라리)는 특별히 두드러지는 인상을 남기지 않지만, 헨리크 셰링과 함께한 피에르 몽퇴는 오케스트라의 존재감을 유감없이 드러내 보인다. 그저 맞춰주는 반주가 아니라, 훨씬 적극적이고 구조적으로 음악과 엮인다. 그러면서도 절대 필요 이상으로 나서는 인상은 주지 않는다. 그야말로 협주곡의 정석이라고 할까. 셰링은 오이스트라흐보다 밀스타인에 가까운 타입의 연주가다. 예민하게 머뭇거리지 않고 음악 속으로 치고 들어가는 자세인데, 그것을 몽퇴가 노련하게 떠안아 순조롭게 착지시키는 구조다.

다른 일곱 장에 비하면 상당히 최근작에 속하는(1980년 디지털 녹음) 휠셔/텐슈테트 조합은 브람스 음악의 온화한 측면을 더도 덜도 없이 깔끔하게 그려낸다. 첫 음부터 왠지 긴장이 풀린다. 비장한 메시지 같은 것은 거의 찾아볼 수 없다. 1악장의 자작 카덴차는 귀가 즐겁고, 텐슈테트의 지휘도 훌륭하다. 자주 거론되지는 않지만, 이렇게 담백한 브람스도 은근히 좋다.

그래서, 이 레코드들 중에 딱 한 장만 골라야 한다면? 으음, 역시 이러니저러니해도 종합적으로 뛰어난 오이스트라흐와 클렘페러 조합이라고 생각한다. 듣는 입장에서 가장 안정적으로 느껴지고, 깊은 맛이 난다.

Beethoven: Symphony No.5 in C Minor "Fate", Op.67

31

베토벤 교향곡 5번 〈운명〉 C단조 작품번호 67

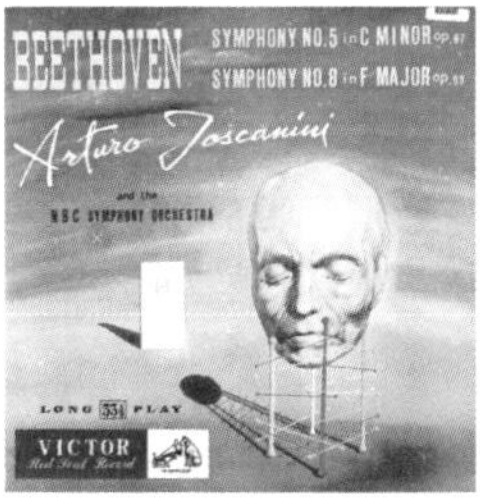

아르투로 토스카니니 지휘 NBC교향악단 일본Vic. LS-2011 (1938년)

에리히 클라이버 지휘 암스테르담 콘세르트헤바우 관현악단 영국Dec. LXT2851 (1953년)

카를 뵘 지휘 베를린 필 일본Gram. LGM-33 (1953년)

호르스트 슈타인 지휘 런던 필 일본Col. JS-37 (1963년)

이고르 마르케비치 지휘 라무뢰 관현악단 Fontana 894 016 (1960년)

토스카니니. 1938년 녹음된 SP반을 복각한 것인데, 일단 연주가 굉장하다. 다다다단! 부분의 박력부터 이미 세차게 따귀를 얻어맞은 기분이다. 소리는 아무래도 빈약하지만, 연주가 그런 단점을 완전히 제압해버린다. 벽에 무언가를 힘껏 때려박는 듯한 포르티시모, 하드보일드할 만큼 정확한 템포, 잔향이 거의 없이 노출되는 악기군. 싸움을 걸 기세인 최종 악장까지. 이것을 처음 들은 당시의 사람들은 분명 놀라 나자빠졌을 것이다. 내가 가지고 있는 LP는 일본반인데, 일단 재킷부터 심상치 않다. 달리풍으로 연출한 베토벤의 데스마스크.

여기서 1952년 녹음(같은 오케스트라)으로 옮겨가면, '다다다단'이 좀더 '비폭력적'이 된다. 소리도 조금 둥글어졌다. 그만큼 놀라움은 줄어들지만 박력 자체는 끄떡도 하지 않는다. 토스카니니가 생각하는 베토벤의 세계가 불문곡직 펼쳐지며 듣는 이를 완벽히 설복시킨다.

에리히 클라이버의 연주는 보다 정통적이고, 콘세르트헤바우의 소리도 기본적으로 부드럽지만, 음악의 박력은 토스카니니에게 결코 뒤지지 않는다. 매우 인간적이고 균형이 잘 잡힌 뛰어난 연주라고 생각한다. 과도한 정신성 같은 게 담겨 있지 않으니 괜히 긴장할 필요도 없다.

카를 뵘도 클라이버와 마찬가지로 1953년 녹음. 이쪽은 베를린 필과 함께했다. 당시 뵘은 쉰아홉 살, 그야말로 물이 오를 대로 오른 장년기다. 힘이 충분하고, 1악장은 토스카니니 못지않은 기세로 돌진한다. 모르고 들으면 설마 뵘이라고는 예상하지 못할 것이다. 이런 뵘도 좋다. 재킷의 얼굴이 사뭇 패기 넘친다. 뵘이라……하고 시큰둥해하는 사람들이 들어줬으면 한다.

호르스트 슈타인의 〈운명〉은 주로 이지 리스닝 음악을 제작하는 영국의 마이너한 음반사 '얼셔Alshire 프로덕션'에서 나왔다. 중고가게 세일품 상자에서 발견하고 100엔에 사왔는데, 예상외로 훌륭했다. 악보를 구석구석 꼼꼼히 읽고 치밀한 리허설을 참을성 있게 반복한…… 그 결과물 같은 소리가 들린다. 아마도 슈타인이라는 지휘자의 인품 덕이리라. 클리셰에 빠지거나 적당히 넘어가는 구석이 없는, 믿음직한 음악이다. 오케스트라도 건투한다. 칭찬하는 사람은 보지 못했지만.

마르케비치는 1950년대 말부터 라무뢰 관현악단을 지휘하며 베토벤 교향곡을 여럿 녹음했다. 매우 예리한 연주를 숨 돌릴 틈 없이 들려준다. 마르케비치 팬에게는 못 견디게 좋을 드라이브감이지만, 쉬어갈 곳을 확실히 챙기는 정통적인 베토벤 연주와는 다소 성격이 달라서 별로라고 느끼는 사람도 있을 것이다. 나는 즐겁게 감상했지만. 어쨌든 '마르케비치의 구덩이' 속에서 독일 정신성 같은 것은 큰 의미가 없다.

Beethoven: Symphony No.6 in F Major "Pastoral", Op.68

32

베토벤 교향곡 6번 〈전원〉 F장조 작품번호 68

파울 클레츠키 지휘 프랑스 국립방송 관현악단 일본 콘서트홀 M2239 (1962년)

카를 뵘 지휘 빈 필 Gram. 2530142 (1971년)

에리히 클라이버 지휘 암스테르담 콘세르트헤바우 관현악단 London LL-916 (1953년)

브루노 발터 지휘 컬럼비아 교향악단 일본Col. DS-193 (1958년)

오래전 로마에서, 조르주 프레트르가 객원으로 산타 체칠리아 음악원 관현악단의 〈운명〉과 〈전원〉을 연이어 지휘한 것을 듣고 크게 감동받은 적이 있다. 귀에 딱지가 앉도록 들어온 곡인데도 너무나 신선하게 느껴졌다. '이렇게 멋진 곡이었구나' 하고 새삼 깨달았다. 그래서 프레트르가 지휘한 〈운명〉과 〈전원〉을 찾아 사올 마음을 먹었는데, 알아보니 레코드는 내지 않았더군요. 연주가 그렇게나 훌륭했는데.

이 클레츠키의 레코드는 세일하길래 사왔는데(100엔이었다) 내용물이 기대 이상으로 훌륭하다. 듣기만 해도 '치유받는' 느낌이다. 〈전원〉 같은 인기곡은 아무래도 스타 지휘자의 작품부터 팔리기 마련이라, 클레츠키처럼 수수한 사람은 카탈로그에 오래 남지 못한다. 그래도 이런 음악을 듣고 있으면 마음이 무척 편안해진다. 마치 소박한 온천에 몸을 담근 것처럼.

앞서 〈운명〉을 지휘한 당시의 뵘은 쉰아홉 살이었지만, 이 〈전원〉을 녹음했을 때는 일흔일곱 살이다. 관록을 겸비한 대가, 게다가 오케스트라는 수족과도 같은 빈 필. 그러나 이 〈전원〉은 솔직히 말해 어디가 좋은지 전혀 모르겠다. 몇 번을 들어봐도 특별한 재미가 느껴지지 않기 때문이다. 내 귀에는 그저 정석을 밟아가는 연주로만 들린다. 세간의 평판은 무척 좋은 모양이지만……

에리히 클라이버의 연주는 기품 있고, 과하게 힘을 주지 않는 점이 훌륭하다. 오케스트라는 〈운명〉과 마찬가지로 콘세르트헤바우

인데, 역시 매우 성실하고 설득력 있는 음악을 들려준다. 태도는 부드럽지만 자세가 지극히 똑바르고, 늘어지는 데가 없다. 반듯하게 당겨진 한 줄의 실 같다. 이 두 장의 레코드를 듣고 클라이버와 콘세르트헤바우 조합에 푹 빠져버렸다. 이 콤비의 베토벤은 그 밖에도 〈영웅〉과 7번도 나와 있는 모양인데 아직 들어보지 못했다.

발터/컬럼비아의 〈전원〉은 오래전부터 명반으로 유명하지만 나는 최근에야 들어보게 되었다. 들어보니, 역시 잘한다는 생각이 들었다. 무척 사려 깊은 연주다. 음악에 표정이 있다. 음악의 요점을 명확히 이해하면서도 영악하거나 약은 구석이 전혀 없다. 연주로는 흠잡을 데 없다. 하지만 오케스트라의 음색을 따지자면 나는 깊이 있는 콘세르트헤바우 쪽이 더 좋다. '저 안쪽으로 방이 하나 더 있어요' 하는 듯한 깊이다.

변칙적인 구성의 교향악이기에, 길고 느리게 흘러가는 2악장(안단테 몰토 모소)에서 얼마나 긴장감을 유지하며 우아하게 컨트롤하느냐가 연주의 핵심인 듯하다.

Bartók: The Miraculous Mandarin, Op.19

33

버르토크 〈중국의 이상한 관리〉 작품번호 19

야노시 페렌치크 지휘 부다페스트 필 Qualiton LPX-1106/Gram. 138873 (1960년대 중반?)

장 마르티농 지휘 시카고 교향악단 Vic. LSC 3004 (1966년)

오자와 세이지 지휘 보스턴 교향악단 일본Gram. MG1098 (1975년)

부다페스트 필하모니 관현악단의 레코드 두 장(헝가리 퀄리톤과 독일 그라모폰), 내용은 같지만 각각의 재킷이 근사하기에 둘 다 사진을 올렸다. 헝가리반이 오리지널이고, 독일반에는 〈칸타타 프로파나〉가 커플링되어 있다.

'본토' 것이어서인지 몰라도, 부다페스트 필의 연주는 충실하고 매우 설득력 있다. 양차대전 사이 유럽에 흐르던 불온한 공기를 반영한 듯한 불가사의한 우화寓話를 오케스트라가 오롯이 되살려낸다. 특별히 첨예한 연주는 아니지만, 드라마 배경에 있는 정신의 어둠이 수액처럼 서서히 스며나온다. 1942년 이 곡의 초연을 지휘하기도 했던 페렌치크가 세부까지 정확하고 빈틈없이 장악한다. 훌륭한 음악이다.

마르티농은 시카고 교향악단과의 관계가 원만하지 못했던 모양으로, 1960년대에 상임지휘자로 있었던 기간이 짧다. 그러나 적어도 이 레코드에서는 오케스트라가 멋진 소리를 들려준다. 페렌치크반과는 다른 곡으로 들릴 만큼 단면이 날카로운 음악이다. 그러면서도 절대 냉철하지 않다. 시카고의 첨예한 음색과 마르티농의 차분한 자세가 적절히 맞물려 있다. 음악이 과하게 딱딱해질라치면 지휘자가 오케스트라를 살며시 누그러뜨려준다.

오자와 세이지/보스턴도 컬러풀하고 스릴 있는 연주다. 이렇게 드라마성이 있는 정교한 악보를 연주하는 데 오자와 세이지는 실로 탁월하다. 눈앞에 정경을 척척 펼쳐나간다. 마치 실제로 보고 왔다는 양. 오케스트라도 지휘자의 의도에 두말없이 부응한다. 다만 음악의 구성을 시각적으로 알기 쉽게 또렷이 보여주는 데 집중하느라, 이 곡 깊숙한 곳에 자리한 불온한 '마음의 어둠'에 대한 표현은 약간 희미해진 것 같다. 물론 그건 이 곡을 어디서부터 어떻게 다룰 것이냐 하는 우선순위의 문제지만.

참고로 부다페스트 필은 발레용 전곡판, 마르티농과 오자와는 모음곡판을 채택했다. 전곡판은 합창단이 포함되어 편성도 그만큼 커진다. 전곡판으로는 불레즈/NY필의 연주도 훌륭하다. 다만 이 곡은 최근 녹음일수록 악기의 세퍼레이션이 보다 선명해지면서 전체적으로 소리가 날카로워지는 편이라, 가끔 피곤해지곤 한다. 지나간 시대의 조금은 모호한 음색이 더 좋은 경우도 있는데. 오르먼디/필라델피아의 오래된 녹음(모음곡판)을 들으면서 문득 그런 생각을 했다.

Handel: Water Music

54

헨델 〈수상음악〉

에이드리언 볼트 지휘 필하모닉 프롬나드 관현악단 West. 19115 (1950년대 초반)

보이드 닐 지휘 보이드 닐 관현악단 London LL-1128 (1954년)

언틸 도라티 지휘 런던 교향악단 Mercury SR90158 (1957년)

로린 마젤 지휘 베를린 방송교향악단 Phil. PHM500-142 (1964년)

에두아르트 반 베이눔 지휘 콘세르트헤바우 관현악단 Phil. 835 004AY (1959년)

볼트와 닐과 베이눔이 전곡판, 도라티와 마젤은 모음곡판이다(모음곡판은 둘 다 〈왕궁의 불꽃놀이 음악〉과 커플링).

볼트가 지휘하는 필하모닉 프롬나드 관현악단은 실질적으로 런던 필로 추측된다. 그야말로 태평하다고 할까, 움츠러든 데 없이 당당하고 평화로운 〈수상음악〉. 과연 '경' 칭호를 가진 지휘자답다. 한낮의 햇살이 흘러드는 살롱에서 홍차라도 마시면서 느긋하게 듣고 싶은걸. 헨델 작곡이지만 여기서는 완전히 영국 음악이 되었다. 녹음 연도는 분명치 않지만 스테레오가 출현하기 이전, 1950년대 초반이지 싶다.

보이드 닐은 1905년 태어나 의사로 일하면서 자기 이름을 붙인 오케스트라를 창단하고 유지해온, 특이한 경력의 소유자다. 역시 영국인 지휘자에 영국 오케스트라의 연주지만 볼트보다는 좀더 의욕적인 연주를 시도한다. 요컨대 유니버설한 결과물을 지향한 셈이다. 후대의 바로크음악 연주—이를테면 마리너 같은—에 가까운 분위기가 있다. 1954년 녹음이지만 낡은 느낌은 거의 들지 않는다. 영국 데카의 모노럴 녹음도 선명하다. 모노럴로 음악을 듣는 기쁨이라는 것도 세상에는 존재하는 법이다.

도라티는 어디를 보나 지나간 시대의 '대편성 오케스트라로 듣는 헨델' 같은 연주를 하기 때문에 간혹 표정이 과장된 부분이 있어 조금 머쓱해진다. 머큐리의 녹음이 훌륭하니 오디오 데몬스트레이션 같은 목적에는 적합할 수 있지만, 굳이 지금 시대에 챙겨 듣지는 않아도 될 연주가 아닐까(개인적인 감상).

마젤의 연주도 거의 비슷한 라인이지만, 시대가 지난 만큼 그래도 조금은 억제하는 편이라 야단스러운 면이 옅어졌다. 이 시기 마젤 특유의 '이 몸께서 납시었다……' 하는 예리함도 건재하다. 정론을 앞세운 최근의 고음악* 연주에 익숙해진 귀에는 조금 겉돌지도 모르지만, '원래는 이런 거야' 하는 마음가짐으로 들으면 나름대로 호쾌한 느낌을 즐길 수 있을 것이다. 정론은 때로 피곤한 법이다.

베이눔이 콘세르트헤바우를 지휘하면 으레 그렇듯, 여기서도 차분하고 반듯하고 단정한 음악이 펼쳐진다. 헨델도 베이눔도 꽤나 기분좋아 보인다. 이 오케스트라의 어디를 자극하면 어떤 사운드가 나오는지 지휘자가 속속들이 꿰고 있는 듯하다. 허둥대지 않고 소란스럽지 않게 일상의 일처럼 해나간다. 그래도 콘세르트헤바우의 소리에는 마음에 든 풍경화를 오랫동안 찬찬히 들여다보는 듯한 정취가 있기에, 은근히 중독성이 있다.

* 르네상스, 바로크, 고전파 등 옛 음악을 당시의 악기와 연주법대로 연주하는 것.

Mahler: Symphony No.1 in D Major

35

말러 교향곡 1번 D장조

에이드리언 볼트 지휘 런던 필 Everest 3005 (1958년)
윌리엄 스타인버그 지휘 피츠버그 교향악단 Capitol P8224 (1953년)
디미트리 미트로폴로스 지휘 미니애폴리스 교향악단 Col. ML4251 (1940년)
파울 클레츠키 지휘 빈 필 일본Seraphim EAC-30051 (1962년)

내가 클래식을 듣기 시작한 것은 1960년대 중반인데, 당시만 해도 말러와 브루크너가 지금처럼 폭넓은 인기를 누리지는 못했다. 구할 수 있는 레코드도 몇 장 없고, 콘서트에서 연주되는 기회도 거의 없었다. 특히 말러가 대중적으로 널리 알려지고 비교적 관심을 가지고 듣는 사람이 많아진 것은, 레너드 번스타인이 열의 가득한 교향곡 전집을 완결시킨 무렵(1970년 전후)이 아니었을까 싶다.

1960년대에도 그런 상황이었으니, 1940년대와 1950년대에 (나치에 의한 연주 금지 시기도 있었지만) 말러의 음악은 더더욱 마이너한 (혹은 인기 없는) 레퍼토리였음이 틀림없다. 위에서 먼저 꼽은 세 장의 레코드는 그러한 '미명未明'의 시대에 녹음된 말러 1번이다. 볼트는 어땠는지 몰라도, 스타인버그와 미트로폴로스는 당시에도 말러 음악을 열심히 추진한 것으로 알려져 있다. 요컨대 '세상에 전도하리라'는 계몽적인 자세로 말러를 연주한 것이다.

따라서 이 시대에는 '말러는 이런 소리로 이렇게 연주하는 것'이라는 콘센서스가 아직 확실히 이루어지지 않았고, 그 탓인지 현대인의 귀에는 '어라?' 싶게 신기한 소리를 내는 대목이 여기저기 엿보인다. 고색창연하다고 할까, 촌스럽다고 할까…… 그래도 그런 면이 묘하게 사랑스럽기도 해서 나도 모르게 열심히 귀기울이게 되는—그런 레코드들이다. 어느 음반에서나 연주자들의 열의와 애정이 듬뿍 느껴진다. 그렇듯 소박하고 순수한 감정은 최근의 스마트한 말러 연주에서는 찾아보기 힘들지도 모른다. 이중에서는 특히 미트로폴로스의 연주가 내 취향이다.

1960년대에 접어든 후 이루어진 클레츠키/빈 필의 녹음. 클레츠키도 1950년대부터 열심히, 착실하게 말러 음악을 다뤄온 지휘자다. 이 연주는 지금 귀로 들어도 크게 어색한 부분이 느껴지지 않는다. '상당히 얌전한 연주인걸' 하는 생각이 드는 정도일까. 그래도 그 얌전함에 감탄하며 집중해서 듣게 된다. 이 시대의 빈 필이 말러를 연주한 건 흔치 않은데, 과연 경지에 이른 소리를 낸다.

젊은 시절 처음 말러 교향곡을 듣고 '이렇게 뭐가 뭔지 모를 기묘한 음악을 대체 누가 좋아서 듣는담?' 하고 고개를 갸웃했던 기억이 난다. 소리의 흐름이 잘 파악되지 않았다. 그전까지 전혀 들어보지 못한 유의 음악이었으니까. 그러나 듣다보니 완전히 그 소리에 물들어버려서, 지금은 열심히 귀기울이게 되었다. 신기한 일이죠. 시대는 변한다. 감각도 변한다.

Stravinsky: The Firebird Suite

56

스트라빈스키 〈불새〉 모음곡

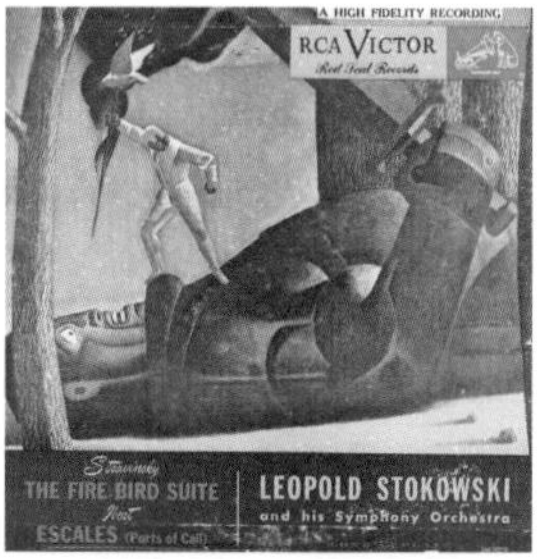

레오폴드 스토코프스키 지휘 그의 교향악단 Vic. LM-9029 (1954년)

유진 오르먼디 지휘 필라델피아 관현악단 Col. ML4700 (1953년)

오자와 세이지 지휘 보스턴 교향악단 Vic. LSC-3167 (1969년)

오자와 세이지 지휘 파리 관현악단 일본Angel EAA 80149 (1972년)

1919년판 모음곡. 내가 애청하는 이 스토코프스키의 음반은 오래된 모노럴 녹음인데도 음질이 놀랄 만큼 우수하다. 음색이 다채롭고 꽉 찬 느낌이다. 이런 레코드를 한낮에 느긋하게 듣고 있자면, 스테레오 녹음 같은 것은 발명되지 않아도 좋지 않았을까…… 하는 과격한 생각마저 문득 들고 만다.

'스토코프스키와 그의 교향악단Leopold Stokowski and his Symphony Orchestra'이라는 이름이 왠지 수상쩍지만, 스토코프스키가 뉴욕 근교에서 녹음할 때마다 모았던 소편성 오케스트라로, 클라리넷 데이비드 오펜하임, 첼로 레너드 로즈, 바이올린 존 코릴리아노(NY필 콘서트마스터) 등 이스트코스트의 일류 연주가들이 포진해 있어 연주의 질도 두말할 나위 없이 높다. 스토코프스키는 이 명인 오케스트라를 아주 기분좋게, 손에 익은 악기를 연주하듯이 낭랑하게 놀린다.

독특한 색깔의 소리를 만들어내는 스토코프스키는 때때로 악보를 마음대로 개편해서 문제가 되기도 하는데, 그런 점을 특별히 신경쓰지 않으면(대부분의 청자는 누가 말해주지 않으면 알아차리지 못할 것이다) 윤택하고 매력적인 소리를 기분좋게 즐길 수 있다. 피에르 불레즈처럼 엄격하게 훈련된, 구석구석까지 정확을 기하는 음색과는 완전히 대극점에 위치하는 〈불새〉다.

오르먼디의 레코드도 스토코프스키와 거의 같은 시기, 같은 스타일의 연주를 담았다. 편한 마음으로 들을 수 있고, 1953년의 모노럴 녹음이라고는 상상하기 힘들 정도로 소리가 선명하게 빛난다. 스토코프스키와의 차이는, 스토코프스키의 음악이 '스토리성'을 전면에 강하게 내세우는 데 비해 오르먼디는 시종일관 '정경'을 그린다는 점이리라. 둘 다 연주의 질은 매우 뛰어나니(낡았다는 느낌이 거의 들지 않는다), 나머지는 듣는 이의 취향 문제다.

오자와 세이지는 훗날 파리 관현악단을 지휘해 〈불새〉 전곡반을 냈는데(1972년 녹음), 그보다 삼 년 전 보스턴 교향악단을 지휘해 녹음한 이 모음곡반도 쾌활하고 청신한 것이 제법 매력적이다. 그저 힘만 좋은 것이 아니라 악보를 날카롭게 읽고 구석구석을 빈틈없이 들여다본다. 이 사람이 젊은 시절부터 이미 완성형이었고 매력적인 지휘자였음을 알 수 있다.

파리 관현악단과 녹음한 전곡반은 모음곡반에 비해 소리가 보다 컬러풀하고 섬세해졌으며, 흐름에도 한결 강한 '스토리성'이 생겨났다. 물론 오케스트라 음질 차이의 영향도 클 테지만, 오자와 세이지가 그 삼 년 사이 음악가로서 착실히 성숙해 거물이 되었음을 시사하는 것이리라. 그나저나 자꾸 같은 말을 하는 것 같지만, 보스턴 모음곡반의 '세상 무서울 것 없는' 약동감도 지금 와서 보면 애착이 간다.

Schumann: Carnaval, Op.9

37-1

슈만 〈사육제〉 작품번호 9

알프레드 코르토(Pf) 일본Angel HA1010 (1928년)

솔로몬(Pf) EMI HQM1077 (1952년)

게저 언더(Pf) Angel 35247 (1955년)

로베르 카자드쥐(Pf) Col. ML4722 (1956년)

발터 기제킹(Pf) Col. ML4722 (1954년)

코르토가 연주하는 〈사육제〉는 마치 겨울철 화롯가에서 입담 좋은 친척 아저씨나 할아버지가 해주는 옛날이야기를 듣는 것처럼, 저항 없이 자연스레 그 세계로 이끌리는 느낌이다. 현대 피아니스트들의 강건한 테크닉에 비하면 아무래도 약간 '느슨'하지만, 다름 아닌 그 '느슨함' 속에 연주자의 진실된 마음이 담겨 있다. 이런 따스한 마음가짐을 지금 시대에 재현하기란 아무리 테크닉이 좋아도 간단한 일이 아닐 것이다.

1928년 녹음이니 상당히 오래됐지만, 아날로그 레코드로 들으면 낡은 느낌이 거의 들지 않는다. 매우 소중하게 연주하고 매우 소중하게 녹음한, 풍요롭고 따스한 음악으로만 들린다. 내가 가지고 있는 것은 초기 일본반인데, 레코드가 묵직하고 음질도 저력이 있어서 나무랄 데 없다. 이런 음악은 이 정도는 되는 레코드로 듣고 싶다는 것이 솔직한 마음이다. 커플링된 〈교향적 연습곡〉 작품번호 13(〈사육제〉와 같은 시기에 작곡되었다)의 연주도 뛰어나다.

솔로몬, 게저 언더, 카자드쥐, 기제킹…… 전부 1950년대 모노럴 녹음이다. 전설의 피아니스트 솔로몬의 연주는 무엇보다 피아노의 음색이 훌륭하다. 코르토와 대조적으로 소리가 단단하고 맑으며 모호한 구석이라고는 없다. 그러면서도 차갑지 않다. 청결한 맑음과 뛰어난 음악성, 탁월한 기술이 보일 뿐이다. 다만 녹음에서 약간 세월이 느껴지는 점이 아쉽다.

게저 언더는 내가 좋아하는 피아니스트 중 한 사람이다. 이 〈사육제〉는 그의 경력 초기 무렵의 연주인데, 굉장히 수준이 높다. 이야기를 들려주듯 정확히 강약을 넣어 연주하지만 부자연스러운 느낌이 없다. 힘이 넘쳐 앞으로 나서는 일도 없다. 전체적으로 자연스러운 부피감을 갖추었고, 용솟음치는 젊은 재능이 곳곳에서 느껴진다.

카자드쥐의 〈사육제〉는 어느 모로 보나 이 사람답게 상냥하고 차분한 연주다. 특유의 이야기꾼 기질은 코르토에게 물려받은 부분이 크지 않을까 싶다. 언더가 들려주는 것이 '이야기'라면, 이 사람이 들려주는 것은 '수다'다. 그 부분이 세대 차이라고 할까. 둘 다 각각 즐기는 맛이 있지만.

기제킹의 〈사육제〉는 첫머리부터 기세 좋게 달려든다. 공격적이기까지 한 접근법이다. 슈만의 이 작품이 지니는 스토리성보다 기악적 특질을 명료히 하는 것을 목표로 두지 않았나 싶다. 다른 피아니스트들과는 음악을 구성하는 방식이 조금 다르다. 뛰어난 연주라고는 생각하지만, 좀더 마음 편한 〈사육제〉를 듣고 싶다는 것이 나의 (어디까지나) 개인적인 취향이다.

Schumann: Carnaval, Op.9

57-2

슈만 〈사육제〉 작품번호 9

세르게이 라흐마니노프(Pf) Vic. LCT12 (1929년) 10인치

얀 파넨카(Pf) Supraphon DM5260 (1950년대) 10인치

파울 바두라스코다(Pf) West. XWN18490 (1951년)

죄르지 산도르(Pf) 프랑스VOX PL11.630 (1959년)

〈사육제〉 후편. 이것들도 전부 모노럴 시대에 녹음된 오래된 레코드다. 종류가 너무 많아서 스테레오 시대 이후의 것은 제외했다. 루빈스타인의 훌륭한 명반을 언급할 수 없어서 아쉽지만.

코르토가 파리에서 〈사육제〉를 녹음한 이듬해인 1929년, 세르게이 라흐마니노프가 같은 곡을 미국RCA에서 녹음했다. 〈사육제〉는 라흐마니노프가 장기로 삼고 콘서트에서도 가장 즐겨 연주한 곡 중 하나인 만큼, 과연 혀를 내두를 정도로 능란하다—절묘하고 재빠른 손가락의 움직임. 어려운 부분도 가볍게 쳐낸다(내 귀에는 그렇게 들린다). 빠른 패시지 부분에서도 전혀 쫓기는 기분이 들지 않는다. 직접 콘서트홀에서 듣는다면 눈이 번쩍 뜨이는 연주에 우레와 같은 박수를 보낼 수밖에 없을 것이다. 기술적인 부분만 본다면 코르토는 라흐마니노프를 도저히 당해낼 수 없다. 하지만 라흐마니노프에게서는 코르토의 연주에서 느껴지는 퍼스널한 온기를 찾아내기 힘들다. 슈만의 음악이 남몰래 가지고 있는 기이한 그림자 같은 것도 거의 눈에 띄지 않는다. 물론 이런 부분은 어디까지나 취향의 문제겠지만.

체코의 피아니스트 얀 파넨카의 10인치 음반(슈프라폰)은 프라하의 작은 중고가게에서 발견하고 사왔는데, 연주가 놀라우리만큼 훌륭하다. 이성에 치우치지 않고, 감정에 매몰되지도 않고…… 음악이 꼿꼿하게 서 있다. 몇 번을 들어도 질리지 않는다. 정확한 녹음 시기는 알 수 없지만 1950년대 초반으로 짐작된다. 체코 슈프라폰의 무뚝뚝하기 짝이 없는 간결한 재킷(곡명조차 적혀 있지 않다)도 그 소박함에 절로 웃음 짓게 된다.

바두라스코다는 당시 스물세 살, '빈 삼총사'의 한 사람으로 띄워주던 신예 피아니스트였다. 〈사육제〉 연주도 이 사람답게 기본적으로 품위 있고 섬세하고 온화하다. 아직 젊은데도 안정적이거니와 중용의 미덕마저 느껴진다. 기술에도 문제가 없다. 지나치게 모범적이라고 할지, 좀더 불량스러운 요소가 있어도 좋지 않을까…… 싶기도 하지만.

산도르는 1912년 헝가리 태생 피아니스트. 버르토크 스페셜리스트고, 개인적으로도 친분이 있었다. 이 사람은 깨끗하고 날카로운 터치로 슈만의 음악을 예리하게 파고든다. 슈만 음악의 낭만파적 성격보다 음악적인 구축성 쪽을 좀더 강하게 추구한다. 그런 의미에서 해석적이라고도 말할 수 있지만, 피스별로 앵글이 미묘하게 바뀌며 아티큘레이션*이 달라지기에 결코 단조롭지 않다. 매우 흥미로운 연주다. 〈사육제〉가 다양한 해석의 여지를 포용하는 곡임을 잘 알 수 있다. 같이 수록된 〈토카타〉도 훌륭하다.

* 크기, 길이, 타법, 연주법 등 음악의 소리를 정확히 만들어내기 위한 여러 표현.

Rakhmaninov: Piano Concerto No.4 in G Minor, Op.40

58

라흐마니노프 피아노협주곡 4번 G단조 작품번호 40

아르투로 베네데티 미켈란젤리(Pf) 에토레 그라치스 지휘 필하모니아 관현악단 일본Angel ASC-1003 (1957년)

얼 와일드(Pf) 야샤 호렌슈타인 지휘 로열 필 Quintessence PMC7053 (1967년)

일생 동안 녹음한 라흐마니노프의 협주곡이 4번 딱 한 곡뿐인, 상당히 삐딱한(이라고밖에 생각할 수 없는) 거장 미켈란젤리인데 그 삐딱함이 본령을 발휘했다—고 할까, 결과적으로는 놀라울 만큼 설득력 있고 지극히 예민한 음악이 만들어졌다. 러시아혁명으로 어쩔 수 없이 망명해야 했던 라흐마니노프가 신경증을 앓으며 창조력이 떨어진 시기에 만들어진 이유도 있어서 곡 자체는 그렇게 재미있지 않지만(그래서 대중적으로 큰 인기는 없지만), 미켈란젤리가 마음먹고 치면 점점 훌륭한 곡으로 들리니 신기한 일이다. 의외라고 할까, 싫증이 나지 않는다.

'역시 명곡이다!'라고 납득할 정도는 아닐지언정 '명연이다!'라고 소리치고 싶은 심정이 된다. 철저히 훈련된 피아니즘의 극치, 소리 하나하나가 결정화하는 것처럼 들린다. 그런 의미에서는 역시 '쾌연快演'인 동시에 '괴연怪演'이라고 할까. 그래도 이런 게 가능한 피아니스트란 굉장한 존재인지 모른다. 적어도 범상치는 않다. 녹음은 1957년. 초기 스테레오 녹음이지만 음질이 눈부시다. 에토레 그라치스라는 지휘자의 이름은 처음 들어보았지만, 공연하는 필하모니아의 연주는 라흐마니노프와 라벨 모두 아름답고 약동적이다.

레코드 재킷도 어디로 보나 1950년대다워서 좋아한다. 재발매된 LP의 재킷은 어느 것도 썩 매력적이라고 할 수 없었다. 이 무렵 도시바가 발매한 에인절반(레드반)은 소리가 상당히 좋다.

그러나 이 곡으로 말하자면 피아니스트 얼 와일드의 연주도 잊어서는 안 될 것이다. 〈파가니니 주제에 의한 광시곡〉 항목에서도 언급한 리더스 다이제스트의 통판 박스세트용으로 녹음한 것인데, '퀸테센스'라는 회사가 1978년 판매권을 얻어 재발매했다. 생상스의 2번 협주곡과 커플링되어 있어서, 실은 그 곡을 들으려고 구입했었다. 재발매반의 음질도 본가인 리더스 다이제스트반 못지않게 훌륭하다.

와일드는 아는 사람은 다 아는 미국 피아니스트인데, 통신판매업계에서는 상당히 활약한 모양이다. 강건한 테크닉을 겸비한 논리적인 피아니스트로, 프로페셔널하다고 할까, 무슨 곡을 맡겨도 수준을 가볍게 뛰어넘은 연주를 들려준다. 그중에서도 아서 피들러와 함께 녹음한 〈랩소디 인 블루〉가 제일 유명한데, 이 라흐마니노프 4번도 완성도가 상당히 뛰어나다. 미켈란젤리처럼 '샤프한' 연주는 아니지만, 라흐마니노프다운 '부드러운 슬픔'이 곳곳에 감도는 호연이다. 말러 스페셜리스트로 잘 알려진 강직한 호렌슈타인의 지휘도 환상이다. 이 레코드를 어디서 싼값에 발견한다면 사둔다고 손해보지는 않을 것이다. 생상스의 협주곡 연주도 훌륭하답니다.

Vivaldi: Viola d'amore Concertos

39

비발디 비올라다모레를 위한 협주곡집 등

발터 트람플러(Vd) 알베르토 리시 지휘 카메라타 바릴로체 Vic. LSC-7065 (1969년?)

귄터 레멘(Vd) 장프랑수아 파야르 지휘 파야르 실내관현악단 일본Erato E-1039 (1960년)

셔먼 월트(바순) 짐블러 신포니에타 Vic. LSC-2353 (1959년)

비발디는 실로 다양한 악기를 위한 협주곡을 남겼고 그 수도 워낙 많아서 〈사계〉 외의 작품은 구별하기가 어려운데, 비올라다모레라는 희귀한 악기를 위해 작곡한 협주곡을 모은 레코드를 두 장 꼽아본다.

발터 트람플러는 부다페스트SQ 등과 자주 공연했던 유명한 비올라 주자인데, 여기서는 평소와 다르게 비올라다모레를 연주한다. 재킷 사진을 보니 이 악기는 비올라와 크기가 비슷하지만 현이 열두 줄에서 열네 줄은 된다. 장선* 현과 금속 현이 절반씩, 서로 공명하게 되어 있다. 실물을 본 적은 없지만 모르긴 해도 제법 다루기 힘들어 보인다. 그러나 그윽하고 로맨틱한 소리를 내기에 '사랑의 비올라'라고 불린다. '고요한 밤 특히 매력적인 소리'라고 레오폴트 모차르트가 저서에서 묘사한 바 있다. 최근 들어서는 고음악 붐 덕분에 여러 연주자의 비올라다모레 협주곡집을 비교적 쉽게 구할 수 있게 됐지만, 1970년 무렵까지는 거의 연주될 기회가 없는 희소 레퍼토리였다.

파야르 실내악단이 연주하는 비발디는 어디로 보나 1960년대 파야르답게 밝고 가볍고 포근하다. 파야르의 바로크음악은 카를 리히터 같은 사람과 정반대 스타일이다. 안티테제라고 할까. 이런 음악을 지금 와서 들으면 '정겹다'는 기분마저 든다. 귄터 레멘이라는

---

* 腸線, 주로 양의 장으로 만드는 가는 끈.

연주자는 그전까지 몰랐는데, 전체 소리에 매끄럽게 녹아드는, 군더더기 없는 연주를 들려준다.

그에 비해 트람플러반의 반주를 맡은 카메라타 바릴로체라는 오케스트라는 음색이 상당히 이탈리아적이다. 비발디에는 이쪽이 더 잘 맞는다 싶기도 하다. 트람플러는 명료하고 아름다운 소리를 만들어낸다. 그리고 활달하게 노래한다. 현대의 일반적인 비발디 연주와는 표현법이 약간 다른지도 모르겠지만.

어쨌거나 1960년대 바로크음악 연주의 분위기를 마음껏 즐길 수 있었던 두 장의 디스크였다. 가끔은 이런 것도 좋다. 요즘의 고음악은 계속 듣다보면 너무 교과서적이라고 할까, 조금 피곤하게 느껴지지 않나요? 딱히 뭐라고 할 생각은 없지만.

말 나온 김에, 역시 아주 대중적이지는 않은 악기의 예로 비발디의 〈바순을 위한 협주곡집〉도 꼽아둔다. 보스턴 교향악단 멤버가 모여서 만든 앨범으로, 역시 무척 재미있다. 셔먼 월트는 뛰어난 바순 주자였으며, 1989년 교통사고로 세상을 떠났을 때 오자와 세이지 씨가 진심 어린 조사를 썼다.

Beethoven: String Quartet No.14 in C-Sharp Minor, Op.131

40-1

베토벤 현악사중주 14번 C#단조 작품번호 131

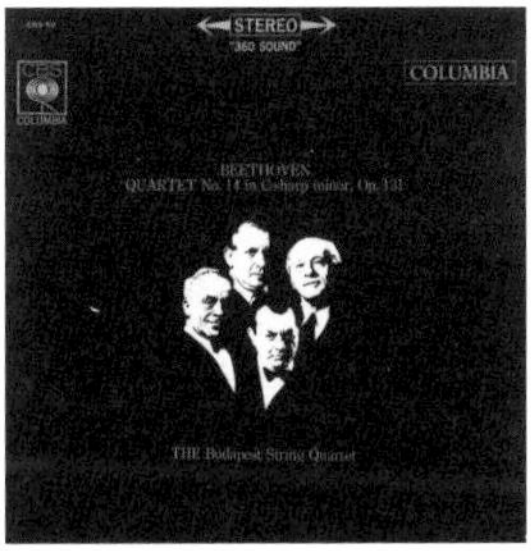

줄리어드SQ 일본Vic. SHP-2152 (1960년)

부다페스트SQ 일본Col. CSS-50 (1960년 전후) BOX

할리우드SQ Capitol PER-8394 (1957년) BOX

두 번으로 나눠보겠습니다. 우선 미국에 본적을 둔 그룹이 셋.

줄리어드SQ는 1960년대 후반 컬럼비아에서 베토벤 사중주 전집을 완성했는데, 이것은 그전에 RCA에서 녹음한 것이다. 컬럼비아 외곬이었던 줄리어드SQ가 왜 이 시기에만 RCA로 이적했는지는 알 수 없지만, 결과적으로 같은 컬럼비아의 부다페스트SQ와 레퍼토리 경합을 피했다는 이점이 있다. 어쨌거나 나는 RCA에서 녹음한 일련의 줄리어드 연주를 제법 좋아해서 이 작품번호 131도 즐겨 듣는다. 컬럼비아반과는 분위기가 좀 다르다. 왠지 '줄리어드 냄새가 덜하다'고 하면 혼나려나. 그래도 어딘지 여유로운 공기가 감돈다. 해학적인 요소마저 보인다. 베토벤의 후기 콰르텟 하면 딱 봐도 문턱이 높은 느낌인데, 이 연주에는 그렇게 긴장되는 구석이 없다.

부다페스트SQ는 줄리어드와 거의 같은 시기에 이 곡을 녹음했는데, 연주 스타일이 줄리어드와는 확연히 다르다. 훨씬 정통적이고 베토벤답다. 안정적이고 흔들림이 없다. 네 연주자의 소리가 지극히 농밀하고 한순간도 느슨해지지 않는다. 하나의 규범이 될 만한 뛰어난 연주라고 생각한다. 정말이지 이 긴장감은 뭘까? 듣다보면 딴생각을 할 여유가 거의 없다. 그야말로 극한의 베토벤이다.

할리우드SQ가 베토벤의 후기 사중주곡을 연주한 네 장짜리 LP 박스는 미국 중고레코드가게에서 매우 싸게 구해온 것이다. 와서 들어보니 내용도 생각보다 훌륭해서 기뻤다. 할리우드 영화 스튜디오에서 생계를 꾸리던 실력 있는 현악 연주자 넷이 결성한 그룹으로, 리더는 지휘자 레너드 슬래트킨의 아버지인 펠릭스 슬래트킨이다. 당시 웨스트코스트에서 활약한 몇 안 되는 현악사중주단 중 하나였다(본업에 묶여 연주 여행을 거의 하지 못했고, 그 때문에 인지도가 영 올라가지 않았지만).

이 할리우드SQ의 레코드를 부다페스트SQ에 이어서 들으면 마음이 아주 편안해진다. 영화 스튜디오에서 생계를 위한 업무를 한 후, 혹은 캐피톨레코드의 녹음 스튜디오에서 프랭크 시내트라의 반주를 맡은 후, 마음 맞는 동료들끼리 모여 베토벤을 연주하는 기쁨—그런 분위기가 짙게 감돈다. 이렇게 즐거운 마음으로 연주된 베토벤이 있어도 좋지 않을까. 참고로 시내트라와 할리우드SQ가 함께한 곡은 〈Close to You〉라는 LP에 수록되어 있다.

Beethoven: String Quartet No.14 in C-Sharp Minor, Op.131

40-2

베토벤 현악사중주 14번 C♯단조 작품번호 131

코케르트SQ Gram. 18187 LPM (1954년)

프라하 블라흐SQ Supraphon SUA10365 (1960년)

아마데우스Q Gram. 2734 006 (1963년) BOX

레너드 번스타인 지휘 빈 필 Gram. 2531 077 (1977년)

쾨케르트SQ는 2차대전 전에는 '수데텐 독일인 현악사중주단'이라는 이름이었다. 수데텐은 뮌헨회담에서 문제가 된, 민족독일인이 많이 살던 체코의 한 지방이다. 종전 후에는 뮌헨을 본거지로 활약했다. 프라하 블라흐SQ는 바이올리니스트 요제프 블라흐가 결성한 체코 그룹. 둘 다 보헤미아의 혈통인 셈이다.

만년의 베토벤은 내면 깊은 곳에서 고뇌와 평안이 서로 다투며 동거했으리라 짐작되는데, 연주자가 어느 측면에 더 강한 빛을 비추느냐에 따라 결과물인 음악도 달라진다. 이 두 그룹은 말하자면 후기 베토벤의 밝은 측면을 포착하려 한 것처럼 보인다.

쾨케르트SQ의 연주는 부드럽고 온화하다. 특히 완서악장이 아름답다. 호감이 간다. 다만 미국 그룹(특히 부다페스트와 줄리어드)에 비하면, 시대적 요소 때문인지 치밀함이 약간 부족하게 느껴진다. 하지만 '그렇게까지 치밀할 필요가 있을까?'라고 자문해보면 '이 정도면 된 거 아닌가'라는 생각이 들기도 한다. 그렇게 나사를 꼭 조일 필요는 없잖아, 이걸로도 충분히 음악을 즐기고 감상할 수 있는데, 하고.

블라흐SQ의 연주도 기본적으로는 같은 스타일이지만, 녹음 시기에 육 년의 차이가 있어서인지 좀더 모던한 인상이고, 네 연주자가 내는 소리의 조합도 한결 선명하게 들린다. 마지막까지 긴장감이 꾸준히 유지된다. 그러면서도 과하게 비장해지는 부분이 없고, 중유럽다운 부드러움이 더 돋보인다.

아마데우스Q는 망명한 오스트리아인 셋에 영국인 한 명이 모인 단체로 영국에서 주로 활동했다. 그들이 연주하는 작품번호 131은 말 그대로 '왕도'를 걷는다. 부다페스트SQ의 연주 역시 왕도라 하겠지만, 왕도가 하나뿐이어야 할 이유는 없다. 아마데우스Q의 연주를 듣고 있으면 마음이 한없이 평화로워진다. 흔히 만날 수 없는 아름다움이다. 부다페스트가 '구도求道'라면 이쪽은 '구제求濟'다. 둘 다 반세기 이상 전에 녹음되었지만, 지금도 여전히 지표로 삼을 만한 역사적인 명연이다.

번스타인이 빈 필의 현악 섹션을 지휘하며 이 사중주곡을 베토벤의 오리지널 악보대로 연주했다(첼로 파트에 콘트라베이스가 더해졌다는 것만 다르다. 미트로폴로스 편곡 버전). 물론 간단치는 않았겠지만 번스타인과 오케스트라는 열과 성을 다해 이 작업에 몰두했다. 그 시도가 전면적인 성공을 거두었다고 말하기는 힘들어도, '세상을 떠난 아내(펠리시아)와의 추억에 바치는 연주'라고 본인이 말했다시피, 진지하고 성실한 자세에서 나온 내실 있는 결과물이다.

Beethoven: Piano Concerto No.1 C Major, Op.15

41

베토벤 피아노협주곡 1번 C장조 작품번호 15

레너드 번스타인(Pf와 지휘) 뉴욕 필 Col. MS-6407 (1958년)

스뱌토슬라프 리흐테르(Pf) 샤를 뮌슈 지휘 보스턴 교향악단 Vic. LM-2544 (1960년)

글렌 굴드(Pf) 블라디미르 골슈만 지휘 컬럼비아 교향악단 Col. MS-6017 (1958년)

아르투로 베네데티 미켈란젤리(Pf) 카를로 마리아 줄리니 지휘 빈 교향악단 Gram. 2531·302 (1979년)

클래식을 진지하게 듣기 시작했던 고등학생 시절, 레온 플라이셔와 조지 셀(클리블랜드 관현악단)이 연주한 이 협주곡 레코드를 사서 몇 번씩 되풀이해 듣고는 완전히 반해버렸다. 아직 자기 스타일이 뚜렷이 확립되기 전의 연주인데, 그 약동감이 매력이다. 플라이셔의 레코드는 이제 수중에 없지만 그래도 이 곡을 들으면 정겹고 따스한 기분이 든다. 그 시절 자주 들었던 세 장의 LP레코드(+1)를 골라와서 다시 들어보았다.

번스타인이 연주와 지휘를 겸한 베토벤 협주곡은 이 1번이 유일한데, 오랜만에 들었더니 전체적으로 음악이 상당히 희미하게 느껴져서 놀랐다. 옛날에는 좀더 신선하고 약동적으로 들렸던 것 같은데, 지금은 어째 마음을 파고드는 것이 없다.

혹시나 내 감수성이 무뎌졌나 싶어 리흐테르의 레코드를 들어봤더니 이쪽은 옛날과 변함없이 발랄하게 느껴져서 '아, 다행이다. 내 귀 탓이 아니었어' 하고 안심했다. 그나저나 이 무렵의 리흐테르는 어딘가 어마어마한 구석이 있었다. 한 점 망설임 없이(실제로는 조금 있었는지 몰라도), 가히 파죽지세다. 한 음 한 음의 날카로운 울림에서 젊은 날 베토벤의 청신한 숨결이 생생히 느껴진다. 샤를 뮌슈의 지휘도 그에 걸맞게 힘이 있다.

굴드의 연주도 오랜만에 들어보았는데, 기억보다 훨씬 정통에 가까워서 적잖이 놀랐다. 1악장과 3악장의 유쾌한(이라고 해도 되겠지) 카덴차를 제외하면 특이한 시도가 거의 눈에 띄지 않는다. 지극히 성실하고 설득력 있는 베토벤이다. 그리고 그 피아니즘은 매우 긍정적이고 첨예하다. 블라디미르 골슈만의 센스 있는 지휘가 이 천재의 연주를 견실하게, 모자람 없이 떠받친다. 같이 수록된 바흐의 협주곡 5번도 베토벤 못지않게 빼어나다.

미켈란젤리는 어디로 보나 자기답게 명확하고 예리한 음을 한없이 통쾌하게 쳐낸다. 줄리니와 빈 교향악단이 그에 맞춰 정성껏(조금은 몸을 사리며) 배경을 깔아간다. 주인공은 어디까지나 피아니스트다. 실황 녹음이지만 기술적인 면에서 흐트러짐이 전혀 없다. 연주(특히 카덴차)가 어찌나 박력 있는지, 다 듣고 나면 살짝 땀이 밸 정도다. 확실히 훌륭하지만 좀 피곤하기도 하다. 이 연주를 직접 눈앞에서 들었다면 얼마나 진이 빠졌을까. 그래서 더 궁금하기도 하지만.

Bloch: Schelomo Hebrew Rhapsody for Cello and Orchestra

42

블로흐 〈셸로모 첼로와 관현악을 위한 히브리 광시곡〉

자라 넬소바(Vc) 에르네스트 앙세르메 지휘 런던 필 London CM-9133 (1950년대 초반)

야노스 스타커(Vc) 주빈 메타 지휘 이스라엘 필 London CS-6661 (1970년)

조르주 미켈(Vc) 하워드 핸슨 지휘 이스트먼 로체스터 관현악단 Mercury SR-90288 (1960년)

레너드 로즈(Vc) 유진 오르먼디 지휘 필라델피아 관현악단 Col. ML5655 (1961년)

로스트로포비치(Vc) 레너드 번스타인 지휘 프랑스 국립관현악단 일본Angel EAC-60329 (1976년)

특별히 〈셸로모〉라는 곡을 좋아하지 않고 일부러 모을 생각도 아니었는데 정신 차려보니 모르는 사이에 레코드가 쌓여 있더라……의 좋은 예. 물론 딱히 싫어하지도 않아서 마음 내키면 꺼내 듣는다. 다만 음악 자체에 큰 애착이 없는지라 연이어 비교하며 들어봐도 어느 연주가 뛰어나고 어느 연주가 별로인지 가려내기 힘들다. 그래도 몇 번 들으면 점점 곡의 짜임새가 보이기 시작한다.

넬소바의 첼로는 활달하게 노래한다. 캐나다 태생이지만 부모님이 러시아에서 이민한 유대인이기에, 히브리풍 멜로디가 체질적으로 잘 맞았는지도 모른다. 여기서는 흔치 않게 런던 필을 지휘한 앙세르메도 다채로운 소리로 빈틈없이 뒤를 받쳐준다. 음악은 상당히 정열적이지만, 연주가 너무 뜨거워지지 않게 지적으로 억제되어 있다.

스타커와 메타의 연주는 내용이 꽉 들어찬 느낌이다. 넬소바와 비교하면 음악이 한결 내성적이다. 스타커도 유대계지만, 그의 첼로 독주는 노래라기보다 오히려 내면을 향한 독백처럼 들린다. 메타의 연주는 앙세르메보다 훨씬 끈적하고 드라마틱하다. 여기서는 취향이 갈릴 것이다. 그나저나 메타는 인도인(조로아스터교도라고 한다)인데도 히브리 분위기를 상당히 리얼하게 낸다.

조르주 미켈은 프랑스인인데 유대계는 아닌 모양이고, 완성된 음악에도 '히브리풍'은 거의 없다. 말하자면 보다 심플하게, 보편적인 방향을 보고 있는 음악이다. 여기서도 평가가 갈리겠지만, 이건 이것대로 나쁘지 않다고 나는 생각한다. 연주 자체는 뛰어나고 녹음 상태도 좋다. 다만 히브리 분위기가 사라져버리면 이 곡은 꼭 할리우드 영화 사운드트랙처럼 들리는 경향이 있다.

레너드 로즈는 '실내악 전문가'라는 인상이 강하지만, 슈만 협주곡과 블로흐의 〈셸로모〉가 커플링된 이 음반을 들으면 자기만의 색깔이 명료한 연주가임을 알 수 있다. 기술이 완벽하고 감수성도 풍부하다. 그러나 너무나 온화하고 지적인 그 예풍藝風(어딘가 제자린 하렐이 떠오르는)이 어쩌면 솔리스트로 대성하는 데 걸림돌이 되었는지도 모른다.

로스트로포비치와 번스타인(프랑스 국립관현악단)의 연주는 보편적인 의미에서 경탄을 부르는 뛰어난 연주다. 곡 자체가 한 단계 격상되어 들릴 정도다. 그렇지만 너무 '진한' 나머지 조금 멀리하게 되는 면도 있다.

Lalo: Spanish Symphony for Violin and Orchestra in D Minor, Op.21

45

랄로 스페인 교향곡 D단조 작품번호 21

지노 프란체스카티(Vn) 미트로폴로스 지휘 뉴욕 필 Col. ML-5184 (1957년)

아이작 스턴(Vn) 유진 오르먼디 지휘 필라델피아 관현악단 Col. ML-5097 (1956년)

나탄 밀스타인(Vn) 블라디미르 골슈만 지휘 세인트루이스 교향악단 Capitol P8303 (1954년)

아네조피 무터(Vn) 오자와 세이지 지휘 프랑스 국립관현악단 EMI DS-38191 (1984년)

이 곡도 〈셸로모〉와 마찬가지로 따로 모을 생각은 없었는데 어느새 레코드장에 증식해버린 케이스다. 랄로의 〈스페인 교향곡〉은 사라사테를 위해 작곡한, 바이올린 연주 테크닉을 보여주기에 특화된 곡인지라 '내로라하는' 바이올리니스트들이 속속 도전해왔다. 그러므로 내용이 아주 깊은 편은 아니(라고 생각하)지만, 그런 곡치고는 뛰어난 연주가 많다.

이 곡은—내가 지금껏 들어본 한에서는 그렇다는 말이지만—뭐니 뭐니 해도 프란체스카티의 연주가 탁월하다. 아름다운 음색에 넋을 놓게 된다. 브람스나 베토벤으로는 어지간해선 이렇게까지 확실한 미음을 내기가 꺼려지는 법인데, 〈스페인 교향곡〉에서는 '전면적으로 오케이'인지 프란체스카티도 거리낌없이 실력을 발휘한다. 라틴계의 피가 끓는다, 는 느낌이다.

젊은 날의 아이작 스턴의 접근법은 단도직입적이고 매우 힘차다. 매정할 만큼 강렬한 소리다. 오르먼디가 지휘하는 필라델피아 관현악단도 그에 뒤질세라 생기 넘치는 소리를 낸다. 매력적이다. 스턴은 1967년에도 오르먼디와 함께 〈스페인 교향곡〉을 스테레오로 녹음했다. 그 음반은 들어보지 못했지만, 나는 이 기운찬 모노럴 반만으로도 충분히 만족한다.

밀스타인의 바이올린에서는 '스페인 풍미' 같은 것이 거의 느껴지지 않는다. 블라디미르 골슈만이 지휘하는 세인트루이스 교향악단 역시 그런 느낌이 없다. 게다가 커플링된 곡이 프로코피예프의 바이올린협주곡 1번인지라, '왜 여기서 〈스페인 교향곡〉이?'라는 의문이 당연히 떠오른다. 그렇지만 비非라틴계 〈스페인 교향곡〉도 나름대로 나쁘지 않다. 어쨌거나 연주의 기술적인 면은 완벽하니까.

젊은 날의 '천재 소녀' 무터와 오자와의 〈스페인 교향곡〉. 세이지 씨 말로는 "카라얀 선생이 '네가 해'라고 하셔서" 하게 되었다고 한다. 본인은 딱히 생각이 없었는지 몰라도(카라얀 선생이 밀어붙인 걸까) 연주는 두말할 나위 없이 충실하다. 바이올린도 오케스트라도 실로 기분좋게 울린다. 바이올린은 선이 좀 가늘지만, 일단 귀에 익으면 그 섬세함이 하나의 풍미, 매력으로 작용한다. 훌륭하다, 프랑스 국립관현악단이여.

Mozart: Clarinet Concerto in A Major, K.622

44

모차르트 클라리넷협주곡 A장조 K.622

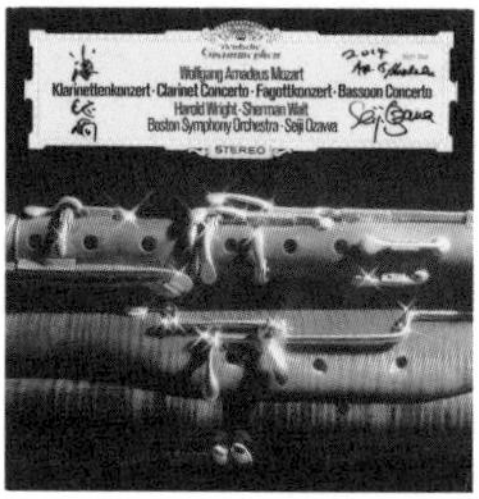

저베이스 드 페이어(Cl) 앤서니 콜린스 지휘 런던 교향악단 London LL1135 (1957년)

저베이스 드 페이어(Cl) 페터 마크 지휘 런던 교향악단 London CS6178 (1960년)

하인리히 고이저(Cl) 페렌츠 프리처이 지휘 베를린 방송교향악단 Gram. LPEM19130 (1959년)

알프레트 프린츠(Cl) 카를 뵘 지휘 빈 필 일본Gram. MG-2437 (1972년)

잭 브리머(Cl) 토머스 비첨 지휘 로열 필 EMI ASD344 (1959년)

해럴드 라이트(Cl) 오자와 세이지 지휘 보스턴 교향악단 Gram. 2531 254 (1978년)

모차르트 만년의 걸작, 클라리넷협주곡. 메릴 스트립 주연의 영화로 아주 유명해졌다. 〈평원의 라이언〉도 매력적인 명곡이다.

드 페이어와 콜린스 음반은 첫 음부터 자못 고색창연하다. 이 시절 영국인이 생각하던 모차르트상像이 하나의 정형으로 완성되어 있고, 독주자도 반주자도 거기서 한 발 내디디지 못한다. 이런 분위기도 나쁘지는 않지만, 지금 와서 듣기에는 좀 딱딱하지 싶다. 그런데 같은 클라리넷 주자가 삼 년 후 페터 마크의 지휘로 역시 런던 교향악단과 스테레오로 녹음한 연주에서는 확 달라져서 생기 넘치고 깊은 맛이 난다. 삼 년 사이 연주가 이렇게 바뀌다니 감탄스러울 정도다. 지휘자와의 궁합 문제일까.

카를 라이스터의 스승이자 오랫동안 베를린 방송교향악단 수석 클라리넷 주자를 맡았던 고이저는 매우 정돈된 소리를 낸다. 여봐란듯이 나서지 않고 자유롭고 솔직하게 모차르트를 연주한다. 프리처이도 너무 밀고 나오지도, 뒤로 물러나지도 않고 근사한 반주를 붙이며 클라리넷과 자연스럽고 기품 있게 주인공 자리를 나눠 가진다. 눈을 잡아끄는 화려함은 없지만 호감 가는 음반이다.

프린츠/뵘/빈 필의 연주는 조합부터 벌써 최상급이라고 할까, 모차르트 음악에 제격이거니와 실제 평판도 무척 좋아서 곧잘 이 협주곡의 베스트반으로 거론되는데, 나는 이상하게 마음이 끌리지 않는다. 몇 번을 들어도 인상이 잘 남지 않는다. 오른쪽 귀로 들어와서 왼쪽 귀로 스르르 나가버린다. 뛰어난 연주인 건 확실한데……

어째서일까?

브리머는 오랫동안 런던 교향악단 수석주자를 맡았던 사람으로, 원만하고 온건한 소리를 낸다. 게다가 비첨의 '살롱에서 홍차를'처럼 대인배다운 연주가 다채로움을 더해주면서 짐작할 수 있다시피 수준 높고 차밍한 연주가 완성되었다. '천하의 명연'까지는 못 되어도 힐링하기에는 딱 좋다. 세상에 온통 '천하의 명연'뿐이면 좀 피곤할 것이다.

오자와 세이지가 수족과도 같은 보스턴 교향악단의 클라리넷 수석주자 해럴드 라이트를 독주자로 세워 지휘한 레코드. 흐름도 좋고 뜻하지 않게 감동받는 부분이 곳곳에 있어서 마음놓고 즐길 수 있는, 빈틈없는 음악이다. 편한 동료들끼리 하는 일이니 괜스레 긴장하지 않는 부분이 기분좋게 다가온다.

비교적 최근 녹음본으로는 라이스터/마리너/아카데미의 연주가 마음에 든다. 클라리넷 음색이 밝고 시원시원하며, 마리너의 반주도 그에 걸맞게 약동적이다.

Bartók: Piano Concerto No.1

45

버르토크 피아노협주곡 1번

피터 제르킨(Pf) 오자와 세이지 지휘 보스턴 교향악단 Vic. LSC-2929 (1965년)

루돌프 제르킨(Pf) 조지 셀 지휘 컬럼비아 교향악단 Col. MS-6405 (1962년)

게저 언더(Pf) 페렌츠 프리처이 지휘 베를린 방송교향악단 Gram. 618708 (1959년)

다니엘 바렌보임(Pf) 피에르 불레즈 지휘 뉴필하모니아 관현악단 Angel S36605 (1967년)

버르토크 피아노협주곡 1번은 매력적인 레코드가 많지만, 그중에서도 가장 추천하고 싶은 것은 피터 제르킨과 오자와 세이지의 음반이다. 두 사람의 연주로 이 곡을 듣다보면 '맞아, 이렇게 이해하기 쉬운 곡이었어' 하고 눈이 뜨이는 경험을 할 수 있기 때문이다. 다른 연주로 들으면 '역시 버르토크 음악은 난해하고 버거운 데가 있군' 하고 곳곳에서 느끼는데, 이 레코드를 듣는 동안은 그런 생각이 전혀 들지 않는다. 음악의 울림과 흐름에 이끌려 매우 자연스럽게 끝까지 다 듣게 된다. 이것은 역시 음악의 레일을 깔아주는 오자와 세이지의 탁월한 솜씨 덕일 것이다. 그 위에 피터가 잘 올라타서 절묘한 콤비네이션이 생겨난다. 당시 오자와 스물아홉 살, 피터 열여덟 살, 두 사람 다 약동감 넘치고 프렌들리하고 나아가 음악에 더없이 성실하다. 이런 연주 앞에서는 누구든 혀를 내두를 따름이다.

아버지 루돌프 제르킨은 같은 곡을 삼 년 앞서 컬럼비아에서 녹음했다. 상대는 거장 조지 셀, 컬럼비아 교향악단. 당시의 피터/오자와보다는 상당히 격이 높은 콤비다. 자동차로 비유하면 메르세데스 벤츠와 혼다 시빅 정도의 차이다. 과연 시작부터 박력이 있다. 대담하고 중후한 연주라 할 수 있을 것이다. 이쪽도 음악의 레일을 깔아주는 이는 셀이지 싶다. 루돌프 제르킨/셀 콤비에서는 음악이 대체로 좀 무거워지는 편인데, 이 곡도 예외는 아니고, 그런 만큼 도중에—특히 완서악장쯤에서—흐름이 다소 정체된다. 그 대목을 피터/오자와는 실로 경쾌하게 뛰어넘는다.

게저 언더와 프리처이는 둘 다 헝가리 출신, 버르토크의 동포다. 함께 버르토크 피아노협주곡 전집을 녹음하기도 했다. 과연 능란하고 원숙한 연주다. 이들의 연주에는 '현대음악이라고 해서 날카롭게 곤두서 있을 필요는 없다'는 온당한 자세가 관통한다. 퍼커션 위주인 부분에서도 같이 휩쓸려 건반을 두들겨대거나 하지 않는다. 게저 언더는 늘 좋은 의미에서 '중용'을 발휘하는—그렇지만 결코 범상하지는 않은—사려 깊은 피아니스트였다.

바렌보임과 불레즈의 연주는 1악장이 이상하게 딱딱해서 큰 재미가 없는데, 가만히 듣다보면 2악장쯤부터 조금씩 흐름을 타다가 3악장에서 최고조에 달한다. 전체적으로 치밀한 경질의 연주이며 프렌들리한 요소는 거의 없다.

Schumann: Piano Quintet in E-Flat Major, Op.44

46

슈만 피아노오중주 E♭장조 작품번호 44

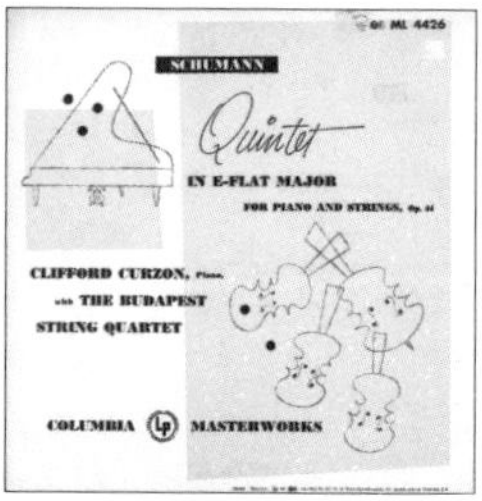

루돌프 제르킨(Pf) 부슈SQ Col. ML2081 (1942년) 10인치

루돌프 제르킨(Pf) 부다페스트SQ Col. MS-7266 (1963년)

클리퍼드 커즌(Pf) 부다페스트SQ Col. ML-4426 (1951년)

레너드 번스타인(Pf) 줄리어드SQ 일본CBS SONY SOCM-15 (1964년)

제임스 러바인(Pf) 라살SQ 독일Gram. 2531343 (1980년)

피아노오중주는 대부분의 작곡가가 한 곡밖에 만들지 않는다. 왜 그럴까? 하나같이 명곡인데.

매우 차밍한 슈만의 피아노오중주. 우선 제르킨과 부슈SQ의 1942년 녹음본. 제르킨은 부슈의 사위인데, 호로비츠/토스카니니의 경우와 달리 음악적으로 시종 친밀한 관계였으며 공연한 레코드도 많이 남겼다. 분명 여러 의미에서 궁합이 잘 맞았던 것이리라. 이 레코드에서도 피아노와 현악기가 각자 능숙하게 '전진' 자세를 취하고 있어서 음악에 힘이 있다. 편한 사이인지라 서로 어려워하는 기색이 없다. 특히 아직 젊은 제르킨의 의욕이 청량하다. SP시대여서 음질은 확실히 예스럽지만, 듣다보면 그런 것은 전혀 신경쓰이지 않는다.

약 이십 년 후인 1963년, 제르킨이 부다페스트SQ와 만났다. 음악은 '이렇게 다를 일인가' 싶을 만큼 다르다. 부슈와 함께한 연주는 더없이 직선적이고 단호했지만, 새 녹음은 전체적으로 유연하다. 소리가 자유자재로 움직인다. 장인의 영향력에서 벗어나(부슈는 1952년 예순 살로 세상을 떠났다) 좀더 자유롭게 자기 음악을 추구할 수 있게 됐는지도 모른다. 제르킨이나 부다페스트SQ나 한껏 물이 오른 '원숙의 경지'라 더없이 안정적이고 뛰어난 연주를 들려준다. 다만 군데군데 음악이 '부다페스트스럽게' 끈적거려서(특히 2악장), 젊은 제르킨의 소리가 좀 그리워지는군…… 싶기도 하다.

역시 부다페스트SQ와 클리퍼드 커즌이 1951년 녹음한 레코드. 커즌은 단정한 연주를 하는 영국 피아니스트로, 소리를 함부로 움직이는 법이 없다. 이 음반의 2악장에서 부다페스트와 커즌은 실로 아름답고 절도 있는 음악을 들려준다. 스케르초에서도 자세가 흐트러지지 않는다. 그러면서도 낭만주의의 향취가 충분히 감돈다. 이런 음악적 흐름은 커즌이 중심에서 만들어냈으리라고 짐작한다.

베토벤 협주곡 1번 항목에서 번스타인의 피아노를 두고 '희미하다'고 쓴소리를 했는데, 이 슈만의 연주를 듣고는 '괜한 소리를 했군' 하고 반성했다. 이 곡에서 번스타인의 피아노는 고개가 숙여질 정도로 훌륭하다. 줄리어드SQ와 함께 슈만 실내악의 아름다운 소우주를 만끽하게 해준다. 훌륭한 지성과 더불어 열정도 충분히 갖춘 음악이다.

역시 지휘자이자 피아니스트 제임스 러바인이 라살SQ와 함께 한 연주도 따스하고 충실하다. 밀도 높지만 억지로 밀어붙이지 않는, 수준 높은 음악이다. 그러고 보면 이 오중주곡에는 정말로 뛰어난 연주가 많다.

Liszt: Piano Concerto No.1 in E-Flat Major

47

리스트 피아노협주곡 1번 E♭ 장조

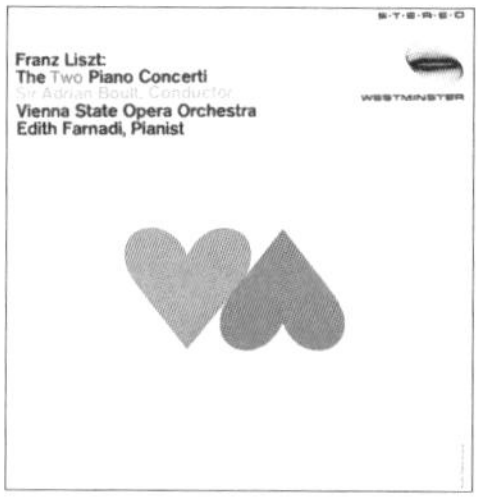

에디트 파르나디(Pf) 에이드리언 볼트 지휘 빈 국립가극장 관현악단 West. WST-14125 (1959년)

게저 언더(Pf) 아커만 지휘 필하모니아 관현악단 영국Col. 33CX-1366 (1956년)

레너드 페나리오(Pf) 르네 레보비츠 지휘 런던 교향악단 Vic. LSC-2690 (1963년)

필립 앙트르몽(Pf) 오르먼디 지휘 필라델피아 관현악단 Col. MS-6071 (1959년)

스뱌토슬라프 리흐테르(Pf) 콘드라신 지휘 런던 교향악단 Phil. PHM900-000 (1961년)

리스트의 피아노협주곡은 내가 처음 구입한 클래식 레코드다(피아노에 에디트 파르나디, 지휘 볼트). 셀 수 없이 되풀이해 듣고 구석구석까지 곡을 외워버렸다. 지금도 내가 애호하는 곡이다. 그러나 이 파르나디반은 지금 들으면 (안타깝지만) 소리든 연주든 좀 오래된 느낌이 든다.

게저 언더 역시 개인적으로 좋아하는 피아니스트인데, 이 곡에서는 너무 분방하다는 느낌이다. 물론 경쾌하고 기분좋지만, 좀더 차분해도 괜찮지 않을까. 제법 독특하고 즐거운 연주인 건 확실하고, 다른 연주에 질렸을 때 들으면 좋겠지만.

지금은 거의 잊혀가는 피아니스트 페나리오의 연주, 거의 화제가 되지 않는 모양인데 눈이 번쩍 뜨일 만큼 훌륭하다. 뛰어난 테크닉으로 어려운 곡을 가볍게, 더군다나 품격 있게 완성했다. 게다가 반주 지휘에 레보비츠, 녹음 엔지니어 K. E. 윌킨슨, 장소가 킹스웨이홀이니 이 분야의 마니아에게는 최고의 조합이 아닐까. 이 레코드가 보이면 사둔다고 손해볼 일은 없을 것이다. 가격도 크게 비싸진 않을 테고(저는 99센트에 샀습니다).

필립 앙트르몽 역시 세월이 갈수록 인상이 옅어지는 피아니스트 같은데, 이 사람의 매력은 '만년 호청년' 같은 반듯한 청량감이다. 절대 테크닉을 과장하지 않고, 안이하게 감정을 내비치지도 않고, 지극히 자연스럽고 온화하고 기품 있게 음악을 자아나간다. 비르투오시티를 전면에 내세울 때가 많은 리스트 협주곡에서도 '자,

어떠냐!' 하는 부분이 전혀 없고 실로 자연스러워서 일단 호감이 간다. 하지만 그래서야 '장사'가 되진 않을 것이다. 나는 꽤 좋아하지만.

마지막으로 이 곡의 '절대적인 역사적 정석'으로 꼽히는 리흐테르/콘드라신 조합. 집에 있는 레코드는 모노럴반이라 새로 나온 '고품질반' LP를 사보았는데, 음색이 너무 경질이라 내 취향은 아니어서 결국 원래 있던 모노럴반을 듣고 있다. CD로도 가지고 있지만, 역시 안정감 있는 아날로그 소리가 더 좋다. 연주? 흠잡을 데 없습니다. '절대적인 역사적 정석' 같은 소리를 들으면 괜히 삐딱하게 굴고 싶어지지만, 이 정도면 순순히 인정하는 수밖에 없다. 피아노는 드높이 날아오르고, 지상에서는 오케스트라가 작열한다.

라고 썼는데, 드디어 며칠 전 오리지널 스테레오반을 손에 넣었다. 정말 훌륭한 소리다. 다행이다.

Mendelssohn: Symphony No.3 in A Minor "Scottish", Op.56

48

멘델스존 교향곡 3번 〈스코틀랜드〉 A단조 작품번호 56

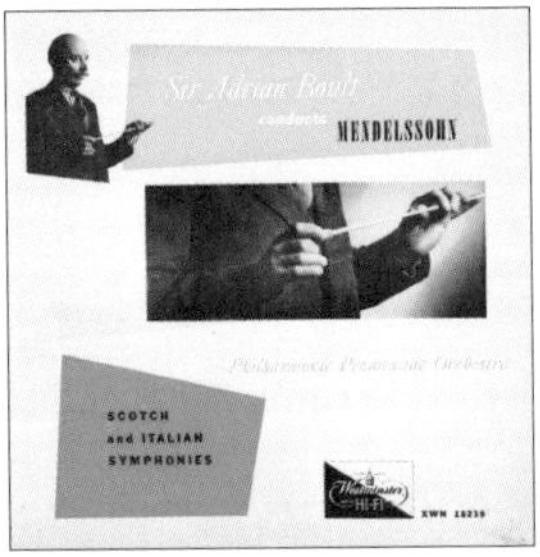

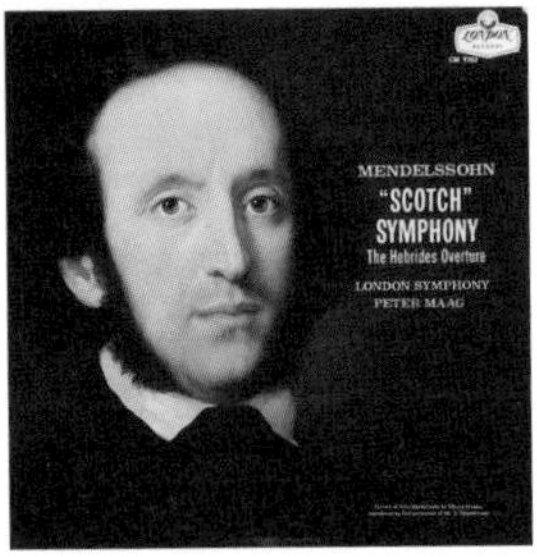

샤를 뮌슈 지휘 보스턴 교향악단 Vic. LM-2520 (1959년)
에이드리언 볼트 지휘 필하모닉 프롬나드 관현악단 West. XWN18239 (1958년)
페터 마크 지휘 런던 교향악단 London CM9252 (1958년경)

여기 골라온 레코드는 세 장 다 모노럴반이다. 녹음 시기는 전부 1950년대 말, 세상이 이미 스테레오 방식으로 돌입한 후인데, 나는 '역시 스테레오반이어야지'라고는 생각하지 않는다. 리스트 피아노협주곡의 오리지널 스테레오반을 손에 넣어서 기쁘다……는 얘기를 써놓고 입에 침도 마르기 전에 이런 말을 하기는 좀 그렇지만, 어디까지나 기본적인 얘기를 하자면(모든 것은 케이스 바이 케이스지만), 좋은 연주에 좋은 음질, 반질盤質을 갖추었다면 모노럴 녹음으로도 얼마든지 모자람 없이 음악을 즐길 수 있다. 당시 대부분의 사람들(대중)은 아마도 아직 모노럴로 음악을 듣고 있었을 테고, 지금은 스테레오 시대의 모노럴반을 아날로그 레코드로밖에 듣지 못하니까, 생각하기에 따라서는 이것도 어떤 사치라고 할 수 있을지 모른다(지휘자 오토 클렘페러는 스테레오를 '협잡꾼의 발명'이라며 질색했다고 한다. 멋지다).

샤를 뮌슈는 수하의 군사나 다름없는 보스턴 교향악단에서 실로 나긋하고 아름다운 소리를 끌어낸다. 독특한 소리다. 뉴욕 필과 보스턴 교향악단은 야구에 비유하면 양키스와 레드삭스 같은 대항적 존재였다. 뉴욕 필은 이런 소리를 내지 못한다. 아마 현악기의 주법부터 다를 것이다. 선명하고 훌륭한 연주다. 눈앞에 스코틀랜드의 풍경이 끝없이 광활하게 펼쳐지는 것 같다. 그러면서도 억지로 밀어붙이는 느낌이 없다. 뮌슈는 이렇게 기품 있는 묘사에 탁월하다.

에이드리언 볼트 경의 연주는 온화하고 단정하고 잘 정돈되어 있지만, 유감스럽게도 다 듣고 나면 인상이 크게 남지 않는다. 1950년대 영국인이 연주하는 예의바르고 오소독스한 멘델스존, 딱 그런 타입의 음악이다. 그런 것도 절대 싫진 않지만, 그래도 너무 잡히는 게 없단 말이지. 그냥 고스란히 통과해버린다. 아무것도 남지 않는 건 역시 좀 불안하다.

그에 비하면 페터 마크는 멘델스존이 장기인 만큼 연주가 생기 넘치고 약동감 있다. 무척 센스가 좋고 진취적인 기질을 지닌 지휘자임을 알 수 있다. 뮌슈의 연주에 비하면 한층 동적이다. 풍경묘사 요소는 희박하고, 그보다 음악 자체의 구조를 적극적으로, 굵직하게 밝혀나가는 쪽에 시선이 가 있다. 동시에 빼어나게 서정적이기도 하다. 클라이맥스는 무심코 박수가 나올 정도로 훌륭하다. 모차르트 항목에서도 썼지만, 페터 마크는 왠지 마음이 끌리는 지휘자다.

Shostakovich: Symphony No.5 in D Minor, Op.47

49

쇼스타코비치 교향곡 5번 D단조 작품번호 47

디미트리 미트로폴로스 지휘 필하모닉 심포니 오케스트라 오브 뉴욕 Col. ML4739 (1952년)

레오폴드 스토코프스키 지휘 스타디움 심포니 오케스트라 오브 뉴욕 Everest LPBR6010 (1958년)

레너드 번스타인 지휘 뉴욕 필 Col. ML5445 (1959년)

하워드 미첼 지휘 내셔널 교향악단 Vic. LSC-2261 (1953년)

1979년, 레너드 번스타인이 지휘하는 뉴욕 필의 연주회에서 이 5번 심포니를 듣고 말 그대로 할말을 잃었던 기억이 있다. 장소는 우에노 도쿄문화회관, 무대가 타버리지 않을까 걱정될 정도로 불꽃 튀는 연주였다. 이때의 연주는 콘서트 라이브 음반으로 나와 있다.

여기서는 실질적인 뉴욕 필의 연주를 세 가지 꼽아본다. 미트로폴로스가 지휘하는 '필하모닉 심포니 오케스트라 오브 뉴욕'은 뉴욕 필의 전신이고, 스토코프스키가 지휘하는 '스타디움 심포니 오케스트라 오브 뉴욕'은 뉴욕 필의 가명(음반사 계약상의 문제)이다. 마지막으로, 번스타인이 1959년 본명인 뉴욕 필로 녹음한 가장 탁월한 명반.

미트로폴로스의 연주는 어디로 보나 이 사람답게 지극히 비정하다. 즉물적이라고 할까, 사사로운 감정을 개입시키지 않고 그저 음악을 밀어붙여나간다. 그것이 쇼스타코비치의 긴장감 있는 곡에 딱 들어맞는다. 망설임 없이 일직선으로 돌파하는 음악이다.

그에 비해 스토코프스키의 연주에는 약간의 부피감과 색깔이 있다. 그렇다고 '소프트하다'는 의미는 아니다. 미트로폴로스의 연주에 견주어도 손색없는 긴박감이 시종일관 뚜렷이 감돈다. 이 곡에 대한 깊은 경의 또한 느껴진다. 내 생각에, 미국에 거주하는 유럽 출신 음악가들에게는 쇼스타코비치에 대한 공감대가 있는 듯하다. 아마 2차대전중에 배양된 것이리라. 당시 미국과 소련은 나치 독일에 대항하는 동맹국이었고, 쇼스타코비치의 음악은 그 유대감의 상징적인 존재였으니까.

그리고 번스타인의 1959년 음반. 나무랄 데 없이 탄탄한 근육질의 연주다. 장대한 클라이맥스를 향해 음악이 서서히 고조된다. 대단히 스릴 있다. 그러면서 동시에 서정적인 부분도 살아 있고, 정밀한 심리묘사(같은 것)에도 만전을 기한다. 결코 결론을 서두르지 않는 현명함이 있다. 이 시기 뉴욕 필에는 말 그대로 백전백승의 군대 같은 박력이 있었다. 번스타인/NY필로는 '구 녹음'에 해당하지만 조금도 낡은 느낌이 없다. 오히려 선명한 동시대성마저 느껴진다. 도쿄문화회관의 디지털 라이브반과 쌍벽을 이루는 명반이다.

수도 워싱턴의 내셔널 교향악단을 이끄는 하워드 미첼은 1949년부터 1969년까지 이 오케스트라의 수석지휘자로 있었다. 이름은 잘 알려지지 않았지만 앞서 언급한 세 거장에 뒤지지 않는 활기찬 음악을 들려준다. 녹음도 훌륭하다. 재킷도 멋지다.

Richard Strauss: Four Last Songs

50

리하르트 슈트라우스 〈네 개의 마지막 노래〉

엘리자베트 슈바르츠코프(S) 조지 셀 지휘 베를린 방송교향악단 Angel 36347 (1965년)

키리 테 카나와(S) 앤드루 데이비스 지휘 런던 교향악단 일본CBS SONY 23AC-694 (1978년)

리자 델라 카자(S) 카를 뵘 지휘 빈 필 Dec. LW-5056 (1953년) 10인치

아넬리제 로텐베르거(S) 앙드레 프레빈 지휘 런던 교향악단 EMI ASD3082 (1974년)

군둘라 야노비츠(S) 헤르베르트 폰 카라얀 지휘 베를린 필 일본Gram. MG2459 (1972년)

처음 슈바르츠코프의 가창을 듣고 이 가곡집을 좋아하게 되었다. 나는 리하르트의 열성 팬은 아니지만 이 레코드는 곧잘 턴테이블에 올린다. 슈트라우스가 세상을 떠나기 전해, 여든네 살에 작곡한 이 가곡집에는 인생의 마지막을 앞둔 사람의 고요한 체관諦觀이 가득하다. 혹은 고요한 체관을 희구하는 마음이.

슈바르츠코프의 표현력은 두말할 나위 없다. 음악을 구석부터 구석까지 빈틈없이 향유하는 가창으로, '마음으로 노래한다'는 표현이 딱 들어맞는다. 조지 셀의 성악 반주는 들어볼 일이 별로 없는데, 이게 또 훌륭하다. 섬세한 배려로 가창을 받쳐준다. 오케스트레이션에서 경지에 다다랐던 작곡자인 만큼, 이 곡의 가창에는 반주 오케스트라의 질이 중요한 의미를 가진다. 특히 마지막 곡 〈저녁놀에〉가 잔광이 사라지듯 조용히 끝날 때면 어김없이 가슴이 떨린다.

키리 테 카나와의 가창은 슈바르츠코프에 비해 드라마틱하다. '고요한 체관'이라기보다는 '그럼에도 강하게 맥박 치는 감정' 같은 것이 느껴진다. 데이비스의 반주 역시 긍정적이다. 노래하는 사람에 따라 곡의 인상이 이렇게까지 바뀌는구나 싶어 좀 놀랍다. 나는 아무래도 슈바르츠코프의 세계에 더 끌리지만, 그래도 키리의 풍부하고 자연스러운 미성에 귀기울이다보면 이렇게 밝은 노래도 괜찮지 않을까란 생각이 문득 든다.

슈트라우스 가수 델라 카자. 전성기 시절의 가창인데, 녹음이 오래된 탓인지 표현이 말끔하게 전달되지 않는다. 뵘의 반주도 영

희미해서 마음을 파고들기에는 부족하다. 기대되는 조합이었는데, 왜일까?

프레빈은 로텐베르거와 녹음한 뒤 1988년 아를린 오제와도 이 곡을 녹음했는데, 둘 다 오케스트라의 정교하고 치밀한 연주가 노래를 많이 도와준다. 아니, 사실은 노래가 주인공인데(더욱이 가창의 수준도 매우 높은데) 귀가 자꾸 오케스트라 쪽으로 끌려가버릴 때가 많다. 프레빈의 반주 실력을 실감한다.

야노비츠의 미성과 그 성량은 정말이지 압도적이고 정서적 호소력도 부족함이 없다. 카라얀의 반주도 그에 못지않게 대담하고 화려하다. 삼박자를 다 갖춘 이 박력은 아무도 당해내지 못할 것이다. 그저 혀를 내두를 따름이다. 그래도 순수한 감동에 앞서 뭔가 인공적인 냄새를 희미하게 맡고 마는 것은 나뿐일까?

결국 나는 슈바르츠코프의 레코드 한 장이면 충분한지도 모른다. 그 사실을 확인하기 위해 이런저런 레코드를 돌아가며 듣고 있는 기분이다.

Schubert: Piano Sonata No.21 in B-Flat Major, D.960

51-1

슈베르트 피아노소나타 21번 B$^\flat$ 장조 D.960(유작)

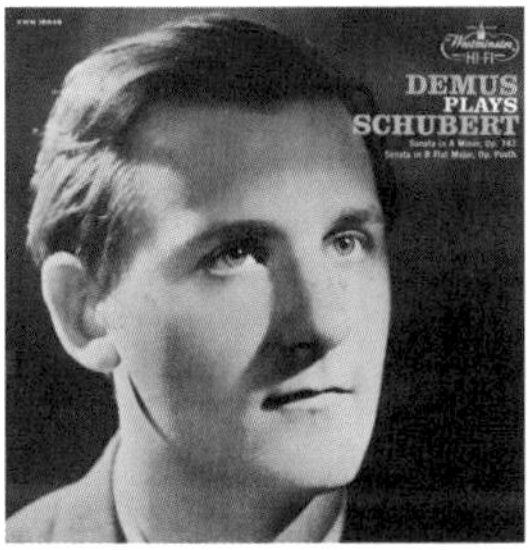

외르크 데무스(Pf) West. XWN-18845 (1951년)

게저 언더(Pf) Gram. 138880 (1963년)

파울 바두라스코다(Pf) 일본Vic. SRA-2673 (1971년)

슈베르트의 피아노소나타 하면 한동안 D장조(D.850)에 빠져 있었는데, 이 B♭장조에도 비슷하게 마음이 끌린다. 슈베르트의 장대한 피아노소나타는 원래 자기도 모르는 사이 빠져드는 법이다. 그렇지만 어느 곡이든 대중적으로 연주되어 사람들이 널리 듣게 된 것은 비교적 최근의 일이다. 그전에는 슈베르트의 피아노소나타 자체가 거의 냉대받다시피 했다. 그저 길기만 할 뿐 따분한 곡으로 인식되어서다. 그렇기에 이번에 다루는 레코드는 데무스를 제외하면 전부 1970년 전후의 녹음이다.

데무스의 연주는 벌써 칠십 년 가까이 되었는데 지금 들어도 전혀 오래된 느낌이 없다. 슈베르트의 영혼을 오롯이 붙들어 보여주는 듯 티 없이 아름다운 음악이다. 실로 솔직하고 성의 있는 연주다. 꼭 빈 출신 피아니스트가 연주하는 슈베르트—라서 좋다는 건 아니지만, 이 음악에는 같은 물을 마신 작곡가에 대한 자연스러운 경의 같은 것이 짙게 느껴진다.

게저 언더도 이 곡이 널리 사랑받기 이전에 녹음한 셈인데, 어쩌자고 이렇게 길고 (당시로서는) 특별히 인기 있지도 않았던 곡을 선택했을까? 데무스야 슈베르트를 좋아해서 즐겨 연주했으니 그나마 이해되지만, 언더는 이 곡을 제외하면 슈베르트를 거의 녹음하지 않았(을 것이)다. 그런데 왜 굳이 이 B♭장조를 골라야 했나? 물론 이유는 알 수 없지만, 그만큼 강한 의욕을 가지고 임했음은 짐작할 수 있다. 결과적으로 매우 충실한 연주가 완성되었다.

언더는 이 긴 곡을 한순간도 흐트러뜨리지 않고 끝까지 논리적으로 마무리했다. 그럼으로써 이 곡이 이렇게 길어야 하는 이유를 멋지게 밝혀낸다. 그것만으로도 충분히 훌륭한 성과인데, 그에 더해 소리 구석구석까지 뜨거운 마음 같은 것을 담아낸다. 그것도 '누가 봐도 뜨거운 마음'이 아니라, 안쪽에서 남몰래 쉬지 않고 타오르는 작은—그러나 꺼지지 않는—잉걸불 같은 뜨거움(따스함)이다. 2악장(안단테 소스테누토)이 특히 아름답다.

데무스와 각별한 친분이 있었던 바두라스코다도 멋진 연주를 남겼다. 정성을 다해, 반듯한 자세로 연주한 D.960이다. 그는 1967년부터 1971년에 걸쳐 RCA에서 슈베르트 소나타 전곡을 녹음했다. 전집이란 이유도 있으니 다른 색을 더하지 않고 '있는 그대로'의 슈베르트를 정확히 연주해내려 한 듯하다. 그런 자세는 평가받아 마땅하지만, 그만큼 '파토스가 부족한 것 같다'고 느끼는 사람이 있을지도 모르겠다.

Schubert: Piano Sonata No.21 in B-Flat Major, D.960

31-2

슈베르트 피아노소나타 21번 B♭장조 D.960(유작)

아르투르 루빈스타인(Pf) Vic. LSC3122 (1969년)

스뱌토슬라프 리흐테르(Pf) 일본Vic. VIC-3057 (1972년)

루돌프 제르킨(Pf) 일본CBS SONY 25AC-20 (1975년)

알프레트 브렌델(Pf) Phil. 6747 175 (1971년) BOX

루빈스타인은 이 곡 외에는 슈베르트의 소나타를 전혀 음반으로 남기지 않았는데, '왜 그랬을까?' 하고 고개가 갸웃해질 정도로 뛰어난, 괄목할 만한 연주다. 의식이 처음부터 끝까지 음악 자체에 올곧게 집중되어 있다. 표현력도 정확하고 화려하다. 외관을 장식하기 위한 화려함이 아니라 내면에서 절로 떠오르는 화려함이다. 루빈스타인의 자서전을 읽으면 자신이 젊은 시절 (천재였기에 더더욱) 방만하게 살았던 것을 후회하고, 서서히 음악적 내면을 추구하게 된 경위를 잘 이해할 수 있다. 꽤 근사하게 나이든 사람이다.

리흐테르는 루빈스타인과 대조적으로 슈베르트 작품을 적극적으로 다룬 피아니스트인데, 이 B♭장조 소나타만 놓고 보면 고개를 갸우뚱할 수밖에 없다. 소리를 과감히 잡아늘이거나 줄이거나 하면서 억양을 붙였는데, 양념이 너무 강한 느낌이라 아무래도 차분히 듣기 힘들다. 리흐테르는 내가 좋아하는 피아니스트지만(직접 공연장에서 들었던 브람스 협주곡 2번은 내 음악관을 바꿔버릴 만큼 훌륭한 연주였다), 이따금 과할 때가 있다. 데무스를 듣고 나서 이 연주를 들으면 어쩌면 가벼운 현기증을 일으킬지도 모른다. 물론 '해석 차이'라고 말해버리면 그만이지만.

루돌프 제르킨의 연주는 리흐테르와 반대로 머리끝부터 발끝까지 솔직하다고 할까, 소박함 그 자체다. 리흐테르의 예리한 기교도 없고, 루빈스타인의 화려함과 여유도 보이지 않는다. 그렇지만 뼈를 깎는 듯한 운지가 이상하게 듣는 이의 마음을 자극한다. 이 장

대한 곡을 처음부터 끝까지 질리지 않고 들을 수 있는 것은 아마 그 성실함이 듣는 이에게 고스란히 전해지기 때문이리라. 그래도 제르킨의 B♭장조를 제대로 감상하기에는 나름대로 에너지가 필요하다(〈함머클라비어〉 소나타 연주 정도는 아닐지라도).

1953년 2월, 블라디미르 호로비츠가 카네기홀 콘서트에서 B♭장조 소나타를 연주했고 레코드로 발매되었다. 이 시기의 호로비츠다운(즉 전성기의) 실로 기백 넘치는 연주이긴 한데, 내가 생각하는 슈베르트의 피아노곡과는 윤곽이 좀 다르다는 느낌이다.

마지막으로 한 장 더, 알프레트 브렌델의 1971년 녹음본. 실로 중용을 걷는 뛰어난 연주다. 교과서라고 할지, 흠잡을 데가 없다. 다만 나는 브렌델이라는 피아니스트와 왠지 잘 맞지 않아서, 아무리 연주가 좋아도, 설령 거의 완벽한 연주라 해도 이상하게 마음 깊이 와닿지는 않는다. 이유는 모른다. 모르기에 왜 그럴까, 하고 자꾸 듣게 된다.

Rimsky-Korsakov: Symphonic Suite "Scheherazade", Op.35

52-1

림스키코르사코프 교향 모음곡 〈셰에라자드〉 작품번호 35

피에르 몽퇴 지휘 샌프란시스코 교향악단 Vic. LM1002 (1942년)

유진 오르먼디 지휘 필라델피아 관현악단 Col. ML4089 (1947년)

토머스 비첨 지휘 로열 필 Angel 35505 (1957년)

로브로 폰 마타치치 지휘 필하모니아 관현악단 Angel S35767 (1958년)

〈셰에라자드〉 역시 모르는 사이 레코드장에 쌓여버린 케이스 중 하나다. 아마 재킷 디자인이 근사한 음반이 많아서일 것이다. 따로 〈셰에라자드〉 레코드를 대량 수집하겠다고 마음먹은 것은 아닌데 재킷만 보고 자꾸 사들인다. 그런 연유로 다루고 싶은 레코드가 많아서 두 번으로 나눕니다. 우선 예전 녹음부터. 〈셰에라자드〉처럼 연주 효과가 화려한 곡은 최신 녹음으로 웅장하게 듣고 싶은 사람이 확실히 많으리라 생각한다. 그래도 그런 곡이야말로 오래된 녹음(물론 모노럴)으로 차분하게 음미해야 하는 법이지, 라는 것이 구반 마니아가 마땅히 나아갈 길이다.

그 전형적인 예가, 몽퇴가 샌프란시스코 교향악단을 지휘한 구반이다. 1942년 녹음이라고 하니 미일 개전 직후, 물론 SP반이다. 몽퇴는 1957년에도 런던 교향악단을 지휘해 스테레오반을 냈는데, 사실 이 오래된 RCA반으로 충분하지 않나 싶다. 연주도 녹음 효과 같은 건 생각하지 않고 오직 음악성 하나만으로 유유히 펼쳐진다. 영악한 구석이 없는 멋진 연주다.

오르먼디는 평생 동안 총 네 번 이 곡을 녹음했는데, 이것이 첫 번째다. 이미 LP시대로 돌입한 때라 음질은 몽퇴보다 '근대화'되었다. 오르먼디의 연주는 소리에 풍부한 표정을 싣는 것이 특색인데 이 시절부터 그런 캐릭터가 탄탄히 확립되어 있어, 설령 모노럴 녹음일지라도 필라델피아답게 컬러풀한 소리를 만끽할 수 있다.

그와 대조적으로 영국 신사 비첨의 연주는 소리에 화려한 표정을 입히기보다는 곡 본래의 짜임새를 있는 그대로 드러내는 쪽을 택했다. 그렇다고 절대 딱딱하지는 않고, 나름대로 원숙한 어법이다. 색을 덧칠한 유화가 아니라 엷고 미묘하게 겹쳐 그린 수채화라고 할까. 느낌이 무척 좋은 연주이니 비첨 팬이라면 더없이 좋아하지 않을까. 비첨 팬이 세상에 얼마나 있는지는 나도 잘 모르지만.

마타치치의 〈셰에라자드〉? 하고 의아해하는 사람이 제법 많을 것이다. 아무래도 '마타치치는 강경파, 브루크너 전문'이라는 인상이 강하니까. 1958년은 그가 아직 신참내기 지휘자라 레퍼토리가 제대로 정착하지 않았을 때다. 게다가 크로아티아에서 나치 협력자로 오랫동안 활동을 제한당한 처지였다. 그러니 아마도 '이거 하세요' 하고 내려오는 일을 군말 없이 해내는 상황이었을 거다(어디까지나 상상). 아무튼 이 〈셰에라자드〉도 의외로 그럴듯하고 좋다. 착실하게 윤택한 소리를 내려고 애썼다. 그러면서 강경한 분위기도 적당히 감돈다.

Rimsky-Korsakov: Symphonic Suite “Scheherazade”, Op.35

52-2

림스키코르사코프 교향 모음곡 〈셰에라자드〉 작품번호 35

언털 도라티 지휘 미니애폴리스 교향악단 Mercury SR90195 (1960년)

프리츠 라이너 지휘 시카고 교향악단 Chesky RC4 (1960년)

레오폴드 스토코프스키 지휘 런던 교향악단 London SPC21005 (1964년)

오자와 세이지 지휘 시카고 교향악단 Angel SFO36034 (1969년)

유진 오르먼디 지휘 필라델피아 관현악단 RCA ARL1-0028 (1972년)

1960년대에 접어들며 음반업계는 스테레오 시대로 돌입했고, 특히 〈셰에라자드〉처럼 색채가 풍부한 악곡에서 얼마나 극적인 음향을 끌어낼 수 있는지가 승부처가 되었다. 결과적으로 스토코프스키나 오르먼디처럼 음향 효과를 의식한 신반이 당대의 정석으로 자리잡았다.

도라티의 연주도 드라마틱한 쪽으로 확고히 방향을 잡은 음악이다. 몸놀림이 상당히 크고, '이래도?' 하는 듯한 피상적인 선율이 눈에(귀에) 들러붙는다. 시대적인 배경도 있겠지만, 후일 하이든을 연주하는 도라티에게서는 좀처럼 상상하기 힘든 연주다.

라이너반은 뉴욕에 마스터링 스튜디오를 보유한 체스키Chesky라는 작은 음반사에서 RCA의 마스터 테이프를 라이선스 생산하며 새로 LP화한 것으로, 음질이 뛰어나다. 대담하고 강건한 연주다. 잔재주를 부리지 않는 직구 승부. 그것이 입체적인 스테레오 녹음으로 옮겨진 결과물이다. 다만 음색의 화려함을 놓고 보면 스토코프스키나 오르먼디보다 한 발 물러나 있기에, 그만큼 상업적인 임팩트는 약했을지도 모르겠다.

스토코프스키의 연주는 지금 들으면 상당히 '연극적'으로 느껴진다. 표정이 풍부하다고 할까, 인공적인 요소가 너무 많다. 아무리 스토코프스키라도(라고 할까) 이건 좀 과하지 않나. 하지만 영국 데카의 '페이즈 4' 녹음이라는 간판 덕분에 당시에는 꽤 호평이었다. 개인적으로는 좀 진정했으면 싶지만, 뭐 99센트에 샀으니까……

스토코프스키의 매운맛 뒤에 오자와 세이지/시카고 교향악단을 들으면 그 건실함과 청량감에 한숨 돌리게 된다. 오케스트라는 같은 시카고 교향악단이고 역시 '직구 승부' 타입이지만, 라이너와 함께했을 때보다 소리가 유연하고 매끄럽다. 이 시기 오자와 세이지의 음악은 말 그대로 자연체다. 마치 호흡하듯이 자연스럽게, 연속성을 지닌 음악이 거침없이 솟구쳐나온다.

오르먼디의 네번째 녹음. 음반사는 컬럼비아에서 RCA로 바뀌었다. 음색은 더없이 유려하지만 양념이 좀 세서 더부룩한 느낌이다. 같은 유려함이라도 1962년 세번째 녹음본이 한결 담백하고 논리적이었다(그래도 곳곳에서 과한 대목이 귀에 들어오지만).

결국 〈셰에라자드〉가 '상업적인 통속곡'으로 대중에게 인식된 데는 스토코프스키와 오르먼디 두 사람에게 어느 정도 책임이 있지 않을까. 딱히 그들을 탓하려는 건 아니지만.

Mozart: Piano Quartet No.1 in G Minor, K.478

33

모차르트 피아노사중주 1번 G단조 K.478

클리퍼드 커즌(Pf) 아마데우스Q 멤버 London LL679 (1952년)

피터 제르킨(Pf) 알렉산더 슈나이더 등 Van. SRV-284SD (1965년)

아르투르 루빈스타인(Pf) 과르네리SQ 멤버 일본RCA RCV 2194 (1971년)

도야마 게이코(Pf) 빈SQ 멤버 일본Camerata CMT-1503 (1982년)

모차르트는 피아노사중주를 두 곡밖에 만들지 않았다. 주문을 받아 가정 연주용으로 작곡했는데 악보 출판사에서 '너무 어렵다'는 불평을 받고 더이상 만들지 않은 것이다. 안타까운 일이다. 그런 연유로 어느 레코드나 1번과 2번이 커플링되어 있다. 다만 1번이 G단조인지라 아무래도 이쪽으로 눈이(귀가) 가버린다. 나는 모차르트의 G단조라면 사족을 못 쓴다.

커즌반에 관해서는 '1944년 녹음'이라고 기록된 디스코그래피가 많은데, 아마데우스Q가 영국에서 결성된 것이 1948년이니(멤버 중 세 사람은 오스트리아인이라 2차대전중 영국 내 수용소에 있었다), 역시 1952년 설을 택하겠다. 어쨌거나 상당히 오래된 녹음이지만 무척 탄탄하고 늠름한 연주다. 등을 똑바로 펴고 있다. 낡았다는 느낌이 전혀 없다. 커즌과 아마데우스Q(멤버)의 공연은 어떤 이상향인지도 모른다. 딱 한 번이라도 좋으니 라이브 연주를 들어보고 싶다. 물론 이뤄질 수 없는 소원이지만. 그나저나 커즌은 세밀한 소리를 연주하는 데 정말 능숙하다. 소리가 작아도 정확히 귀에 다다른다.

피터 제르킨은 당시 아직 열일곱 살, 실로 풋풋하다. 이 임시 그룹에서 리더 격은 역시 부다페스트SQ에서 오랫동안 바이올린을 맡았던 베테랑 연주가 알렉산더 슈나이더겠지만, 뭐니 뭐니 해도 청년 제르킨의 싱싱한 감각이 다른 연주에서 찾아보기 힘든 매력을 발휘한다. 위대한 피아니스트 아버지에 대한 중압감이 왜 없었으랴만,

그런 것이 느껴지지 않는 예민하고 자유로운 연주다. 시기적으로 보아 아버지 제르킨이 주재한 말보로 음악제에서 편성된 그룹이 아닐까 싶다. 이 디스크는 이젠 구하기 힘든 모양이어서 좀 애석한 기분이 든다. 멋진 연주인데.

루빈스타인은 역시 여유만만한 분위기로, 이 사랑스러운 사중주를 가뜬히 연주해낸다. 원숙하고 근사한 연주다. 다만 음향 밸런스의 문제인지 다른 디스크에 비해 현악기의 주장이 강해서 조금 시끄럽게 느껴진다. 격으로 따져도 루빈스타인의 피아노를 좀더 전면에 내세워 확실한 주인공으로 삼으면 좋지 않았을까. 그 편이 서로의 소리가 한결 잘 녹아들지 않았을까 싶다.

다음은 시대를 훌쩍 건너뛰어, 피아니스트 도야마 게이코가 1982년 빈에서 빈SQ 멤버와 함께 녹음한 음반이다. 분위기가 무척 좋아서 일부러 추가했다. 피아노와 현악기가 하나가 되어 더없이 느긋하고 경쾌한 연주를 펼친다. 여기 고른 네 장의 디스크 중에서는 '빈 향취'가 가장 강한, 우아하고 세련된 연주다.

Kreisler: Favorites

54

크라이슬러 소품집

프리츠 크라이슬러(Vn) 오코넬 지휘 RCA 빅터 교향악단 Vic. LCT1049 (1945년)

지노 프란체스카티(Vn), 아르투르 발삼(Pf) Col. ML-5255 (1949년)

유진 포더(Vn), 스티븐 스웨디시(Pf) Vic. ARLI-2365 (1977년)

이츠하크 펄먼(Vn), 새뮤얼 샌더스(Pf) EMI 80239 (1975년)

명바이올리니스트 프리츠 크라이슬러가 자신이 작곡한 사랑스러운 소품군을 직접 연주한, 이른바 역사적 가치가 있는 레코드. 오래된 녹음이고 아마도 SP를 원본으로 만든 '복각판'일 텐데도 명인 크라이슬러 바이올린의 미성을 아낌없이 들을 수 있으며, 선율도 매우 화려하다. 이 음반에만 오케스트라 반주가 딸려 있고 다른 것은 피아노 반주다.

물론 작곡자의 연주를 들을 수 있는 음반도 귀중하지만, 지노 프란체스카티의 천부적인 미성과 낙천성도 크라이슬러에게 결코 뒤지지 않는다. 듣다보면 중간부터는 누가 누구인지 분간이 안 될 정도다. 그나저나 크라이슬러는 바이올린의 명인이었을 뿐 아니라 정말로 탁월한 멜로디 메이커였단 말이지. 듣고 있으면 절로 감탄이 나온다. 그러고 보면 베토벤도 그렇고 모차르트도 그렇고, 옛 작곡가들 중 많은 이는 톱클래스 연주가이기도 했다. 크라이슬러와 라흐마니노프는 그 계보의 마지막을 장식하는 존재였는지도 모른다.

유진 포더는 차이콥스키 협주곡 항목에서도 소개했듯이 지금은 거의 잊혀가는 바이올리니스트다. 당시에는 '바이올린의 믹 재거'라고 불린 신예 스타 연주가였다. 과연 젊은 만큼 앞의 두 사람처럼 '춘풍태탕' 느긋한 연주는 아니다. 테크닉을 정확하게 보여주고, 소리의 단면도 날카롭다. 선율도 예각이다. 그러면서도 필요 이상으로 서두르지 않는 점이 이 사람의 재능일 터다. 그대로 순조롭게 대성했더라면 좋았을 텐데……

펄먼의 연주는 언제 들어도 '좋은 소리야, 정말 잘한단 말이지'라고 감탄하지만, 솔직히 그의 연주에 감동받은 기억은 별로 없다(어디까지나 개인적인 취향, 혹은 우연의 문제일까?). 그리고 이 크라이슬러 곡집도 안타깝지만 비슷한 결과였다. 세간의 평판은 무척 좋은 모양이지만.

우리집에는 CD만 있어서 재킷은 소개하지 않았는데, 헨리크 셰링의 〈크라이슬러 곡집〉(머큐리)도 완성도가 높다. 이 곡에 깃든 19세기 말 '호시절'의 공기를 현대로 오롯이 옮겨왔다. 고리타분하지도, 너무 모던하지도 않다. 바이올린 소리가 딱 기분좋게 울린다.

악기는 다르지만 요요마가 첼로로 연주한 크라이슬러 곡집도 매우 즐거운 앨범이다. 짐작건대 곡의 밝은 부분이 요요마의 캐릭터와 잘 맞았던 것이리라. 듣다보면 마음이 절로 트이는 듯한 느긋함을 누릴 수 있다.

Rakhmaninov: Symphony No.2 in E Minor, Op.27

55

라흐마니노프 교향곡 2번 E단조 작품번호 27

디미트리 미트로폴로스 지휘 미니애폴리스 교향악단 Vic. LM-1068 (1945년)

유진 오르먼디 지휘 필라델피아 관현악단 독일CBS 77345 (1959년)

쿠르트 잔데를링 지휘 레닌그라드 필 Everest 3383/3 (1956년)

최근 몇 년 사이 스멀스멀 인기가 올라간 라흐마니노프 교향곡 2번. 옛날에는 그렇게 인기 있는 곡은 아니었다……고 기억하는데, 내 착각일까? 이 2번은 워낙 길고 장황하다는 이유로 과거에는 단축판을 주로 연주했는데, 현재는 전곡판을 연주하는 일이 많다. 사람들이 장황함에 익숙해진 걸까?

명철한 그리스 지휘자 미트로폴로스가 지휘하는 라흐마니노프 교향곡 2번은 '고전적'이라는 표현이 자못 어울리는 자세 바른 연주로, 현대의 많은 지휘자들이 이 곡을 대할 때 그러하듯 세부를 가득 채워 컬러풀하고 다이내믹하게(때로는 서정을 듬뿍 담아) 감미로운 음악을 구축해가는 스타일과는 차이가 있다. 지극히 솔직하게, 음악을 음악 자체로 일으켜 똑바로 흘려보낸다. 당시의 녹음기술이 표정 하나하나까지 명료하게 담아낼 수 없어서 생긴 결과인지도 모른다. 그래서 현대 청중의 귀에는 스릴과 색채가 미흡하게 느껴질 수도 있을 것이다. 하지만 이 연주의 근간에 있는 거침없고 꼿꼿한 자세에는 마음에 와닿는 것이 있다. 속세에 휩쓸리지 않고……라는 예스러운 표현이 어쩌면 적절할지도. 레코드 재킷의 모더니즘풍 디자인도 이 시기 RCA다워서 호감이 간다.

내가 평소에 즐겨 들었던 연주는 유진 오르먼디가 1959년 필라델피아 관현악단을 지휘해 녹음한 컬럼비아반으로, 지금도 이 레코드를 제일 자주 턴테이블에 올린다. 높은 평가를 받은 프레빈, 래틀, 아시케나지를 놔두고 왜 오르먼디냐고 묻는다면 설명하기 곤란

한데, 영악함이나 신랄함이 없는, 말하자면 원만한 성격의 연주라서다. 오르먼디가 몇 년 후 재녹음한 RCA반(역시 필라델피아)도 나쁘지 않지만, 컬럼비아반의 소리가 한결 차분하게 느껴진다. 컬럼비아와 RCA의 녹음 방식이 다른 이유도 있는지 소리에 미묘한 차이가 난다. 내가 가지고 있는 것은 독일 CBS의 세 장짜리 박스세트다.

잔데를링 음반도 세 장짜리 박스세트. 1956년 구소련에서 녹음한 것으로, 내가 가진 미국 에베레스트반은 유사 스테레오*반이다. 잔데를링은 일찍부터 라흐마니노프 교향곡을 적극적으로 호평하고 다뤄온 사람으로, 어쩌면 이것이 레코드 사상 최초의 '라흐마니노프 교향곡 전집'인지도 모른다. '사상성이 결여됐다'는 소비에트 정부의 비판을 받은 뒤(뭐 맞는 말이긴 하겠지만), 그때까지 저평가되었던 라흐마니노프 교향곡을 굳이 정면에서 다룬 지휘자의 반골 기질과 정열이 구석구석 뚜렷하게 느껴진다. 특히 아다지오가 아름답고 기품 있다. 녹음 상태는 아주 좋진 않지만.

* 모노럴 녹음을 전기적으로 재처리해 스테레오처럼 들리게 하는 기술.

J. S. Bach: Concerto for 2 Violins in D Minor, BWV1043

56-1

J. S. 바흐 두 대의 바이올린을 위한 협주곡 D단조 BWV1043

오이스트라흐 부자(Vn) 프란츠 콘비츠니 지휘 게반트하우스 관현악단 Eterna 825882 (1957년)

오이스트라흐 부자(Vn) 구슨스 지휘 로열 필 Gram. 138 820 (1961년)

메뉴인+페라스(Vn) 메뉴인 지휘 메뉴인 음악제 실내관현악단 Capitol SG7210 (1958년)

아이작 스턴+알렉산더 슈나이더(Vn) 파블로 카잘스 지휘 프라드 음악제 관현악단 Col. ML4351 (1950년)

두 대의 바이올린을 위한 협주곡, 두 바이올리니스트의 조합이 일종의 셀링 포인트다.

오이스트라흐 부자(다비트와 이고리)는 우선 고개가 끄덕여지는 조합, 아버지와 아들이 나란히 일류 바이올리니스트다. 아들 이고리는 당시 열여섯 살, 아버지와 공연한 이 곡으로 콘서트 데뷔를 했으니 두 사람에게는 소중하고 기념비적인 곡이기도 하다.

프란츠 콘비츠니와 함께한 음반은 1957년 베를린 국립극장에서 녹음되었다. 아버지와 아들의 호흡도 완벽하고 게반트하우스의 연주도 자연 그 자체라, 거슬리는 것 없이 좋은 느낌이 남는 연주다. 유유히 흘러가는 큰 강의 수면을 바라보듯이 음악에 흠뻑 취해 있는 사이 시간이 지나가버린다. 그에 비해 1961년 런던 녹음은 왠지 차분하지 못한 분위기가 감돈다. 녹음 탓인지, 아니면 다른 불행한 이유가 있었는지(이를테면 점심으로 나온 음식이 맛없었다든가), 전체적으로 음색이 균일하지 못하고 거슬린다. 어째서일까? 아버지 오이스트라흐 특유의 미음이 충분히 살아나지 못해 아쉽다.

메뉴인이 연주하는 바흐는 상냥하고 자연스럽고 인간미가 넘친다. 아마도 이 사람의 됨됨이 덕분일 것이다. 그런 느낌이 듣는 이에게 은은하게 전해진다. 메뉴인을 경애하는 페라스가 제2바이올린을 맡은 호화로운 조합이다. 메뉴인은 실내관현악단 지휘를 직접 맡아서, 당시 일반적으로 퍼져 있던 '바흐는 학구적인 음악'이라는 고정관념을 부드럽고 산뜻하게 부숴나간다. 구도적이라기보다 인간적인 바흐다.

파블로 카잘스가 주재한 프라드 음악제의 연주 녹음. 스턴과 슈나이더(부다페스트SQ)가 바이올린을 맡고 카잘스가 임시 편성 오케스트라를 지휘한다. 실황본은 아니지만 신기하게 잔향이 거의 없고, 두 바이올리니스트의 연주와 카잘스의 지휘 모두 다소 딱딱한 느낌이다. 듣다보면 점점 목이 말라올 정도로 카랑카랑하고 건조한 연주다. 하지만 이 레코드 뒷면에 담긴, 역시 스턴이 연주한 〈바이올린과 오보에 협주곡〉에서는 상당히 매력적이고 진심 어린 음악을 들을 수 있다. 같은 장소 같은 시기에 녹음되었는데도 왜 이렇게 차이가 클까? 카잘스는 적잖이 불가사의한 지휘자다. 더없이 무뚝뚝하고 자기중심적이라 듣기 괴로운 곡이 있는가 하면, 간혹 합이 딱 들어맞는 연주도 나온다. 한눈에 실체를 파악할 수 없다. 그런 연유로 모아버린 프라드 음악제 관련 레코드가 꽤 된다.

J. S. Bach: Concerto for 2 Violins in D Minor, BWV1043

56-2

J. S. 바흐 두 대의 바이올린을 위한 협주곡 D단조 BWV1043

드비 에를리+메르켈(Vn) 쿠르트 레델 지휘 뮌헨 프로 아르테 Tele. F-201 (1950년대 중반)

로베르토 미켈루치+펠릭스 아요(Vn) 이무지치 합주단 Phil. 412 324-1 (1958년)

헨리크 셰링+페터 리바어(Vn) 셰링 지휘 빈터투어 음악원 관현악단 일본Phil. X5550 (1965년)

헤르만 크레버스+테오 올로프(Vn) 빌렘 반 오테를로 지휘 헤이그 필 Fontana 895057 (1952년)

아네조피 무터+살바토레 아카르도(Vn) 아카르도 지휘 영국 실내관현악단 Angel ASD 1435201 (1982년)

드비 에를리는 프랑스인 바이올리니스트로, 소리에 뚜렷한 탄력이 있다. 쿠르트 레델이 지휘하는 뮌헨 프로 아르테 실내관현악단이 그것을 정면에서 받아들여 꾸밈없고 올바른 바흐 음악을 만들어냈다. '올바른 바흐'라고 하면 오해의 소지가 있겠지만, 그래도 자꾸 그렇게 말하고 싶어지는 연주다. 에를리가 연주한 하차투랸 협주곡이 매력적이었는데 바흐도 그에 못지않게 훌륭하다. 짐작건대 1950년대 중반의 녹음일 것이다. 함께한 바이올리니스트 앙리 메르켈 역시 프랑스인이지만 프랑스다운 향취는 거의 느껴지지 않는다.

이무지치 합주단의 두 스타, 로베르토 미켈루치와 펠릭스 아요가 바이올린을 맡았다. 펠릭스 아요는 1962년부터 1967년까지, 미켈루치는 뒤이어 1972년까지 이무지치의 콘서트마스터를 지냈다. 신구 최강의 콤비다. 그 위에 비단실처럼 매끄러운 전성기 이무지치의 현악기가 엮이니, 완성도가 나쁠 수 없다. 이탈리아의 밝은 향취가 적당히 배어 있다. 너무 매끈해서 불만인 사람도 있을지 모르지만.

헨리크 셰링이 스위스 빈터투어 음악원 관현악단의 명콘서트마스터 페터 리바어와 함께한 연주. 비교적 수수한 조합이지만 연주는 실로 아름답고 절도 있다. 너무 드라이하지도 달콤하지도 않고, 모자라지도 넘치지도 않는, 마침맞게 좋은 바흐의 음악세계다. 화려한 맛은 없을지 몰라도, 이 곡에서 이 이상 무엇을 요구하랴?

콘세르트헤바우의 전설적인 콘서트마스터 헤르만 크레버스

와 헤이그 관현악단의 콘서트마스터 테오 올로프가 함께한 연주는 1952년, 상당히 오래전에 녹음되었는데도 소리가 무척 심플하고 선명한 것이, 현대 고음악 연주의 도래를 예감케 하는 신선한 성과로 다가온다. 두 사람 다 대중적으로 잘 알려진 스타 솔리스트는 아니기에 수많은 유명 음반의 그늘에 가려 놓치기 쉽지만, 한번 들어볼 가치는 있다고 생각한다. 과하게 색을 입힌 곳 없이, 조용히 마음에 남는 타입의 연주다.

시대를 훌쩍 건너뛰어 아네조피 무터와 살바토레 아카르도라는 훌륭한 바이올리니스트들의 공연(약간 의외의 조합이지만). 이것도 이무지치와 마찬가지로 바흐의 밝은 쪽을 보고 나아간다(참고로 아카르도도 미켈루치에 이어 한동안 이무지치의 콘서트마스터를 맡았다). 무터와 아카르도 모두 미음의 연주가인데, 특히 아카르도는 파가니니 스페셜리스트인 만큼 선율에 전혀 거리낌이 없다. 그런 의미에서는 바흐를 충분히 명쾌하게 소화해냈다. 바흐 원리주의자나 고악기 연주 애호가에게는 권하기 힘들지 모르겠지만, 지극히 청량하고 차밍한 음악이다.

Stravinsky: The Soldier's Tale

57

스트라빈스키 〈병사의 이야기〉

레너드 번스타인 지휘 보스턴 교향악단 멤버 Vic. LM-1078 (1947년)
존 카레위 지휘 런던 교향악단 실내 그룹 Everest LPBR-6017 (1959년)
레오폴드 스토코프스키 지휘 기악 앙상블 일본Van. K18C 8519 (1967년)
보스턴 교향악단 실내악 연주자들 Gram. 2530609 (1975년)

일곱 명의 기악주자와 세 명의 배우가 연주하는 극음악 〈병사의 이야기〉. 편성이 간소한 것은 1차대전이 끝난 직후 초연되어 연주자를 충분히 확보하기 어려웠던 탓이다. 게다가 주어진 예산이 넉넉지 않아서, 스트라빈스키가 그 금액에 맞춰 되도록 소수의 인원으로 연주할 수 있는 곡을 만들어야 했던 이유도 있다. 결과적으로는 제한된 수의 유니크한 기악 콤비네이션—편성상으로는 거의 재즈밴드에 가까운—이 매우 재미있는, 아방가르드한 효과를 낳았다. 번스타인과 카레위의 음반은 해설을 생략한 모음곡판. 스토코프스키와 보스턴 그룹의 음반은 해설이 들어간 전곡판이다. 전자는 프랑스어 오리지널, 후자는 영역 텍스트.

번스타인반은 1947년 녹음으로, 그가 남긴 음반 중 가장 초기에 속할 것이다. 녹음은 보스턴 교외의 탱글우드 음악제 공연장에서(실황은 아니고) 이루어진 모양이다. 물론 모노럴 녹음이지만, 소리의 움직임이 시원시원하고 전체 구성이 '시각적'이라 해도 좋을 만큼 선명하게 파악되는 연주다. 무엇보다 리듬이 일관되게 훌륭하다. 경쾌해서 마지막까지 즐겁게 들을 수 있다. 재킷도 무척 심플한데 그 썰렁함에 왠지 호감이 간다.

한편 존 카레위(영국인 작곡가, 현대음악 지휘 전문)의 연주는 번스타인반과 '같은 곡으로 들리지 않을' 정도로 차분하고 안정적이다. 그만큼 '현대음악'……이라는 분위기가 다소 짙어진다. 연속으로 들어보면 번스타인은 뭐니 뭐니 해도 세련되고 힙하다. 카레위 음반 재킷은 에베레스트레코드의 장기인 '사실적인 이미지 재현' 사진 시리즈다. 아무리 봐도 스마트하다고는 하기 힘들지만 역시 정이 간다.

스토코프스키가 여든다섯 살 때 녹음한 음반. 정말이지 노익장답게 정교한 지휘에 '굉장한걸' 하고 반해버린다. 스토코프스키에게 〈병사의 이야기〉는 오랫동안 단골 레퍼토리였던 모양으로, LP 양면에 걸친 긴 전곡판을 지루함 없이 소화한다. 깨끗함의 극치라 할 만큼 훌륭한 음질도 특기사항일 것이다.

보스턴 교향악단의 실력파 멤버(리더는 콘서트마스터인 실버스타인)들의 연주는 활기차고 샤프하다. 매력적이다. 아울러 독일 그라모폰 팀이 미국까지 출장 가서 맡은 녹음도 스토코프스키반 못지않게 훌륭하다. 모두 아날로그 녹음이지만 더할 나위 없이 선명하다.

Falla: Nights in the Gardens of Spain

58-1

파야 〈스페인 정원의 밤〉

알리시아 데라로차(Pf) 헤수스 아람바리 지휘 마드리드 콘서트 관현악단 Erato STU 70092 (1961년)
알리시아 데라로차(Pf) 세르주 코미쇼나 지휘 스위스 로망드 관현악단 일본London K18C 9151 (1970년)
에두아르도 델 푸에요(Pf) 장 마르티농 지휘 라무뢰 관현악단 Phil. S04028L (1955년)
호아킨 아추카로(Pf) 에두아르도 마타 지휘 런던 교향악단 RCA RL31329 (1978년)

'피아노와 관현악을 위한 세 개의 교향적 인상'이라는 알쏭달쏭한 부제가 붙어 있지만, 요컨대 정경묘사 요소를 지닌 자유로운 형식의 피아노협주곡이다. 스페인 작곡가 파야의 대표작 중 하나. 스페인 정서가 범람하지만 프랑스 인상파의 영향도 짙다. 무슨 영문인지 이 곡의 레코드도 집에 제법 많아서(모르는 사이에 쌓여버렸다), 스페인 출신 피아니스트와 다른 나라 출신 피아니스트로 나눠 본다. 우선 스페인 편.

스페인의 재원 피아니스트 데라로차는 이 곡을 장기로 삼는 만큼 내가 아는 것만 네 번의 레코딩을 했는데, 우리집에 있는 것은 여기 예로 든 두 장의 LP와 프뤼베크 데 부르고스와 함께한 CD(런던 필)다. 세 장을 비교하며 다시 들어봤는데 모두 '우열을 가릴 수 없이 훌륭하다'는 말밖에 나오지 않아서, '굳이 몇 번씩 새로 녹음할 필요도 없었을 텐데'라는 생각마저 든다. 하긴 활동 경력이 긴데다가 음반사 쪽 사정도 있었겠지만. 그중 굳이 한 장을 고른다면 음향이 제일 돋보이는 1983년의 데 부르고스 음반이 될 것이다. 이 곡은 역시 소리의 울림이 관건이니까. 그렇지만 올 스페인 캐스팅으로 이뤄진 초기 에라토의 녹음도 로컬색이 전면에 드러나 컬러풀하고 재미있다. 지휘자 아람바리는 바스크 출신 스페인인으로 작곡가이기도 하다. 데라로차의 피아노는 아름다우면서 사려 깊고, 오케스트라에 깔끔하게 녹아들어 다채로운 음악세계를 그려낸다.

에두아르도 델 푸에요와 장 마르티농의 연주는 이중에서 가장 오래된 녹음이다. 델 푸에요라는 피아니스트에 대해서는 잘 몰랐는데 '스페인 태생 베토벤 전문가'로 이름을 날린 모양이다. 이 레코드를 듣는 한, 아닌 게 아니라 기술력과 세련된 감각을 겸비한 뛰어난 연주가다. 운지에서 플라멩코 기타의 울림 같은 것도 들리고, 전체적으로 스페인 정서가 짙게 분출된다. 마르티농의 지휘도 기품 있게 정경을 그리며 분위기를 고조시킨다.

아추카로는 바스크 지방 출신 피아니스트로 스페인 음악을 주요 레퍼토리로 삼았다. 이 사람의 피아노 연주도 처음 들었는데, 첫음부터 그 신선함에 깜짝 놀랐다. 특별히 '스페인 정서'를 의식하지는 않은 듯한데, 폴란드 출신이 쇼팽을 연주하는 경우와 마찬가지로 체질에서 자연히 배어나오는 컬러가 있는 모양이다. 아무튼 훌륭한 소리다. 멕시코 출신 지휘자 마타도 그에 못지않게 충실한 소리를 구현한다. 이탈리아 RCA에서 제작한 레코드로, 음질도 우수하다.

Falla: Nights in the Gardens of Spain

58-2

파야 〈스페인 정원의 밤〉

아르투르 루빈스타인(Pf) 유진 오르먼디 지휘 필라델피아 관현악단 Vic. LSC3165 (1969년)
클리퍼드 커즌(Pf) 엔리케 호르다 지휘 뉴심포니 관현악단 London LLP445 (1952년)
마르그리트 베버(Pf) 라파엘 쿠벨리크 지휘 바이에른 방송교향악단 Gram. 139116 (1965년)

루빈스타인도 이 곡을 단골 레퍼토리로 삼았다. 오르먼디와 함께한 음반 이전에 월런스타인이 지휘한 것과 엔리케 호르다가 지휘한 것이 있는데, 이것들도 평가가 상당히 좋았다고 기억한다.

여기서 루빈스타인은 다른 피아니스트와는 조금 다르게 독특한 소리를 낸다. 컬러풀하고 관능적인 소리다. '스페인 정서'라기보다 오히려 '루빈스타인 정서'라 해야 하는지도 모르겠다. 어쨌거나 매우 감각적인 소리다. 그 위에 엮이는 오르먼디 지휘의 필라델피아 관현악단도 컬러풀함으로는 뒤지지 않는다. 어떤 소리를 어떻게 들려줘야 하는지 정확히 알고 있다.

영국인 클리퍼드 커즌은 늘 그러듯이(라고 할까) 단정한 자세로 좋은 연주를 펼친다. 스페인 정서와는 상당히 거리가 있지만, 본인이나 듣는 이나 그런 점은 특별히 신경쓰지 않는다(고 생각한다). 지휘자 엔리케 호르다는 스페인인인데, 음악이 반듯한 정도를 넘어 다소 고풍스럽게 들릴지도 모르겠다. 아무튼 관능성 같은 것은 놀라울 만큼 싹 없애버렸다. 이런 〈스페인 정원의 밤〉도 세상에 하나쯤 있어도 좋지 않을까라는 게 내 생각이지만, 일반 청중에게 '강력 추천입니다' 하며 내밀기는 약간 망설여진다. 이 곡에는 역시 좀더 관능적인 요소가 필요하지 싶다.

마르그리트 베버는 스위스 출신 여성 피아니스트, 쿠벨리크는 체코 출신, 오케스트라가 독일 바이에른이니 스페인과는 지리적 관계가 거의 없는 조합이다. 하지만 베버의 피아노는 서두르지 않고 확고한 설득력을 지니고서 이 곡의 세계를 그려낸다. 스페인 정서까지는 아닐지언정(개인적으로는 피아노 소리에서 아무래도 이 사람 연주로 듣는 데 익숙한 라흐마니노프의 〈파가니니 광시곡〉을 떠올리고 만다), 향취를 느끼기에는 모자람이 없다. 쿠벨리크의 지휘는 정신이 확 들 만큼 날카롭지는 않아도 지극히 견실하다.

여기서 꼽은 일곱 장의 〈스페인 정원의 밤〉은 전부 각각의 매력이 있는 뛰어난 연주지만, 내가 개인적으로 가장 마음이 가는 것은 개성적인 아추카로의 음반이다.

Mozart: String Quintet No.4 in G Minor, K.516

59

모차르트 현악오중주 4번 G단조 K.516

부다페스트SQ+밀턴 카팀스(Va) Col. ML-4469 (1951년)

부다페스트SQ+발터 트람플러(Va) 일본CBS SONY 23AC598 (1966년)

야샤 하이페츠(Va)+퍄티고르스키 그룹 Vic. LSC-2738 (1964년)

스메타나SQ+요세프 수크(Va) 일본DENON OX-7089 (1976년)

'모차르트의 G단조'의 매력이 넘쳐흐르는 실내악곡의 보물. 몇 번을 듣고 또 들어도 질리지 않는다.

부다페스트SQ는 SP시대에 한 번(1942년), 모노럴 LP시대에 두 번(1951년과 1957년), 스테레오 시대에 한 번(1966년), 총 네 번 모차르트 현악오중주 K.516을 녹음했는데(음반사는 전부 컬럼비아), 처음 두 번은 밀턴 카팀스, 나머지 두 번은 발터 트람플러가 비올라를 맡았다. 그중 마지막 스테레오 녹음이 제일 유명하고, 그 외 부다페스트SQ의 K.516을 들을 기회는 지금으로선 거의 없는 모양이다.

그래도 이 카팀스반(이라고 편의상 부르기로 한다)은 상당히 매력적이다. 실로 탄탄하고 빈틈없으며 군더더기가 보이지 않는다. 스테레오인 트람플러반이 지닌 풍만한 중층성은 찾아보기 힘들지만, 올곧고 직선적인 자세에서 당시 미국의 즉물주의적 청렴함 같은 것이 느껴져서 개인적으로 꽤 마음에 든다. 이 시대 음반치고는 녹음도 뛰어나다.

비올리스트 카팀스는 NBC교향악단 수석연주자가 되면서(전임자는 윌리엄 프림로즈) 토스카니니의 조수를 맡았다(어지간히 단련됐겠지 싶다). 그후 이십이 년 동안 시애틀 교향악단 음악감독을 맡았다.

1960년대 초반, 하이페츠와 첼리스트 피티고르스키는 친한 음악가들을 모아 종종 실내악 콘서트를 열었는데, 이 RCA반도 그중 하나다. 이스라엘 베이커(바이올린)와 프림로즈(비올라)가 더해진

기라성 같은 멤버 구성으로 모차르트 현악오중주 G단조를 연주한다. 부다페스트의 경우와는 달리 필요에 따라 모인 '기간 한정' 그룹이므로 안정성은 좀 떨어질지 몰라도, 친한 동료들끼리 모여 '함께' 연주한다는 기쁨 같은 것이 넘쳐나서, 상설 그룹과는 또다른 종류의 힘이 느껴진다. 하이페츠로 시작되는 악기들 하나하나의 소리가 역시나 근사하다.

비교적 최근 녹음으로는(이라고 해봐야 1976년이지만), 스메타나SQ가 요세프 수크를 제1비올라로 모셔온 호화 멤버의 연주가 훌륭했다. 수크 한 사람이 가세하는 것만으로 전체 소리에 무게와 설득력이 한층 더해지고 깊은 맛이 난다. 녹음도 깨끗하고, 현악기 소리는 촉촉하고 아름답다. 다만 이 레코드를 '애청반'으로 삼기에는 조금 부족한 기분이 든다. 아마도 '애착'이 파고들 여지의 문제이리라. 그나저나 이 레코드가 100엔이라니, 아무리 그래도 너무 저렴한 것 아닌가.

Bartók: Concerto for Orchestra

60-1

버르토크 관현악을 위한 협주곡(헝가리 지휘자 편)

조지 셀 지휘 클리블랜드 관현악단 일본CBS SONY 13AC-802 (1965년)

게오르그 솔티 지휘 런던 교향악단 Dec. SXL-6212 (1965년)

프리츠 라이너 지휘 시카고 교향악단 Vic. LSC-1934 (1955년)

페렌츠 프리처이 지휘 베를린 방송교향악단 Gram. 18377 (1957년)

이렇게 놓고 보니 헝가리 출신 명지휘자가 많구나 하고 새삼 감탄하게 된다. 그 외에 오르먼디나 도라티 같은 사람도 있으니까.

여기서는 헝가리의 국민 작곡가 버르토크의 대표작 중 하나인 〈관현악을 위한 협주곡〉을 헝가리 출신 지휘자 편(홈)과 그 밖의 지휘자 편(어웨이)으로 두 번에 나누어 소개한다. 우선 본토 헝가리 편.

조지 셸/클리블랜드의 음반은 한마디로 '노 난센스' 연주다. 세부까지 나사가 꽉 조여 있다. 기믹 같은 것은 일절 없다. 약간 딱딱한 구석이 있지만 과연 '본토 물건'인 만큼 소리에 뚜렷한 신념이 있다. 토착성까지는 아닐지언정 작품에 깔린 민족적 이야기성(버르토크가 중요시한 부분이기도 할 것이다) 같은 것이 상당히 명료하게 느껴진다.

솔티/런던 교향악단의 연주는 셸 이상으로 단단하고 예각적이다. 군더더기를 말끔히 배제했다. 말 그대로 극한의 음악. 헝가리 출신 지휘자는 다들 이 곡에 임할 때 적잖이 진지하게 피가 끓는 모양이다. 다만 힘이 너무 들어갈 때가 있어서 듣는 쪽도 긴장해야 한다. 물론 개인의 취향 문제겠지만, 좀더 관용성을 가져도 좋지 않을까 싶다. 분명 뛰어난 연주라고 생각하지만 늘 곁에 두고 애청하기는 좀 어려울지 모른다. 녹음도 상당히 경질이다.

시카고 교향악단을 지휘한 강경파 라이너도 열정으로는 뒤지지 않는다. 그렇다고 강속구 하나만으로 승부하지는 않고, 기어를 미묘하게 올리고 내리면서 음악을 능수능란하게 활성화해간다. 그 지휘를 따르는 시카고 교향악단의 소리는 참으로 힘차고 치밀하다. 늘어지는 구석 없이 탄탄한 연주지만, 듣는 이를 피곤하게 만들지는 않는다. 녹음도 그 미묘한 표정 변화를 잘 잡아냈다. 아주 초기의 스테레오 녹음인데, 리빙 스테레오*의 음질이 우수하다. 명연주, 명반이라고 생각한다.

프리처이의 녹음 시기는 라이너보다 이 년쯤 뒤인데, 어째서인지 아직 모노럴이다. 프리처이는 자신의 소리와 흐름을 중요시하는 지휘자다. 그의 연주에서는 앞서 언급한 세 명의 동포만큼의 민족적 열기는 느껴지지 않지만, 더하지도 덜하지도 않은 개인성이 똑바로 한줄기 가로지르고 있다. 곳곳에서 약간의 유머마저 느껴진다. 개인적으로는 이렇게 적당히 힘을 뺀, 그러면서도 중심이 잘 잡힌 연주를 좋아하지만, 아무튼 화려한 음향효과를 기대할 수 없는 모노럴이라 일반적으로 큰 인기는 없을 것이다.

보스턴 교향악단 상임지휘자였던 쿠세비츠키는 헝가리에서 미국으로 망명한 직후 버르토크에게 작곡을 의뢰했다. 당시 경제적으로 곤궁했던 버르토크는 건강이 좋지 않았음에도 분발해서 단 두 달 만에 이 곡을 완성했다고 한다. 〈관현악을 위한 협주곡〉은 1944년 보스턴에서 초연되어 큰 성공을 거두었다.

---

* RCA가 1950년대 중반 스테레오 LP를 발매하며 붙인 로고.

Bartók: Concerto for Orchestra

60-2

버르토크 관현악을 위한 협주곡(헝가리 외 지휘자 편)

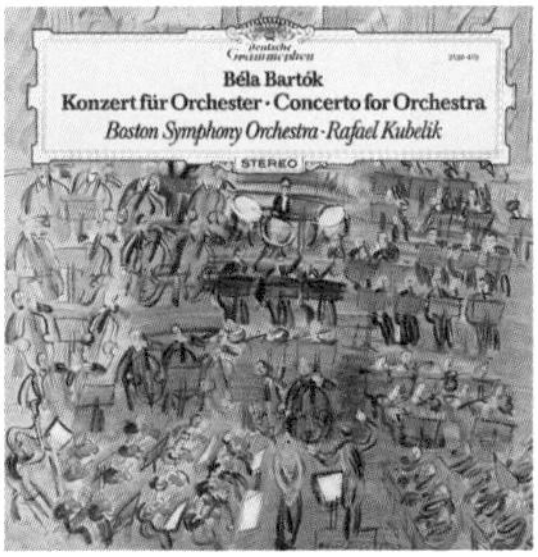

헤르베르트 폰 카라얀 지휘 베를린 필 Gram. 139003 (1965년)

라파엘 쿠벨리크 지휘 보스턴 교향악단 Gram. 2630 409 (1973년)

레오폴드 스토코프스키 지휘 휴스턴 교향악단 일본Col. OW-7699 (1960년)

오자와 세이지 지휘 시카고 교향악단 일본Angel AA-8596 (1969년)

스토코프스키는 폴란드 태생, 오자와 세이지는 만주 태생, 쿠벨리크는 체코 출신, 카라얀은 독일.

우선 '음, 역시 헝가리는 아니군' 하고 실감하게 되는 것이 카라얀 음반이다. 음악에 토착성이 거의 없고, '이게 이 곡이라고?' 하는 경탄이 나온다. 뭐든지 이 강력한 카라얀 머신에 걸리면 말쑥하고 스마트한 테일러 메이드로 완성돼버린다. 아무튼 듣기 편하기로는 천하일품이다. 카라얀은 어떤 곡에 대한 자신의 이미지를 확고히 쌓아올리고, 그것을 빈틈도 의심도 타협도 없는 소리로 만들어내는 사람이다. 좋건 나쁘건 엄청난 능력이라는 감탄을 금할 수 없다.

그에 비해 쿠벨리크의 연주는 늘 그렇듯이 온건하고 정성스럽고 성실하다. 세부까지 눈길을 주면서 보스턴 교향악단의 섬세한 장점을 성공적으로 이끌어낸다. 에고이스틱한 부분도 없고, 한결같이 호감 가는 연주다. 다만 너무 기품 있는지라 본래 이 곡이 지닌 버르토크 특유의 절박함이나 흙냄새 같은 것이 카라얀반과 마찬가지로 피부에 와닿지는 않아서, 듣는 이에 따라서는 그 부분이 불만스러울지도 모른다. 느낌은 매우 좋지만.

스토코프스키 음반. 그가 휴스턴 교향악단 상임지휘자로 있던 시절 녹음한 모양이다. 들을 기회가 별로 없는 오케스트라인데, 아마 지휘자에게 톡톡히 단련되었는지 연주 수준은 높다(가끔 독주 악기가 희미하게 들리긴 해도). 흙냄새 같은 것은 역시 짙지 않지만 일종의 절박함은 충분히 전해진다. 그리고 음악에 독특한 깊이가 있다. 조화롭지만 틀에 갇히지는 않았다. 안에서 솟아나는 힘이 느껴진다. 스토코프스키의 '성공 사례'의 특징이다. 일본 컬럼비아에서 나온 국내반인데(미국 에베레스트 원반) 음질도 뛰어나다.

오자와 세이지. 설명할 필요도 없이 이 사람은 일본 출신 지휘자이기에, 버르토크뿐 아니라 다루게 되는 거의 모든 악곡이 지리적으로나 문화적으로나 '어웨이'에 속한다. 어쩔 수 없는 불리함인 동시에 강점이기도 하다. 하지만 이 '관현악을 위한 협주곡'만 본다면 충분히 뛰어난 연주다. 보스턴 교향악단 음악감독으로 취임하기 전에 시카고 교향악단을 지휘해 녹음했는데, 이 만만찮은 오케스트라에서 실로 풍부한 표정의 설득력 있는 음악을 이끌어냈다. 버르토크 특유의 날카롭고 직설적인 요소가 연주의 근간에 깔려 있다. 그러면서도 어디까지나 인간적이며 결코 냉담하지 않다.

오자와는 그뒤 2004년 사이토 기넨* 을 지휘해 이 곡을 녹음했는데(마쓰모토에서의 라이브가 CD로 나왔다), 삼십오 년의 세월을 거쳐 해석에 한층 깊이가 생겼다. 버르토크 음악의 미스터리한 부분이 보다 강조되어 듣는 이를 생각에 잠기게 만든다. 이런 걸 두고 원숙이라 하는 것일 테다. 물론 새로운 녹음이 나왔다고 시카고 교향악단과 남긴 '자연인 오자와의 명연'이 퇴색되는 일은 결코 없다.

* 나가노현 마쓰모토시에서 매년 8, 9월에 열리는 음악제를 위해 편성되는 비정기 오케스트라.

J. S. Bach: Orchestral Suite No.2 in B Minor, BWV1067

61

J. S. 바흐 관현악 모음곡 2번 B단조 BWV1067

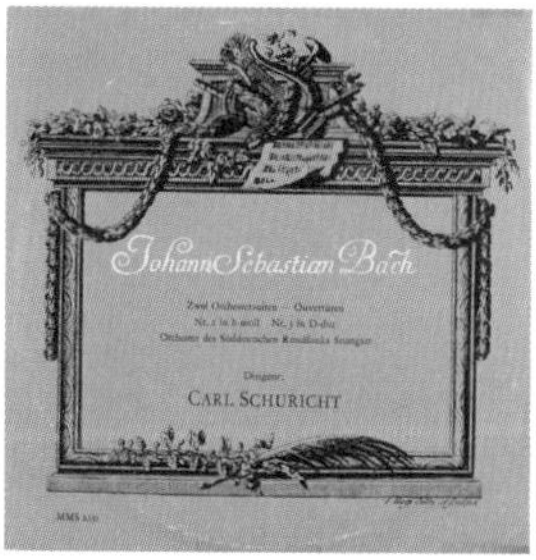

에두아르트 반 베이눔 지휘 콘세르트헤바우 관현악단 Phil. A00351 (1955년)
안토니오 야니그로 지휘 자그레브 실내합주단 일본Vic. RA2015 (1960년)
카를 슈리히트 지휘 슈투트가르트 방송교향악단 Galantie MMS2231 (1961년)
에드몽 드 스투츠 지휘 취리히 실내관현악단 Amadeo AVRS 206 (1969년)

내가 처음 이 곡을 들은 것은 파야르 실내관현악단의 에라토반, 플루트는 장피에르 랑팔이었다. 매우 기분좋고 매끄러운 연주라서 감동했다. 나중에 리히터반을 들었을 때는 그 근엄함에 깜짝 놀랐다. 마치 북풍과 해님처럼 음악의 인상이 달랐더랬다. 두 연주는 워낙 유명하니 이번에는 일부러 제쳐두고, 다소 중후한 맛이 있는 LP 네 장으로 모음곡 2번을 들어본다.

베이눔의 연주는 고악기 연주에 익숙해진 지금 귀로 들으면 퍽 고풍스럽게 느껴진다. 나이든 귀부인처럼 고상하고, 우아하고, 겸손한 바흐다. 무슨 일이 있어도 허둥대지 않는다. 콘세르트헤바우 관현악단(그렇게 대편성은 아닌 것 같다)의 약간 투박한 소리가 잘 어울린다. 이런 스타일도 절대 나쁘지 않다는 게 내 생각이다. 플루트는 수석연주자 휴버트 바르와서.

야니그로는 본업이 첼리스트인 이탈리아인인데, 자그레브 실내합주단 지휘자로도 활약했다(첼로를 켜면서 지휘했을까?). 솔리스트는 파야르반에도 참여했던 랑팔과 베이롱 라크루아. 그렇지만 분위기는 파야르반과 상당히 다르다. 희미하게 리버브가 들어간 것 같은 에라토반 녹음에 비해 전체적으로 소리가 매우 간소하고 산뜻하다. 소편성 오케스트라의 장점이라 할 수 있는 친밀함이 서서히, 꾸밈없이 듣는 이에게 전해진다. 거기다 현재의 동종 오케스트라처럼 오리지널 악기 소리를 과시하는(듣기 좋은 표현은 아니지만) 일도 없다. 이렇게 들어보면 랑팔의 플루트는 역시 훌륭하다고 새삼 생각하게 된다. 어려운 말을 끌어오지 않고도 적확하고 깊이 있는 글을 쓰는 작가 같다.

정반대로, 대편성 오케스트라를 지휘하는 카를 슈리히트의 바흐. 최근에는 이런 형식의 연주를 전혀 찾아볼 수 없게 되었다. '화석'이라고 할지, 시대에 뒤처져버린 것이리라. 하지만 역시 슈리히트, 이런 게 연륜인지, 들려줘야 할 곳을 확실히 알고 놓치지 않는다. 화려한 요소는 없지만 일단 듣기 시작하면 '흐음' 하고 감탄하면서 빠져든다. 등을 반듯하게 편 연주다. 독주자는 불명.

재킷에 프리드리히 굴다의 사진이 크게 찍혀 있어서 혹시 굴다 지휘인가 싶어 레코드를 샀는데, 알고 보니 그는 〈이탈리아 협주곡〉을 혼자 연주한 게 전부고 모음곡 2번에는 참가하지 않았다. 그러나 스투츠라는 사람이 지휘하는 취리히 실내관현악단이 상당히 차밍한 바흐를 들려준다. 스투츠는 취리히 출신 스위스인 지휘자로, 1945년 이 실내관현악단을 창설했다. 파야르 실내악단에 가까운, 1960년대 고음악의 정겨운 소리가 난다. 플루트 독주는 앙드레 조네. 무척 매끄러워서 호감 가는 연주다.

Prokofiev: "Lieutenant Kije" Suite, Op.60

62

프로코피예프 모음곡 〈키제 중위〉 작품번호 60

에리히 라인스도르프 지휘 보스턴 교향악단 D. 클랫월시(Br) Vic. LSC-3061 (1968년)

에이드리언 볼트 지휘 파리 음악원 관현악단 London GM-9142 (1955년)

프리츠 라이너 지휘 시카고 교향악단 Vic. LSC-2150 (1957년)

맬컴 사전트 지휘 런던 교향악단 Everest 3054 (1959년)

유진 오르먼디 지휘 필라델피아 관현악단 RCA ARL1-1325 (1976년)

앙드레 프레빈 지휘 런던 교향악단 Angel AM-34711 (1985년)

내가 이 곡을 좋아하게 된 것은 라인스도르프의 음반을 듣고 나서였다. 에리히 라인스도르프는 보스턴 교향악단 상임지휘자를 역임한 사람치고는 '밋밋하다'고 할까, 세간의 평가도 썩 높지 않았지만, 가끔 생각지 못한 곳에서 '아니, 이것은' 하고 감탄하게 되는 연주를 맞닥뜨리게 해준다(그런 것도 제법 나쁘지 않은 인생의 항적이라 하겠다). 이 〈키제 중위〉도 내게는 그런 경우였다. 그리고 이 레코드에는 바리톤 가창이 들어가는데, 그게 또 상당히 멋지고 근사하다. 이 연주 외에 가창이 들어간 〈키제 중위〉라면 오자와 세이지(베를린 필)의 음반밖에 모른다.

다만 이 라인스도르프반에 귀가 길들여지면 다른 〈키제 중위〉는 영 성에 차지 않는다는 문제가 있다. 볼트의 연주는 다소 무뚝뚝하고, 라이너의 연주는 전체적으로 색이 과하다. 이 곡은 가상의 러시아 영웅 키제 중위의 일생을 그린 영화를 위해 작곡되었으니 일단 그 스토리라인을 따라가게 되는데, 표현이 너무 정경묘사로 흐르면 오히려 재미가 덜해지는 편이다. 사전트의 연주도 절대 나쁘지는 않지만, 중간부터 왠지 모르게 '옛날 옛적 어느 마을에……' 하는 느낌이 된다.

유진 오르먼디/필라델피아 음반은 마찬가지로 옛날이야기처럼 흘러가더라도 역시 말재주가 좋아서 푹 빠져들게 된다. 녹음도 훌륭하다. 클라우디오 아바도/시카고 교향악단의 연주는 더없이 드라마틱한데, 해학적 요소를 거의 걷어내서 마치 다른 곡처럼 장엄하게 들린다. 오케스트라도 마음껏 울려퍼진다(재킷 사진은 313쪽을 참조해주세요). 앙드레 프레빈/런던 교향악단 음반 역시 지휘자의 기술이 최대한 발휘된, 눈이 번쩍 뜨일 만큼 컬러풀한 연주다. 매우 조화롭고, 심술궂은 구석이 없다. 그렇지만 소박함 같은 것은 찾기 힘들다.

이렇게 여러 사람의 연주를 한 번씩 듣고 나니, 역시 라인스도르프반을 꺼내 턴테이블에 올리고 싶어진다. 그 안에 기교 없이 자연스러운 해학 정신과 향수를 불러일으키는 따스함이 담겨 있는 까닭이다. 어디서부터 어떻게 해야 이렇게 특별한 것(something else)이 태어나는 걸까? 나로서는 알 수 없다. 그나저나 이 레코드를 칭찬하는 사람을 나 자신 말고는 한 사람도 보지 못했다. 어째서일까?

참고로 가수 스팅은 제2곡 〈로망스〉를 바탕으로 〈러시안스〉라는 곡을 작곡했다. 웨스 앤더슨 감독은 영화 〈개들의 섬〉에서 개들의 행진 배경음악으로 제3곡 〈결혼식〉의 멜로디를 사용했다. 영화에 잘 맞는 음악이려나?

Mozart: Piano Concerto No.20 in D Minor, K.466

65

모차르트 피아노협주곡 20번 D단조 K.466

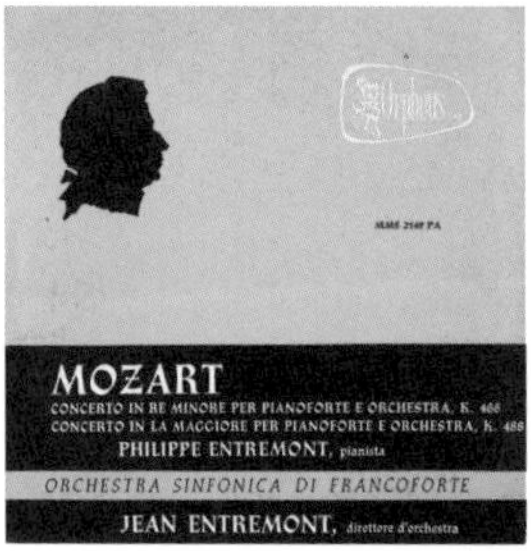

필립 앙트르몽(Pf) 장 앙트르몽 지휘 프랑크푸르트 방송교향악단 Orpheus MMS 2149 (1957년)

클라라 하스킬(Pf) 헨리 스보보다 지휘 빈터투어 관현악단 West. XWN 18380 (1950년)

루돌프 제르킨(Pf) 조지 셸 지휘 컬럼비아 교향악단 일본CBS SONY SOCL250 (1962년)

모차르트 피아노협주곡 중에서는 단조의 두 곡이 매우 인상적이다. 24번 C단조와 이 20번 D단조. 두 곡을 비교해보면 D단조 쪽이 보다 절박한 분위기다.

지휘자인 아버지 장과 20번을 공연한 젊은 날의 필립 앙트르몽(스물세 살), 눈이 번쩍 뜨일 만큼 훌륭한 연주다. 후일에는 어째 존재감이 약해졌지만, 이 곡을 들으면 무심결에 자세를 바로잡고 다시 보게 된다. 그래, 이렇게 멋진 피아니스트였구나, 하고. 무엇보다 소리가 아름답다. 윤택하고, 음 하나하나가 살아 있다. 두 개의 카덴차도 신선하고 매력적이다. 카덴차를 듣는 것만으로 이 레코드를 소장할 가치가 있다고 생각한다. 아버지가 지휘하는 반주도 상당히 훌륭하다. 이탈리아에서 발매된 이 오르페우스반을 미국 중고가게의 최종가 할인 코너에서 우연히 발견했을 때는 참 기뻤더랬다.

하스킬은 D단조 협주곡을 좋아했는지 많은 지휘자와 여러 번 레코딩했다. 우리집에는 그중 네 종류, 스보보다 외에 바움가르트너, 프리처이, 마르케비치와 공연한 것들이 있다. 스보보다가 지휘하는 스위스 오케스트라 빈터투어 관현악단은 밀도 높은 연주로 하스킬을 따뜻하고 견실하게 서포트하며, 탄탄하고 격조 있는 모차르트를 완성했다. 특히 2악장은 황홀해질 만큼 아름답다. 오래된 녹음이지만 음질은 나쁘지 않다. 마르케비치와 공연한 음반(1960년)은 피아니스트와 지휘자 모두 에너지가 충분해서 힘차고 생생한 느낌이다. 마치 갓 잡은 물고기 같다. 그래도 개인적으로는 스보보다반의 온건한 세계가 꽤 마음에 든다.

그 밖에 자주 들었던 것은 루돌프 제르킨과 셀/컬럼비아 교향악단의 LP(1961년). 도입부 오케스트라가 심상찮은 긴박감으로 가득해 가슴이 두근거린다. 제르킨도 그에 정면으로 부딪치며, 한 점 망설임 없이 확고한 모차르트의 세계를 펼쳐 보인다. 제르킨의 실력도 탁월하지만(특히 카덴차), 음악의 흐름을 만들어간 건 역시 셀일 것이다. 오케스트라 주도—라는 의미에서는 앞서 꼽은 두 사람과는 경향이 조금 다르다. 뛰어난 음악이긴 한데, 계속 들으면 긴장돼서 피곤해질지도 모르겠다.

제르킨이 아바도/런던 교향악단과 함께한 연주(1981년)에는 그 정도 긴장감은 없다. 마이 페이스로 유유히 연주한다. 대담하고 깊은 맛이 나는 연주지만, 어느 한쪽을 고른다면 나는 망설임 없이 셀과 함께한 박진감 넘치는 연주를 택하지 싶다.

Sibelius : Symphony No.5 in E-Flat Major, Op.82

64

시벨리우스 교향곡 5번 E$^{\flat}$장조 작품번호 82

시어도어 블룸필드 지휘 로체스터 필 Everest LPBR 6068 (1960년)

식스텐 에를링 지휘 스톡홀름 방송교향악단 Mercury MG-10142 (1953년)

에리크 툭센 지휘 덴마크 국립방송 교향악단 London LL634 (1960년)

유진 오르먼디 지휘 필라델피아 관현악단 Col. ML5045 (1954년)

시벨리우스 5번 교향곡은 인기곡이라 레코드가 많이 나와 있는데(우리집에도 LP만 무려 열다섯 장이 있다), 기회가 된 김에 여기서는 아마 지금은 별로 들을 기회가 없을 (것으로 보이는) 마이너한 음반을 네 장 소개합니다. 꽉 이삭줍기 같지만. 전부 모노럴이고 1950년대 녹음이다.

우선 블룸필드반. 이 사람은 미국인으로, 나중에 프랑크푸르트 가극장 음악감독과 베를린 교향악단 수석지휘자를 지냈다. 로체스터 필 수석지휘자였던 시기에 몇 장의 레코드를 녹음했다. 확실히 소리는 상당히 낡은 느낌이다. 시벨리우스가 워낙 보수적인 성향의 작곡자이기는 하지만, 아무리 그래도 이 연주는 너무 고색창연한 것 아닐까. 이런 음색을 애호하는 취향이라면 얘기가 달라지겠지만.

에를링은 덴마크인으로 나중에 미국으로 건너가 디트로이트 교향악단 수석지휘자가 되었는데, 1952년부터 1953년까지 스톡홀름 방송교향악단을 지휘하며 세계 최초로 시벨리우스 교향곡 전집을 완성했다. 머큐리에서 제작한 만큼 음질도 꽤 좋다. 이 시벨리우스 연주는 자못 생명력이 넘친다. 뜻하지 않게 듣는 이를 감동시키는 부분이 있다. 점잔 빼는 구석이 없는, 지극히 소박한 북유럽 감성의 시벨리우스다. 이를테면 카라얀처럼 매끄러운 연주와는 한없이 먼 곳에서 성립하는 음악이다. 그런 부분이 하나의 매력으로 통할 것이다.

에리크 툭센도 덴마크인. 닐슨 전문가로 알려져 있다. 영국 데카의 초기 녹음(1952년)인데 음질이 놀랄 만큼 좋다. 안정감 있고 매력적인 시벨리우스다. 북유럽스럽다기보다 보편적으로 전개되는 반듯한 연주 스타일이다. 시벨리우스 교향곡에 대한 평가가 제대로 정립되기 전의 연주인데도 고리타분한 느낌이 전혀 없다. 현대인의 귀로 들어도 부자연스러운 부분이 눈에 띄지 않는다. 큰 기대 없이 산 레코드인데, 뜻밖의 좋은 수확이었다.

오르먼디/필라델피아의 오래된 모노럴반도 처지는 곳 없이 탄탄하고 좋은 연주다. 음 하나하나가 입체적으로 움직인다. 화려한 '필라델피아 사운드' 같은 것은 거의 얼굴을 내밀지 않는다. 오르먼디는 시벨리우스 음악에 꽤 심취했던 모양으로, 어느 교향곡인지 미국 초연도 맡았던 것으로 기억한다.

말이 나온 김에, 내가 처음 이 곡을 '좋다'고 깨달은 것은 맬컴 사전트가 지휘하는 BBC교향악단의 레코드를 들으면서였다. 이번에는 모노럴반만 묶었기에 재킷은 소개하지 않았지만(〈포욜라의 딸〉 항목에 있다), 불필요한 힘이 들어가지 않은 절도 있는 연주이기에 고요히 음악에 젖어들 수 있다.

Debussy: The Sea

65

드뷔시 〈바다〉

디미트리 미트로풀로스 지휘 뉴욕 필 Phil. A101100 (1950년)

에르네스트 앙세르메 지휘 스위스 로망드 관현악단 Dec. LXT2632 (1951년)

폴 파레 지휘 디트로이트 교향악단 Mercury SR90372 (1955년)

에두아르트 반 베이눔 지휘 콘세르트헤바우 관현악단 Phil. A00441 (1957년)

장 푸르네 지휘 체코 필 Praga SUAST 50575 (1963년)

루이 푸레스티에 지휘 센토 솔리 관현악단 Club Français du Disque 55 (1959년)

프랑스 인상파 음악의 대표격이라고 할 만한 드뷔시의 〈바다〉. 마치 정밀한 한 폭의 풍경화처럼, 듣고만 있어도 눈앞에 바다의 광경이 펼쳐진다.

미트로폴로스는 미국 컬럼비아 원반. 미트로폴로스와 드뷔시는 미스매치 아닌가 싶은데 결과적으로는 꽤 당당하고 멋진 음악이 완성되었다. 프랑스풍이라고 하기는 힘들지만 생각해보면 바다는 프랑스뿐 아니라 세계 어디에나 있다. 물론 미트로폴로스가 태어난 그리스에도 있다. 여러 종류의 〈바다〉가 나와도 문제될 것 없다.

앙세르메는 나중에 스테레오로 〈바다〉를 다시 녹음했는데, 그 연주와 녹음이 일품인지라 굳이 모노럴반으로 들을 이유는 없을 테지만, 구반에는 구반만의 향취가 있다. 흘러간 호시절의 바닷가 정경이라고 할까, 귀담아듣다보면 따스한 햇살이며 정겨운 바닷바람 냄새마저 느껴질 것 같다. 뒷면에 수록된 라벨의 〈어미 거위〉도 사랑스러운 연주다.

디트로이트 교향악단의 드뷔시라니 어딘지 위화감이 느껴지지만(디트로이트에는 바다도 없을뿐더러), 이 자동차 공업도시의 오케스트라에서 오랫동안 음악감독을 지낸 폴 파레가 프랑스 음악의 연주법을 철저히 전수해두었다. 덕분에 이 〈바다〉는 극상의 소리로 완성되었다. 모호한 표현이 없고, 핵심을 향해 솔직하게 파고드는 산뜻한 연주다. 머큐리의 초기 스테레오 녹음도 훌륭하다.

베이눔의 연주에서는 첫머리부터 눈앞에 정경이 확 펼쳐지듯이 신비로운 밝음이 느껴진다. 기교적인 밝음이 아니라 자연광의 밝음이다. 소리도 가볍고 자연스러워서 긴장을 풀고 느긋하게 듣게 된다. 다른 연주와 어디가 어떻게 다른 걸까? 나야 알 도리가 없다. 인품이 드러나는 것인지도. 어쨌거나 듣다보면 마음이 편해지는 연주다.

프랑스인 장 푸르네가 지휘하는 체코 필. 체코에도 역시 바다가 없다. 어떠려나 궁금해하며 들어보니, 일반적인 드뷔시의 〈바다〉와는 또다른 향취의 〈바다〉가 있었다. 연주 수준이 높고 전체적으로 조화로워서 20세기 초엽의 프랑스 음악으로는 흥미롭게 들을 수 있지만, 일반 청중이 가지고 있는 드뷔시의 〈바다〉 이미지에서는 역시 좀 벗어나 있다. 바다 냄새도 별로 안 나고.

이중에서는 유일한 프랑스 연주 단체인 센토 솔리. 파리의 일류 오케스트라 연주자들이 모여 결성한 민간 오케스트라다. 이들 연주의 장점은 긴장을 적당히 풀고 있다는 것이다. 세부까지 면밀하게 첨삭하는 것이 아니라, 어깨의 힘을 뺀, 말하자면 '소박파 아트'*에 가까운 정경묘사인데, 그 점이 파리답고 세련됐다고 할 수 있지 않을까. 이를테면 뮌슈/보스턴(1956년)의 빈틈 하나 없는 연주와는 대척점에 있다고도 할 수 있다. 뭐, 대부분의 사람은 뮌슈반을 택할 테지만.

* 19세기에서 20세기, 대개 직업 화가가 아닌 이들이 자신의 느낌대로 작품활동을 한 미술 경향.

Mozart: Symphony No.38 in D Major "Prague", K.504

66

모차르트 교향곡 38번 〈프라하〉 D장조 K.504

브루노 발터 지휘 빈 필 Angel GR-19 (1936년)

라파엘 쿠벨리크 지휘 시카고 교향악단 HMV ALP-1239 (1953년)

요제프 카일베르트 지휘 밤베르크 교향악단 Tele. TCS 18013 (1956년)

오토 클렘페러 지휘 필하모니아 관현악단 Angel 35408 (1959년)

요제프 크리프스 지휘 콘세르트헤바우 관현악단 Phil. 6500 466 (1973년)

카를 뵘 지휘 빈 필 London MP-80 mono (1955년) 10인치

내가 고등학생 시절 〈프라하〉를 처음 들은 것은 앞서 쓴 〈주피터〉와 마찬가지로 브루노 발터가 1936년 빈 필을 지휘한 음반에서였는데, 단번에 이 곡을 매우 좋아하게 되었다. 그뒤로 상당히 많은 〈프라하〉를 들어왔지만 지금도 역시 이 발터반의 풍요로운 소리가 마음에 든다—라고 할까, 내게는 변함없는 원점이다. 특히 서두의 긴 도입부 처리가 인상적이다. 오래된 SP 녹음이지만 고리타분한 느낌은 거의 들지 않는다. 후기의 '노련한' 발터에 비하면 약간 서두르는 부분이 눈에 띌 수 있지만, 듣는 쪽에서 적절히 소화시킬 수 있는 정도다.

쿠벨리크 하면 바이에른 방송교향악단을 지휘한 후일의 녹음이 좋지만, 시카고 교향악단을 이끈 옛날 RCA 녹음도 매력적이다. 아직 젊은 시절이지만 안정적이고 차분한 시점을 갖춘 연주다. 쿠벨리크는 1960년대에 잠시 시카고 교향악단 상임지휘자로 있었는데, 장 마르티농의 경우처럼 서로 맞지 않는 부분이 있었는지 그다지 행복한 결과를 보지 못한 모양이다. 하지만 이 녹음만 놓고 보면 안정되고 명확한 완성품이라고 할 수 있다. 화려함은 부족할지 몰라도 듣는 사람이 마음놓고 모차르트의 세계에 젖어들 수 있다.

카일베르트의 〈프라하〉는 상당히 성실한 연주다. 자로 잰 것처럼 빈틈없고 논리적이며 올곧다. 기발하게 굴려는 부분이 전혀 보이지 않는다. 담백하고 시원시원하지만 '그래서 뭐' 싶은 느낌도 있다.

클렘페러의 연주는 말하자면 베토벤 쪽으로 기운 모차르트인데, (오리지널 악기 연주를 통과해온) 대부분의 현대 청중은 다소 고풍스럽다고 느낄 스타일인지도 모른다. 하지만 이건 이것대로 클렘페러답게 자세가 곧고 기품 있는 연주다.

크리프스(콘세르트헤바우)의 연주는 중용의 미덕이 있는 우아한 모차르트다. 콘세르트헤바우가 참으로 기분좋게 음악을 표현해간다. 이렇게 '모든 것에 통달한 어른'처럼 노련한 소리는, 이렇게 말하면 좀 그렇지만, 오리지널 악기 연주에서는 거의 나올 수 없지 않을까. 물론 하나의 음악에서 무엇을 요구하는지는 사람에 따라, 경우에 따라 제각각이겠지만.

1955년 녹음된 뵘/빈 필의 음반은 DG(도이치 그라모폰)반보다 좀더 예전 연주인데, 빈 필의 장점을 자연스럽게 이끌어내는 데 '역시' 하고 감탄하게 된다. 약간 앞으로 내밀고 나오는 느낌이기는 해도 억지로 자제시키지 않아서 호감이 간다. 너무 빈틈없이 통제되는 DG반은 재미가 부족해서 내 마음이 크게 움직이지 않는다.

D'Indy: Symphony on a French Mountain Air in G Major, Op.25

67

댕디 〈프랑스 산사람 노래에 의한 교향곡〉 G장조 작품번호 25

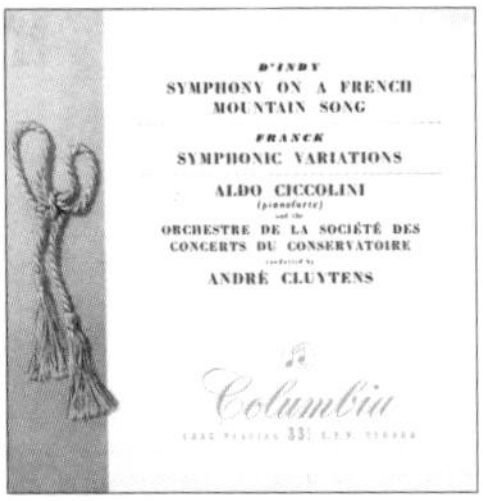

로베르 카자드쥐(Pf) 유진 오르먼디 지휘 필라델피아 관현악단 일본CBS SONY 13AC293 (1959년)

알도 치콜리니(Pf) 앙드레 클뤼탕스 지휘 파리 음악원 관현악단 EMI 1190 (1953년)

알도 치콜리니(Pf) 세르주 보도 지휘 파리 관현악단 Seraphim S60371 (1976년)

장 두아앵(Pf) 장 푸르네 지휘 라무뢰 관현악단 Epic LC3096 (1959년)

니콜 앙리오슈바이처(Pf) 샤를 뮌슈 지휘 보스턴 교향악단 Vic. LM2271 (1958년)

필립 앙트르몽(Pf) 샤를 뒤투아 지휘 필하모니아 관현악단 CBS AL37269 (1983년)

제목대로 '교향곡'으로 분류하면 되는지, 아니면 '협주곡'인지, 그도 아니면 '관현악곡'인지 장르를 규정하기 힘든 곡이다. 프랑스 산간지방 목동의 노래를 주제로 삼은 변주곡적 요소도 있고, 독특하게 불가사의한 매력을 지닌다. 나는 예전부터 카자드쥐/오르먼디의 음반을 즐겨 들었다. 내게는 이 레코드가 색 바래지 않는 개인적인 정석인 셈이다. 매끄럽고 느긋하고 기품 있다. 서정적이지만 감상으로 흐르지 않고, 들려줘야 할 것은 전부 들려준다.

이탈리아 출신 피아니스트 치콜리니는 이 곡을 두 번 녹음했는데, 클뤼탕스와 함께한 음반이 그에게는 첫 레코딩이었던 모양이다. 롱 티보 콩쿠르에서 우승하고 몇 년 지난 스물여덟 살. 약동적이고 솔직해서 호감 가는 연주다. 클뤼탕스의 지휘도 센스가 좋고 활기차다. 그런데 이십삼 년 후 파리 관현악단과 함께한 재녹음반을 들어보면, 음질은 향상됐지만 내용은 감정이 듬뿍 담긴 설탕 절임 같은 음악으로 변해버렸다. 마치 다른 사람 같다. 대체 무슨 일일까? 지휘자 탓인가?(세르주 보도는 폴 토르텔리에의 조카다.) 미국 중고가게에서 50센트에 샀으니 크게 불평할 일은 아니다만.

두아생과 푸르네 조합은 감정을 삼가면서 절도 있게 연주한다. 소리가 지극히 매끄럽고 '순수 프랑스풍'이라고 표현하고 싶을 만큼 전체적으로 기품이 감돈다. 프랑스 근대음악이 장기인 피아니스트가 여유롭게 마음껏 이 곡을 연주한다. 푸르네의 지휘도 자기주장을 억누르고 좋은 의미에서 중용을 발휘한다.

뮌슈의 연주는 그보다 좀더 규모가 커져서, 협주곡이라기보다는 피아노가 추가된 교향곡 분위기가 짙다. 음색은 어딘지 브람스를 연상시킨다. 음악의 전체적인 틀은 뮌슈가 주도한 듯하고, 앙리오슈바이처의 피아노는 유려하지만 자기주장을 한껏 억눌렀다. 이것도 이것대로 좋은 완성도지만, 과연 이렇게까지 방어태세를 취해야 할 곡인가 의문이 든다. 좀더 가볍고 캐주얼하게 흘려보내는 편이 곡을 더 살려주지 않을까.

시대를 뒤로 건너뛰어 1983년 녹음된 앙트르몽/뒤투아 조합의 연주. 피아노도 오케스트라도 시종일관 온화한 표정을 잃지 않는 음악이다. 앙트르몽이 연주하는 뵈젠도르퍼 소리가 무척 아름답게 담겼고, 뒤투아의 지휘도 정밀하고 빈틈없다. 너무 정돈된 인상이기는 해도 잘 다듬어진 훌륭한 연주임은 분명하다.

참고로 치콜리니(두 장 다)와 앙트르몽의 레코드 B면에는 프랑크의 〈교향적 변주곡〉이 담겨 있는데, 이 곡은 치콜리니/클뤼탕스 음반이 압도적으로 훌륭하다. 이것만으로도 이 레코드를 소장할 가치가 있다.

J. S. Bach: Concerto for 2 Harpsichords in C Major, BWV1061

68

J. S. 바흐 두 대의 하프시코드를 위한 협주곡 2번 C장조 BWV1061

카를 리히터+에두아르트 뮐러(Cem) 카를 리히터 지휘 안스바흐 실내관현악단 Dec. LW-50135 (1955년) 10인치

로베르 베이롱 라크루아+베켄슈타인(Cem) 파야르 지휘 파야르 실내관현악단 Erato STU-70447 (1968년)

클라라 하스킬+게저 언더(Pf) 알체오 갈리에라 지휘 필하모니아 관현악단 EMI 33CX1403 (1956년)

베로프+콜라르(Pf) 발레즈 지휘 파리 앙상블 관현악단 일본Angel EAC90191 (1982년)

쳄발로 연주 두 종류, 현대 피아노 연주 두 종류. 바흐는 〈두 대의 하프시코드를 위한 협주곡〉을 세 곡 작곡했는데, 순수하게 쳄발로를 위해 작곡한 작품은 이 BWV1061뿐이고, 나머지는 다른 악기의 트랜스크립션(재사용)이다. 여러 대의 하프시코드를 위한 일련의 협주곡은 바흐가 제자나 아들들과 함께 연주하는 '실용품'으로 만든 것이라고 한다. 그런 연유로, 마음 맞는 연주가들끼리 친밀하게 연주를 즐기는 경우가 많다(고 생각한다). 2악장은 오케스트라가 들어가지 않고 독주 악기 이중주다.

리히터의 이 곡 연주는 아르히프*반이 유명한데, 여기서 얘기하는 건 훨씬 예전, 이십대 시절 영국 데카에서 녹음한 음반이다. 후일의 리히터만큼 날카롭고 엄격하게 파고드는 부분이 아직 보이지 않아서, 비교적 온건하게 음악을 즐길 수 있다. 그렇지만 지극히 반듯한 정통 바흐인 것만은 확실하다. 다만 레코드로 바흐의 (여러 대의) 쳄발로협주곡을 들으면 독주 악기와 오케스트라의 음량 밸런스가 항상 신경쓰인다. 특히 모노럴반에서는 녹음이 까다로운지 악기 소리들이 뒤섞여버리는데, 이 오래된 영국 데카반 역시 안타깝게도 예외는 아니다.

라크루아/베켄슈타인 조합의 연주는 리히터보다 표정이 부드러운, 제법 프랑스 분위기가 나는 바흐다. 근엄함은 희박하다. 하지

---

* 도이치 그라모폰이 1947년 창립한 바로크 전문 레코드 레이블.

만 절대 소프트한 쪽으로만 기울지는 않는다. 라크루아나 파야르나 한창 물이 오른 시기의 연주인지라, 격조 높고 대담하고 사려 깊은 음악으로 완성되었다. 두말할 나위 없이 바흐 연주의 한 가지 스타일이라 할 수 있다. 이쪽은 스테레오 녹음이다.

하스킬/언더 조합의 연주는 두 실력파 피아니스트의 이름에 걸맞게 매력적이다. 오리지널 악기를 의식한 두 사람의 활발하고 깔끔한 현대 피아노가 적확하고 빈틈없이 엮여나간다. 특히 2악장의 정묘하고 수준 높은 인터플레이가 매력적이다. 푸가에서의 주고받음도 유쾌하다. 여러 대의 피아노 합주는 때로 시끄럽거나 복잡하게 들리기도 하는데, 여기서는 모노럴 녹음인데도 그런 점이 전혀 없다. 오케스트라도 견실하고 우수하다.

콜라르/베로프, 프랑스인 피아니스트 조합의 연주 스타일은 같은 현대 피아노라도 하스킬/언더 조합과는 대조적이다. 이들은 일부러 템포를 느긋하게 잡고, 페달을 적절히 활용해가며 질감이 풍부한 현대 피아노 특유의 소리를 펼쳐나간다. 요컨대 최근 유행하는 오리지널 악기 연주와는 거의 정반대인 콘셉트를 택한 셈이다. (당시로서는) 젊은 신세대 피아니스트 콤비의 의욕적인 도전이라 할 수 있을 것이다. 이색적이라면 이색적인데, 이런 바흐도 제법 매력적이다.

Schubert: String Quintet in C Major, D.956

69-1

슈베르트 현악오중주 C장조 D.956

부다페스트SQ+베나르 하이페츠(Vc) Col. ML4437 (1951년)

부다페스트SQ+베나르 하이페츠(Vc) Col. MS6536 (1963년)

아마데우스Q+윌리엄 플리스(Vc) Vic. LHMV-1051 (1958년)

야샤 하이페츠+퍄티고르스키 콘서트 Vic. LSC-2737 (1962년)

'천국처럼' 기나긴 슈베르트의 C장조 오중주. 나는 왠지 모르게 옛날부터 이 곡을 좋아해서(슈베르트의 긴 작품에 끌리는 편이다) 집에 제법 많은 레코드가 (나도 모르는 사이) 쌓이고 말았는데, 그중에서 우선 여덟 장을 골랐다. 명암과 완급의 전환이 연주하기에 쉽지 않은 곡이다.

고백하자면 내가 제일 자주 들은 음반은 요요마가 참여한 클리블랜드SQ의 CD인데, 왜인가 하니 늘 이걸 들으면서 소파에서 낮잠을 잤기 때문이다. 절대 따분한 연주는 아닌데 듣다보면 이상하게 졸음이 쏟아져서 새근새근 곤하게 잠들어버린다. 다른 연주에서는 그런 일이 없는데…… 아무튼 그런 이유로 제법 애용했다. 괜찮으면 한번 시험해보시길.

각설하고, 부다페스트SQ는 1951년 모노럴로, 1963년 스테레오로 두 번 이 곡을 녹음했고 두 번 다 제2첼로에 베나르 하이페츠를 기용했다. 멤버는 제2바이올린을 제외하면 똑같다. 하지만 모노럴반과 스테레오반을 비교해 들으면 인상이 상당히 달라서 당황하게 된다. 모노럴반은 올곧고 정통적인 슈베르트다. 소리는 약간 예스럽지만 격조 높고 빈틈없는 연주라 '역시' 하고 고개를 끄덕이며 들을 수 있다. 그런데 스테레오반으로 넘어가면 도전적으로 정면에서 치고 들어가는 연주로 변해버린다. 훌륭하게 컨트롤된 연주이기는 한데, 이 정도로 드라이한 D.956은 달리 없지 않을까 싶다. 완서악장에서도 긴장의 끈을 늦추지 않고, 현의 음색도 관용을 송두리째

도려낸 듯 딱딱해서, 이 레코드를 틀어놓고 낮잠을 자기란 아무래도 힘들 성싶다(물론 낮잠을 잘 수 있느냐 없느냐가 연주의 가치 기준에 포함되지는 않겠지만).

아마데우스반은 부다페스트반(스테레오)에 비해 훨씬 중용을 걷는 연주로, 명암과 완급을 능란하게 구분한다. 2악장은 어디까지나 느긋하고 아름답게, 3악장은 예리하게 달려드는 대비가 선명하다. 전체적으로 긴밀하고 우수한 연주지만 아마데우스Q치고는 소리가 의외로 경질이라, 슈베르트 실내악 특유의 여유로운 '합주' 분위기를 맛보기는 좀 힘들지도 모른다(너무 여유로우면 잠들어버리기도 하겠지만).

야샤 하이페츠와 그레고르 퍄티고르스키가 결성한 '하이페츠/퍄티고르스키 콘서트'에 윌리엄 프림로즈, 이스라엘 베이커 등이 참여해서 이뤄진 임시 편성 그룹. 상설 단체가 아니므로 조금씩 덜 다듬어진 구석이 보이기는 해도, 과연 베테랑과 명인이 모인 만큼 필요한 곳에서는 유연하고 유려하게 노래해준다. 그런 음악성의 자유로운 발로가 이 음반의 개성이다.

Schubert: String Quintet in C Major, D.956

69-2

슈베르트 현악오중주 C장조 D.956

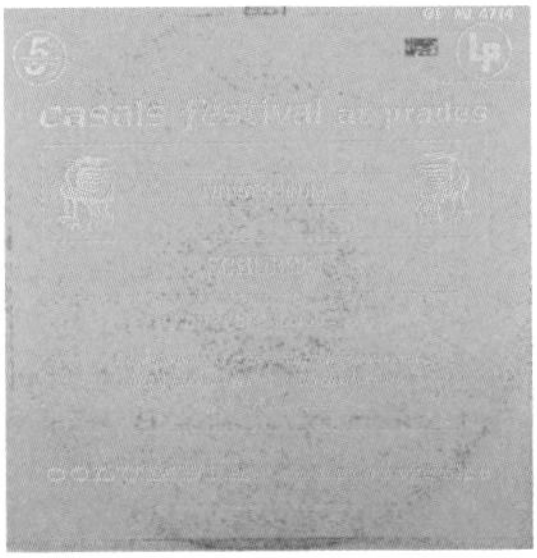

카잘스, 스턴, 슈나이더, 카팀스, 토르텔리에 Col. ML4714 (1952년)

카잘스+베그SQ Turnabout 34407 (1963년)

에올리언SQ+브루노 슈레커(Vc) Saga XID5266 (1966년)

빈 콘체르트하우스SQ+귄터 바이스(Vc) West. WL5033 (1949년)

카잘스의 1952년 음반은 프라드(프랑스)의 '프라드 음악제'에서 녹음된 것이다. 아이작 스턴, 폴 토르텔리에, 알렉산더 슈나이더 등 당시 최고의 멤버가 모였다. 1963년반도 역시 프라드에서 라이브로 녹음한 것인데, 이쪽은 카잘스가 베그SQ에 가담한 모양새다.

물론 어느 버전이건 카잘스 선생께서 음악의 방향성을 결정한다. 두 대의 첼로가 저음부를 중후하게 떠받치는 곡이므로 사령탑으로서의 의미가 무겁다. 덕분에 양쪽 다 망설임 없고 탄탄히 안정된 음악으로 완성되었다. 1952년반은 카잘스를 경애하는 명인 토르텔리에가 제2첼로를 맡아 호흡이 완벽하다. 이 그룹의 연주는 무엇보다 흐름이 훌륭하다. 냉정하고 느긋하게, 그러면서도 긴밀하게, 열정을 담아 음악을 만들어나간다. 그것도 실로 슈베르트다운 음악을. 오래된 연주지만 소리에 낡은 느낌이 전혀 없다.

카잘스의 1963년반에서는 연주가 한결 따뜻하고 원숙해졌다. 느긋한 페이스의 서두부터 첼로가 풍요로운 저음을 조용한 선언처럼 자아간다. 베그SQ라는 숙련된 유닛을 뒤에 업은 카잘스가 물 만난 고기처럼 낭랑하고 강건하게 슈베르트 음악을 노래한다. 갑자기 끌어내서 미안하지만, 부다페스트SQ가 연주했던 것과 같은 곡이라고는 도무지 생각할 수 없을 정도다. 카잘스라는 연주가가 얼마나 큰 인재인지 새삼 깨닫게 된다.

에올리언SQ는 1950년대부터 1970년대에 걸쳐 활동한 영국 그룹. 그들이 완성한 하이든 현악사중주 전집은 높은 평가를 받고 있다. 이 슈베르트는 상당히 절도 있고 기품 있게 중용을 걷는 연주다. 음악성도 높아서 안심하고 들을 수 있다. 강약이 충분하지만 자극적일 정도는 아니다. 이 정도로는 충분하지 않다고 말하는 사람도 있을 테지만, 성실하고 성의 있는, 이 곡에 대한 하나의 접근법일 것이다.

빈 콘체르트하우스SQ의 연주는 여기서 꼽은 여덟 장의 LP 중 가장 오래되었는데, 이 그룹이 내놓는 음악의 장점은 지금 귀로 들어도 전혀 퇴색하지 않았다. 가장 빈다운 단체가 연주하는 가장 빈다운 작곡가의 명곡—그 외에는 형용할 말이 없다. 모든 것이 자연스럽고, 모든 것이 순리에 맞는 듯 느껴진다. 머리가 아니라 마음으로 연주하고 있다. '이것저것 들어봐도 역시 이게 제일 마음 편하단 말이지' 하게 되는 음악이다.

그나저나 대체 왜 요요마가 함께한 클리블랜드SQ의 연주가 낮잠용 BGM에 딱 맞는 걸까? 내게는 오랜 수수께끼다.

Tchaikovsky: Symphony No.6 in B Minor "Pathétique", Op.74

70

차이콥스키 교향곡 6번 〈비창〉 B단조 작품번호 74

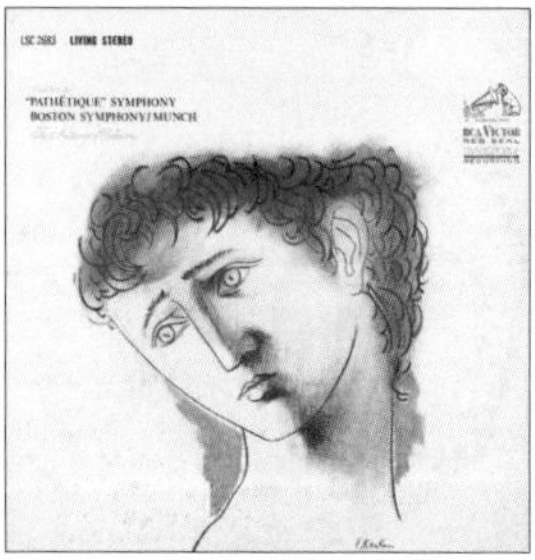

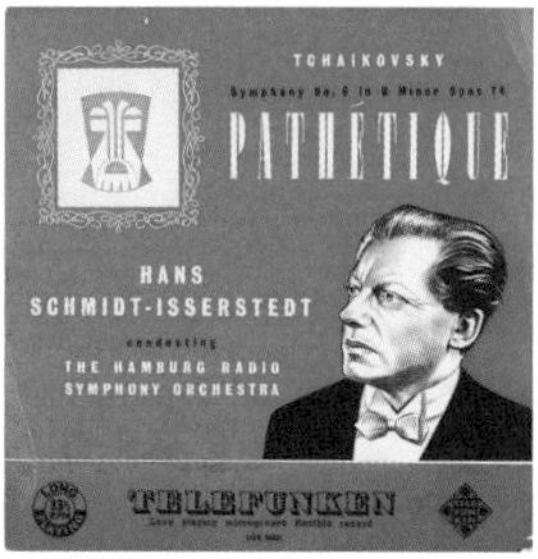

에이드리언 볼트 지휘 런던 필 Somerset SF10100 (1959년)

레너드 번스타인 지휘 스타디움 콘서트 교향악단 Music Appreciation MAR-6250 (1955년)

샤를 뮌슈 지휘 보스턴 교향악단 Vic. LSC-2683 (1961년)

한스 슈미트 이세르슈테트 지휘 함부르크 방송교향악단 Tele. LGX-66031 (1954년)

이것도 엄청나게 유명한 곡이라 레코드와 CD가 말 그대로 하늘의 별처럼 많이 나와 있지만, 우리집에 있는 LP는 이게 전부다. 의외로 많지 않다(CD를 포함하면 열 장이 넘지만). 고등학생 시절 므라빈스키와 카라얀의 레코드를 곧잘 들었던 기억이 있는데, 지금은 둘 다 가지고 있지 않다. 그러고 보니 차이콥스키 교향곡은 인생의 어느 시기부터인가 이상하게 잘 듣지 않게 되었다.

에이드리언 볼트―레코드에 바늘을 내려놓은 순간 '아, 정겹다' 하는 기분이 든다. 귀에 익은, 옛날부터 알고 있는 차이콥스키의 소리다. '엄마의 손맛'과 비슷하달까. 오케스트라의 멜로디가 거침없이 뻗어나가지만 영국다운 절도가 발휘되어 전체적으로 적정 온도를 유지하고 쉽게 감상적으로 흐르지 않는다. 호감이 느껴지는 깔끔한 연주다.

번스타인이 지휘하는 오케스트라는 실상 뉴욕 필. 발매원인 뮤직 어프리시에이션Music Appreciation이라는 음반사는 유명한 '북 오브 더 먼스' 클럽의 레코드 부문인 모양이다. 번스타인이 그곳에서 의뢰받아 녹음한 것인데, 아마 계약관계상 뉴욕 필의 이름을 사용할 수 없었던 것 같다. 12인치 LP판 말고도 지휘자의 곡 해설이 담긴 10인치반이 덤으로 들어 있다. 구하기 꽤 힘든 희귀반이지 싶은데, 연주 자체는 솔직히 그렇게 대단하진 않다. 템포가 고리타분하고 군데군데 헐거운 느낌이 든다. 1악장은 너무 느리고, 3악장은 너무 급하다. 여느 때의 시원시원한 번스타인은 아니다. 번스타인의 LP를 전부 모으는 것이 목표인 사람이 아니라면 추천하기 힘들다.

샤를 뮌슈가 지휘하는 보스턴 교향악단. 일류 지휘자에 일류 교향악단답게 연주가 조화롭고 밀도 높으며 기술적으로는 전혀 문제없지만, 어째 마음에 와닿는 무언가가 없다. 어떤 〈비창〉을 만들어내고 싶은지, 듣는 이에게 무엇을 전달하고 싶은지, 지휘자의 의도가 보이지 않는다. 그런 마음이 전달되지 않으면 이 교향곡은 어딘가 빈약해져버린다.

이세르슈테트의 음반은 러시아 토양을 벗어나 보편적인 방향을 확고하게 취하고 있기에, 차이콥스키 특유의 적나라한 '감정 전달'은 희박하다. 끈적거리는 부분도 없고, 그렇다고 담백하지도 않고, 음악이 순수한 음악으로 자립해 있다. 듣다보면 '이런 〈비창〉도 꽤 좋구나' 싶다. 하지만 동시에 '그래도 가끔은 진한 맛의 차이콥스키를 듣고 싶은걸' 하는 생각도 슬며시 고개를 든다.

LP가 아니라 CD지만, 그런 때는 피에르 몽퇴가 보스턴 교향악단을 지휘한 〈비창〉(1955년)을 듣는다. 여기에는 날것의 감정이 아낌없이 담겨 있어 '차이콥스키 들었다!' 하는 확실한 만족감이 든다.

Grieg: Violin Sonata No.3 in C Minor, Op.45

71

그리그 바이올린소나타 3번 C단조 작품번호 45

프리츠 크라이슬러(Vn), 세르게이 라흐마니노프(Pf) Vic. LCT-1128 (1928년)

안드레 게르틀레르(Vn), 에디트 파르나디(Pf) West. WST17054 (1950년대 후반)

니시자키 다카코(Vn), 이와사키 슈쿠(Pf) 일본Vic. JRZ-2205 (1975년)

그리그가 작곡한 세 곡의 바이올린소나타는 그다지 눈에 띄지 않는 작품이지만(그중에서는 이 3번이 제일 인기 있다), 라흐마니노프와 크라이슬러라는 두 거장(이라는 말이 딱 어울리는)의 공연이라는 사실만으로도 한번 들어볼 가치가 생긴다. 실제로도 들어보면 두 사람이 '살살 구슬리는' 것도 아닐 텐데 제법 스케일 큰 명곡으로 다가온다.

크라이슬러는 한없이 긍정적이고 낙천적인 사람이고 라흐마니노프는 반대로 신경질적인 내향인이라 둘이 만나면 음악적으로 잘 맞을까 걱정스러울 수도 있는데, 역시 탁월하게 각자의 캐릭터가 알맞게 어우러져 적당한 북유럽풍 음악이 탄생했다. 아마도 '명인, 명인을 알아보다' 같은 부분이 있었지 싶다.

라흐마니노프는 두말할 필요 없이 초절기교를 자랑하는 피아니스트지만, 이런 합주에서는 화려한 부분을 일절 드러내지 않고 견실한 소리를 만드는 데 전념한다. 그래도 중간중간 '아아, 라흐마니노프다!' 하고 흠칫하게 되는 음색이 들려와 집중하게 만든다. 크라이슬러도 그 피아노에 맞추어 매우 기분좋게 자신의 선율을 연주한다. 한물간 연주 스타일이라고 해도 반박할 말이 없지만, 이런 것도 좋다. 당시 라흐마니노프 쉰다섯 살, 크라이슬러 쉰세 살, 말 그대로 원숙의 경지였으리라. 어딘지 모르게 명인이 들려주는 고전 라쿠고를 듣는 듯한 풍취가 있다. 그중에서도 이야기의 내용보다 어법의 묘가 살아 있는 쪽이다.

안드레 게르틀레르는 헝가리 출신 바이올리니스트고, 에디트 파르나디도 헝가리 출신으로, 두 사람 다 프란츠 리스트 음악원에서 수학했다. 게르틀레르는 집시 바이올린을 연상시키는 정열적인 자세로 이 소나타를 낭랑하게 연주해간다. 파르나디의 피아노도 힘차고 거침없다. 크라이슬러/라흐마니노프 조합과는 꽤나 맛이 다르다. 이 LP는 오리지널반과 국내반 모두 가지고 있는데, 국내반은 마스터테이프에 손상이 있었는지 바이올린 소리가 다소 빈약하게 들린다.

니시자키 다카코와 이와사키 슈쿠는 1975년 도쿄에서 이 곡을 비롯한 세 개의 그리그 소나타 전곡을 한꺼번에 녹음했다. 그 의욕은 높이 평가할 만하고 연주도 흠잡을 데 없이 뛰어나지만, 유감스럽게도 곡 자체가 절대적인 매력을 겸비하지 못했기에(반대 의견이 있을지 몰라도 나는 그렇게 생각한다) 전체적으로 확 와닿는 힘이 부족하다. 역시 전설적인 달인의 기량을 갖추지 않고는 제대로 구축해내기 어려운 세계가 아닐까.

Richard Strauss: Don Juan, Op.20

72

리하르트 슈트라우스 〈돈 후앙〉 작품번호 20

오토 클렘페러 지휘 필하모니아 관현악단 Col. 33CX1715 (1960년)

레오폴드 스토코프스키 지휘 뉴욕 스타디움 교향악단 Everest SDBR3023 (1959년)

헤르베르트 폰 카라얀 지휘 빈 필 London CS6209 (1960년)

로린 마젤 지휘 빈 필 London CS6415 (1964년)

루돌프 켐페 지휘 로열 필 리더스 다이제스트 박스 RD-15N1 (1960년대 말) BOX

이 레코드들이 녹음된 무렵 클렘페러와 스토코프스키는 확고부동한 베테랑, 카라얀과 켐페는 최전성기의 중견, 마젤은 업계에서 열심히 밀어주던 신예였다.

클렘페러가 지휘하는, 그의 수족과도 같은 필하모니아는 눈이 번쩍 뜨일 만큼 매끄러운 소리를 낸다. 명장 클렘페러는 그 소리를 실 삼아 아름다운 옷감을 막힘없이 짜나간다. 그곳에서는 음악이 자유로이 호흡한다. 이런 게 바로 베테랑의 묘미이리라.

〈돈 후앙〉은 일단 음시(tone poem, 교향시의 일종)로 명명되는데, 돈 후앙의 생애를 약 십칠 분 동안 소리로 구성하면서도 특별히 구체적인 에피소드를 제시하지는 않는다. 그렇기에 음악을 어떻게 끌어가느냐를 지휘자가 뜻대로 결정할 수 있다. 그런 점에서는 역시 스토코프스키의 말솜씨가 뛰어나다. 저도 모르는 사이 음악적 화술에 훅 끌려들어가버린다.

능란한 화술로는 카라얀도 지지 않는다. 망설이거나 머뭇거리지 않고 머릿속의 음악을 자아나간다. 훗날에 가서는 그 능란한 어법이 독선적으로 흘러가 다소 질리게 하는 경우도 생기지만, 이 시절 카라얀의 음악에는 보다 뉴트럴한, 보편적인 설득력 같은 것이 있었다. 특히 이 〈돈 후앙〉의 연주는 빼어나다. 처음부터 끝까지 곡의 진수를 붙들고 한시도 놓지 않는다.

마젤의 연주, 파워풀하기로는 어느 누구 못지않다. 재킷 사진의 얼굴만 해도 패기의 화신 같다. 굶주린 야수 같은 눈이다. 그렇다고 그저 힘만 좋은 것은 아니다. 액셀을 힘껏 밟으면서도 세부를 놓치지 않고 재빨리 주의를 기울인다. 당시 마젤(서른을 갓 넘긴)의 음악에는 오직 이 사람만 낼 수 있는 예리하고 대담한 드라이브감이 있었다. 하지만 세월이 흐르면서 그렇듯 독자적인 개성은 영 흐릿해져간다. 나는 1980년대 로마에서 그가 지휘한 베를린 필의 베토벤 7번을 들은 적이 있는데, (적어도 그날은) 유감스럽게도 강하게 마음을 파고드는 것이 없었다.

마지막으로 루돌프 켐페가 리더스 다이제스트 통신판매 박스세트에 수록하기 위해 로열 필을 지휘한 〈돈 후앙〉. 녹음 시기는 짐작건대 1960년대 말이다. 일반판매는 하지 않았을 텐데, 이 연주가 실로 혀를 내두를 정도로 훌륭하다. 음질도 두말할 나위 없이 좋다. 슈트라우스가 장기인 켐페는 1973년 드레스덴과도 같은 곡을 녹음했는데, 그보다도 더 조화롭고 깊이 있는 연주라고 생각한다. 드레스덴과 함께한 연주에는 묘하게 서두르는 인상이 있다.

Orff: Secular Cantatas "Carmina Burana"

75

오르프 세속 칸타타 〈카르미나 부라나〉

오이겐 요훔 지휘 바이에른 방송교향악단 Gram. LPM18303 (1952년)

레오폴드 스토코프스키 지휘 휴스턴 교향악단 일본Seraphim ECC-30159 (1958년)

볼프강 자발리슈 지휘 쾰른 방송교향악단 Angel 35415 (1956년)

오자와 세이지 지휘 보스턴 교향악단 Vic. AGL1-4082 (1969년)

데 부르고스 지휘 뉴필하모니아 관현악단 Angel 36333 (1965년)

〈카르미나 부라나〉, 중고가게에서 눈에 들어온 LP를 덮어놓고 모으다보니 이만큼 쌓였다. '싸다!' 싶어서 바로 사온 것들도 있다. 예를 들어 스토코프스키반은 무려 50엔이었다. 훌륭한 번역 가사가 들어 있으니 이것만 해도 50엔 이상의 가치는 있다고 보는데.

요훔은 이 곡을 두 번 녹음했는데, 야노비츠와 피셔디스카우가 함께한 호화로운 구성의 1967년반이 유명하지만, 우리집에 있는 것은 초기의 모노럴 LP다. 가수는 전부 모르는 이름뿐이다. 그러나 이 음반은 오케스트라보다 가수와 합창을 전면에 내세우기에, 드라마틱하고 스케일이 큰 1967년반과는 완전히 다른 해석을 즐길 수 있다. 보컬이 중심이므로 음악 전체가 보다 소박=비드라마틱해지며 중세 포크아트 같은 색채를 띤다. 다른 음반에 이어서 들으면 상당히 간소하고 신선한 인상을 받게 된다.

스토코프스키는 악보, 악기 등을 마음대로 개편하는 탓에 평판이 그리 좋지 못한 모양이다. 전문적인 부분은 잘 모르지만, 그래도 그런 사정을 제쳐놓고 들으면 제법 즐거운 연주다. 이 〈카르미나 부라나〉도 분위기 잘 타는 달변가 같아서 막힘없이 술술 듣게 된다. 독은 없지만 약도 되지 않는 무난한 연주보다는 이쪽이 훨씬 낫다는 게 나 같은 사람의 생각이지만.

자발리슈의 레코드는 작곡자가 직접 감수했다. 중세의 학생과 수도사들이 남긴 잡다한 세속 시가에 오르프가 곡을 붙여 본격적인 합창과 오케스트라를 배치한 극장 연주용 가곡집이다. 낡았는지 새로운지 가리기 힘든 세계가 펼쳐지는데, 몇 번 듣다보면 어딘가 수상쩍은 정체불명의 분위기에 중독된다. 작곡자가 보장한 자발리슈반에서도 뚜렷하게 엿볼 수 있으니, 그 어슴푸레한 '수상쩍음'은 분명 곡 본연의 것일 테다. 초연은 1937년, 오르프의 고향은 뮌헨이며, 독일이 나치 시대 한복판이었던 무렵이다.

젊은 오자와 세이지의 연주에는 운동선수 같은 면이 있어서, 앞서 말한 비교秘教적이고(라고 할까) 모호한 어둑함은 보기 좋게 어딘가로 날아가버린다. 이것도 이것대로 담백하고 상쾌하지만, 곡이 마땅히 갖춰야 할 본연의 울림에서는 조금 벗어났는지도 모른다. 오자와 씨는 이 곡을 좋아했는지 그후에도 몇 번 더 녹음했다.

데 부르고스는 세부까지 빠짐없이 눈길이 닿은 정통적 연주를 들려준다. 합창과 독창과 오케스트라의 밸런스가 훌륭하고, 끝까지 음악이 흩어지지 않는다. 루치아 포프의 가창도 멋지다. 이 다섯 장의 LP 중에서는 가장 조화로운 연주라고 할 수 있다. 어슴푸레한 '수상쩍음'이 감도는 자발리슈반도 버리기 힘들지만.

이 곡은 영화 〈코난—바바리안〉의 사운드트랙처럼 들리는 부분이 없지 않은데, 아마도 할리우드 쪽에서 흉내낸 것이리라.

Brahms: Piano Concerto No.2 in B-Flat Major, Op.83

74

브람스 피아노협주곡 2번 $B^{\flat}$장조 작품번호 83

루돌프 제르킨(Pf) 유진 오르먼디 지휘 필라델피아 관현악단 Col. ML5491 (1956년)

루돌프 제르킨(Pf) 조지 셸 지휘 클리블랜드 관현악단 일본CBS SONY SOCL1058 (1966년)

아르투르 루빈스타인(Pf) 샤를 뮌슈 지휘 보스턴 교향악단 Vic. LM1728 (1953년)

아르투르 루빈스타인(Pf) 요제프 크리프스 지휘 RCA 빅터 교향악단 Vic. LM2296 (1959년)

아르투르 루빈스타인(Pf) 유진 오르먼디 지휘 필라델피아 관현악단 Vic. LSC3253 (1971년)

루돌프 제르킨과 아르투르 루빈스타인은 이 브람스 2번을 단골 레퍼토리로 삼고, 각각 (내가 알기로는) 네 번씩 녹음했다. 몇 번을 녹음해도 영 부족하다고 느꼈는지도 모른다.

제르킨은 오르먼디와 함께 세 번 브람스 2번을 녹음했는데, 여기서 다루는 건 두번째다. 제르킨이 소속되었던 컬럼비아 레코드에는 오르먼디, 셀, 번스타인이라는 세 명의 강력한 지휘자가 있었지만, 제르킨과 제일 궁합이 잘 맞았던 사람은 오르먼디였을 것이다. 셀은 항상 보스(비슷한 것)처럼 구는 면이 있고, 번스타인은 다소 변덕스럽다. 오르먼디를 보좌역으로 맞았을 때 제르킨은 비로소 자신다워졌지 싶다. 하지만 1956년 필라델피아와 공연한 이 음반은 왠지 매력이 부족하다. 나무랄 데 없이 조화로운 연주지만, 이거다 싶은 부분이 눈에 띄지 않는다.

반면 1966년 셀과 공연한 음반은 기백이 넘친다. 레일을 깔아주는 쪽은 아마 셀/클리블랜드인 듯한데, 제르킨의 피아노도 결코 뒤지지 않는다. 그렇게 쉽게 컨트롤될 상대는 아니다. 첫 음부터 피날레까지, 양자의 불꽃 튀는 경쟁이 건설적이고도 근사해서 마음을 사로잡는다.

루빈스타인은 녹음 때마다 지휘자와 오케스트라를 바꾸었다. 이도 저도 성에 안 찬다는 양. 뮌슈와의 연주는 처음부터 규모가 너무 커진 바람에 루빈스타인의 피아노가 여느 때의 유연함을 잃은 느낌이다. 음색도 평소보다 경질이라, 듣다보면 좀 힘들다.

이어서 크리프스와의 연주, 이것도 왠지 서두르는 느낌이 있다. 그렇게 힘줘서 열심히 연주할 필요는 없는데…… 하면서 고개를 갸웃하게 된다. 열의는 좋지만 마음이 앞서는 바람에 몸이 앞으로 기울어진 인상이다. 듣는 입장에서 차분히 음악에 심취하기 어렵다. 루빈스타인에게 대체 무슨 일이 있었던 걸까?

그런데 같은 피아니스트가 1971년 오르먼디와 공연한 음반에서는 완전히 달라져서, 차분하고 묘미 있는 연주가 펼쳐진다. 당시 루빈스타인 여든네 살, 어느 정도 속기俗氣를 버리고 브람스의 분위기에 딱 적절하게 착지했다. 테크닉도 흠잡을 데 없고, 여든네 살의 피아니스트라고는 도무지 생각할 수 없다. 기적에 가깝다. 일흔두 살인 오르먼디의 지휘도 그에 걸맞은 힘이 충분하고, 오케스트라 소리도 정확하고 안정적이다. 바야흐로 원숙의 경지라 할 수 있는 루빈스타인이다.

J. S. Bach: Brandenburg Concerto No.4 in G Major, BWV1049

75

J. S. 바흐 브란덴부르크 협주곡 4번 G장조 BWV1049

파블로 카잘스 지휘 프라드 음악제 그룹 Col. ML4346 (1950년)

프리츠 라이너 지휘 실내관현악단 Col. RL3105 (1950년)

카를 뮌힝거 지휘 슈투트가르트 실내관현악단 London LLP144 (1953년)

루돌프 바움가르트너 지휘 루체른 음악제 현악합주단 Gram. 2535-142 (1961년)

로린 마젤 지휘 베를린 방송교향악단 일본Fontana FG-246 (1967년)

여기서 꼽은 것은 오리지널 고악기 연주가 전 세계를 석권하기 이전의 '고색창연한' 연주들이다. 이런 유의 연주는 한때 '시대에 뒤처진' 것처럼 취급됐지만, 조만간 다시 컴백해서 재평가될지도 모른다(이미 그런지도 모르고).

카잘스는 프라드 음악제를 위해 편성된 그룹과 두 번 브란덴부르크를 녹음했는데, 그중 오래된 모노럴반을 들어본다. 4번의 독주악기는 바이올린 하나와 플루트 둘로, 바이올린은 알렉산더 슈나이더, 플루트는 존 우머 외 한 명이 맡았다. 불필요한 장식을 실로 말끔히 제거한 미니멀리즘적 연주로, 카잘스의 기개가 또렷하게 느껴진다. 두번째 녹음(1964년)도 좀더 친밀감 같은 것이 드러나 좋지만, 첫번째 같은 '더없이 담백한 느낌'은 좀처럼 포기하기 힘들다.

프리츠 라이너는 시카고 상임지휘자에 취임하기 전 브란덴부르크 협주곡 전곡을 컬럼비아에서 녹음했다. 레코딩을 위해 이스트코스트의 일류 연주가를 모아 임시 실내관현악단을 꾸린 모양이다. 녹음 시기는 카잘스와 마찬가지로 1950년인데, 카잘스 같은 극한의 엄격함은 보이지 않는다. 지극히 라이너다운 '장식 없는' 음악이지만, 피와 살의 온기가 분명하게 느껴진다. 지금 들어보면 얼마간 고풍스러운 면이 있지만 조화롭고 뛰어난 작품이다.

1950년대의 바흐 합주는 카를 리히터와 뮌힝거가 중심이 되어 장악했다는 인상이 있다. 리히터는 비교적 엄격하고, 뮌힝거는 소프트한 편. 뮌힝거는 브란덴부르크를 여러 번 녹음했는데, 이 1953년 모노럴반은 심플하고 기품이 넘친다. 새치름하지도 딱딱하지도 않은, 매우 인간적인 바흐다. 이 연주를 듣다보면 바흐라는 인물에게 자연스레 호감이 생긴다. 그런 타입의 음악도 이 세상에는 분명 필요하리라. 바이올린은 콘서트마스터인 라인홀트 바르헤트.

바움가르트너는 스위스인 바이올리니스트로, 1950년대에 루체른 음악제 현악합주단을 조직해 바로크음악의 보급에 공헌했다. 이 4번에서는 지휘를 겸해 바이올린 파트를 맡았다. 플루트 중 한 사람은 한스 마르틴 린데. 전체적으로 잘 다듬어진, 억지로 강요하는 구석이 없는 친절한 연주다.

당시 '이단아'라 할 만한 존재였던 마젤은 역시나 상대가 바흐건 누구건 알 게 뭐냐는 듯이 한바탕 소란을 떠는데, 이 4번에서는 마지막 악장에서 어느 정도 과하게 밀어붙이는 부분을 빼면 김빠질 정도로 평온하게, 성실하게 연주한다. 조금 아쉬운 기분도 들지만.

Liszt: Symphonic Poem "Prelude"

76

리스트 교향시 〈전주곡〉

아서 피들러 지휘 보스턴 팝스 Vic. LSC-2442 (1967년)

콘스탄틴 실베스트리 지휘 필하모니아 관현악단 Angel 35636 (1958년)

폴 파레 지휘 몬테카를로 국립가극장 관현악단 Concert Hall SMS2648 (1970년)

페렌츠 프리처이 지휘 베를린 방송교향악단 Gram. 2536 728 (1959년)

인생의 궁극적인 목적은 죽음이며 삶은 그 전주곡에 지나지 않는다, 라는 뜻에서 '전주곡'이라는 제목이 붙었다. 이런 말이 무슨 의미가 있나…… 싶긴 하지만. 그래도 직접 들어보면 특별히 무거운 의미를 지니는 곡은 아니다. 심지어 밝다. 지금은 리스트가 작곡한 일련의 교향시 중 가장 많이 들리는 곡이기도 하다. 그 시절 예술가들은 만사에 여러 가지 의미를 부여하고 살았구나 싶다. 좀 억지스러운 케이스도 많은 듯하지만.

찾아보니 위와 같은 네 장의 LP가 집에 있길래 이번 기회에 몰아서 다시 들어봤는데, 각각 맛이 확연하게 달라서 감탄스럽기도 하고 놀랍기도 했다. 새삼 이런 말을 하기도 뭣하지만, 음악이란 재미있다. 악보를 어떻게 읽느냐에 따라 전혀 다른 얼굴이 나온다.

의외라고 할까, 아서 피들러의 연주가 매우 충실해서 듣는 재미가 있다. 리스트의 곡만 모은 앨범에 수록되어 있는데, 무척 컬러풀하고 통일성 있으며 음질도 선명하다. 보스턴 팝스는 실질적으로 보스턴 교향악단이라 실력에 허점이 없다. 처음부터 끝까지, 강약을 살려 빈틈없는 연주를 펼친다. '제품'의 완성도로는 최고 아닐까.

실베스트리는 그와 대조적으로 찬찬히, 온화하고 엷게 음악을 채색해간다. 화려한 세공 같은 것은 최대한 배제하고 음악의 틀을 성실하게 드러내는 데 신경을 집중한다. 그런 자세가 꽤 극단적이기는 해도 결코 딱딱하지 않고, 우아하고 아름답게 음악이 흘러간다. 필하모니아 관현악단은 두말할 나위 없는 연주를 들려준다. 다만 리스트 작품의 연기演技적인 요소가 생략되어서, 그 부분은 듣는 이의 취향 문제가 되겠다.

앞선 예들에 비해 몬테카를로는 소리가 다소 거칠다. 솔로 악기도 세련도가 조금은 떨어지는 듯하다. 하지만 들려오는 음악은 활기차고 즐겁고 인간미가 느껴진다. 위세 좋은 피날레에서는 '오오, 대단한걸' 하고 유쾌한 기분이 든다. 폴 파레라는 지휘자는 종종 흥미로운 연주를 들려준다.

프리처이는 리스트와 같은 헝가리 출신으로, 이름도 똑같이 페렌츠다. 그런 이유 때문인지 몰라도 정공법으로 똑바로 힘차게 파고든다. (이 네 장 중에서는) 아마 가장 정통적으로 접근한 연주일 것이다. 지휘자는 사나운 말을 길들이듯 능수능란하게 오케스트라를 끌고 간다. 피날레 부근에서 말이 살짝 날뛰긴 하지만.

경마로 말하면 '우승 후보 보스턴, 다크호스 몬테카를로'쯤 될까. 어느 쪽이든 듣다보면 즐겁고 기운이 나는 연주다.

Franck: Violin Sonata in A Major

77

프랑크 바이올린소나타 A장조

지노 프란체스카티(Vn), 로베르 카자드쥐(Pf) Col. ML4178 (1946년)

다비트 오이스트라흐(Vn), 레프 오보린(Pf) Vanguard VRS-6019 (1953년)

아이작 스턴(Vn), 알렉산드르 자킨(Pf) Col. MS 6139 (1959년)

이브리 기틀리스(Vn), 마르타 아르헤리치(Pf) 일본CBS SONY 21AC 464 (1976년)

제임스 골웨이(Fl), 마르타 아르헤리치(Pf) 일본CBS SONY 25AC464 (1978년)

매력적인 몇 구절의 멜로디를 가진 곡이지만, 전체를 파악하기는 그리 간단치 않다. 연주자에게나 듣는 이에게나 '난곡'의 부류에 들어갈지도 모른다. 뭐, 프랑크의 곡이 대개 그렇지만.

프란체스카티는 정정당당하게 마음껏 노래함으로써 그 난관을 아름답고 유쾌하게 뛰어넘는다. 보좌역인 카자드쥐는 그것을 격려하듯 너그럽고 우아한 배경을 깔아준다. 멋진 콤비다. 밝지만 절대 경박하지 않고, 높은 음악성을 유지한다. 두 사람이 펼치는 미음에 푹 빠져 있는 사이 소나타가 훌쩍 완결돼버린다. 명연이다.

오이스트라흐의 연주도 자유자재로 뛰어나지만, 오보린도 결코 뒤지지 않는다. 뭐랄까, 강철 같은 오보린의 피아노가 등뒤에서 공격해오기라도 한다는 듯 오이스트라흐가 한층 불이 붙는 느낌이다. 그런 의미에서 두 사람은 솔리스트와 반주자라기보다 오히려 대등한 입장인지도 모른다. 1953년 두 사람이 소비에트연방을 떠나 파리에 체재하던 시절 녹음한 음반이다. 둘 다 사십대 중반, 거침없는 에너지가 충만하다.

아이작 스턴은 이 곡에서 아름다움과 다부짐(그의 커다란 무기 두 가지다)을 한껏 활용한 소리를 들려준다. 경향만 보면 프란체스카티에 가깝지만, 내용은 보다 내성적이다. 프랑크의 곡을 관통하는 핵심 같은 것을 밝히고자 하는 성실한 의지가 느껴진다. 나는 이 디스크가 옛날부터 이유 없이 마음에 들어서 자주 턴테이블에 올렸다. 커플링된 드뷔시의 소나타도 훌륭하다. 알렉산드르 자킨은 약 사십

년에 걸쳐 스턴의 반주를 맡은 피아니스트로, 여기서도 스턴의 연주를 뒤에서 섬세하게 받쳐준다.

이 곡에서 피아니스트의 중요성은 기틀리스와 아르헤리치가 함께한 음반에서 한결 명확해진다. 기틀리스의 표현력도 심상찮게 강력하지만, 그에 맞서 아르헤리치의 피아노가 보여주는 조용한 설득력에는 감탄이 나올 따름이다. 두 사람의 인터플레이는 들을 만한 가치가 있다. 다만 둘 다 조금 끈적거리는 편이라 프랑크 본연의 음악을 좋아하는 팬에게는 별로 환영받지 못할지도 모르겠다.

아르헤리치는 이 음반을 녹음하고 이 년 뒤, 같은 소나타의 플루트 연주 버전을 제임스 골웨이와 공연했는데, 상대 악기가 바이올린에서 플루트로 바뀌었다고 이렇게 인상이 달라지나 놀랄 정도로 온화하고 서정적인 측면을 보여준다. 비교해서 들어보면 재미있다.

Johann Strauss: Opera "The Gypsy Baron"

78

요한 슈트라우스 가극 〈집시 남작〉

클레멘스 크라우스 지휘 빈 필+빈 국립가극장 합창단

율리우스 파차크(T) 에미 루제(S) 등 London A4208 2LP (1951년) BOX

아서 피들러 지휘 보스턴 팝스 관현악단: 오케스트라를 위한 <집시 남작> 일본Vic. SHP2259 (1957년)

클레멘스 크라우스가 지휘한 희가극 〈집시 남작〉은 중고가게에서 발견했는데 박스 디자인이 너무 멋져서 내용 따윈 생각할 겨를도 없이 바로 집어왔다(가격이 단돈 1달러라는 이유도 있었지만). 재킷 그림만 봐도 왠지 즐거워진다. 게다가 패키지뿐 아니라 안에 든 음악도 비할 데 없이 즐겁다. 나는 빈풍 오페레타 애호가는 아니지만, 여기 담긴 '순도 100퍼센트 빈 사운드'에는 감탄부터 나온다.

아쉽게도 아직 이 오페레타(슈트라우스 스스로는 오페라라고 불렀지만) 무대를 실제로 본 적이 없어서 음악을 들으며 상상하는 수밖에 없는데, 19세기 말 빈 시민이 보기에 이야기의 무대인 헝가리는 아직 이국정서 가득한 '변경'이었을 것이다. 그런 엑조티시즘이 느껴지는 윤택한 집시 멜로디와 힘있는 차르다시, 화려한 비엔나왈츠가 뒤섞여 매우 다채로운 무대가 펼쳐졌을 게 틀림없다. 의상도 컬러풀했을 테고.

지휘자 클레멘스 크라우스도, 테너 파차크도, 소프라노 에미 루제도 그야말로 2차대전 전 호시절의 빈을 상징하는 얼굴들인데, 지금은 사라지고 없는 당시의 분위기를 선명하게 재현해준다. 더욱이 빈 필이 연주하는 슈트라우스의 아름다운 음색까지. 서곡만 들어도 행복한 기분에 푹 빠져든다. 그 안에는 틀림없는 진품의 울림이 있다. 이런 음악은 역시 CD 같은 것이 아니라 박스에 든 LP레코드를 한 장 한 장 뒤집어가며 들어야지, 안 그러면 공기의 느낌까지는 잘 전해지지 않지 않을까?

아서 피들러와 보스턴 팝스가 '오케스트라를 위한 〈집시 남작〉'이라는 제목의 레코드를 냈는데(나머지 한 면은 '오케스트라를 위한 〈박쥐〉'다), 이것인즉슨 노래가 포함되지 않은 오케스트라 연주 발췌판이다. 다만 곡 순서가 제멋대로 섞여 있고, 편곡자도 알 수 없다(명기되지는 않았지만 이 버전으로 연주한 사람이 달리 없는 점으로 미루어보건대 피들러가 직접 손댄 것이지 싶다). 하지만 일일이 따지지 않고 속 편하게 흘려듣는다면 제법 즐길 수 있는 음악이다. 피들러는 미국 태생이지만 아버지가 오스트리아인이고 빈에 유학 가서 음악을 배운 만큼 비엔나왈츠의 문법과 어법을 제대로 알고 있다. 그가 웃는 낯으로 사뭇 즐겁게 지휘봉을 휘두르는 광경이 눈앞에 떠오르는데, 그런 연주도 분명 소중한 것일 테다.

Mahler: Symphony No.4 in G Major

79

말러 교향곡 4번 G장조

에두아르트 반 베이눔 지휘 콘세르트헤바우 관현악단 Dec. LXT 2718 (1951년)

파울 클레츠키 지휘 필하모니아 관현악단 영국Col. 33CX1541 (1957년)

오토 클렘페러 지휘 필하모니아 관현악단 영국Col. 33CX1793 (1961년)

프리츠 라이너 지휘 시카고 교향악단 Vic. LSC-2364 (1958년)

야샤 호렌슈타인 지휘 런던 필 EMI CFP159 (1970년)

1번과 마찬가지로, 말러의 교향곡이 본격적으로 붐을 일으키기 전에 녹음된 LP를 중심으로 모아본다.

가장 오래된 녹음은 베이눔. 참고로 여기서 꼽은 다섯 명의 지휘자 중 베이눔만 유대계가 아니다. 물론 유대계라서 말러에 잘 맞으리란 법은 없지만, 일반적으로 비유대계 지휘자가 연주하는 말러는 적잖이 '담백'해지는 경향이 있고(어디까지나 개인적인 감상이다), 이 베이눔반도 예외는 아니다. 콘세르트헤바우는 멩겔베르크 시절 단련된 덕분인지 실로 세련되고 단정한 음색으로 가뿐하게 말러를 연주한다. 끈적거리는 구석이라고는 없는 말러다. 오래된 모노럴 녹음이지만 영국 데카의 소리는 놀랍게 선명하고 훌륭하다. 다만 유감스럽게도 마거릿 리치의 가창은 좀 어울리지 않는 듯하다.

클레츠키도 말러 보급에 힘쓴 지휘자 중 한 명으로, 이 4번은 정열적이고 강건하게 연주한다. 음악에 대한 깊은 애정이 듣는 이에게 아낌없이 전해진다. 약간 경질의 모노럴 녹음이지만, 필하모니아의 소리는 여느 때보다 안정적이다. 클레츠키가 화려한 타입의 지휘자는 아니지만 조용하게 인상에 남는 연주를 몇 곡 남겼다. 소프라노는 빈의 꽃 에미 루제.

클렘페러는 클레츠키보다 사 년 뒤에 같은 필하모니아 관현악단을 지휘했다. 같은 오케스트라도 지휘자에 따라 상당히 느낌이 달라진다. 클렘페러는 예리함을 잃지 않으며 소리를 이끌어내고, 개별 악기 소리가 또렷하게 들린다. 클레츠키 같은 직설적인 열정은 없지만 치밀하게 쌓아올린 소리에 넋을 놓게 된다. 악보를 읽는 깊이를 짐작할 수 있다. 슈바르츠코프의 가창은 역시나 매력적이다.

라이너가 지휘하는 시카고 교향악단은 매우 충실하고 저력 있는 소리를 낸다. 라이너는 말러의 작품을 몇 곡밖에 녹음하지 않았는데, 왜 그랬는지 의문이 들 정도로 이 4번 연주는 가슴을 파고드는 힘이 있다. 마지막까지 긴장감을 유지하면서, 때로 조심스러운 서정이 섞여든다. 마치 구름 사이로 한줄기 서광이 비치는 것처럼. 델라 카자의 가창도 화려함을 보탠다. 아날로그 음질도 맑고 훌륭하다.

녹음 시기는 1970년이니 비교적 최근이지만, 호렌슈타인도 옛날부터 말러 연주에 정평이 난 사람이다. 듣고 나서 제일 먼저 느껴지는 것은 소리를 쌓고 리듬을 맞추고 템포를 잡는 법 등이 다른 사람과 상당히 다르다는 점이다. 요컨대 개성적이다. 토착적이고, 유대 문화의 향기가 제법 강하다. 말하자면 베이눔의 대척점에 있는 연주다. 그런 맛을 선호하느냐 아니냐는 어디까지나 개인의 기호 문제다. 혹은 익숙해짐의 문제. 연주의 질 자체는 흠잡을 데 없다. 가수는 마거릿 프라이스.

Tchaikovsky: Piano Concerto No.1 B-Flat Minor, Op.23

80

차이콥스키 피아노협주곡 1번 B♭ 단조 작품번호 23

블라디미르 아시케나지(Pf) 로린 마젤 지휘 런던 교향악단 London SXL6058 (1963년)

존 오그던(Pf) 바비롤리 지휘 필하모니아 관현악단 영국Col. ALP1991 (1962년)

밴 클라이번(Pf) 키릴 콘드라신 지휘 RCA교향악단 Vic. LSC-2252 (1958년)

아시케나지와 오그던은 1962년 차이콥스키 콩쿠르에서 우승을 나눠 가졌다. 1937년 태어난 동갑이다. 나는 고등학생 시절 아시케나지의 이 '차이콘' LP를 산 뒤로 한동안 아시케나지에게 푹 빠졌다. 오사카 페스티벌홀에서 열린 방일 공연도 갔다. 벌써 오랫동안 이 레코드를 듣지 않았는데, 오랜만에 턴테이블에 올리고는 '아, 역시 좋구나' 하고 새삼 실감했다. 마젤도 젊고, 아시케나지도 젊다. 무엇보다 소리가 팔팔한 느낌이다.

당시 아시케나지와 오그던은 실력파 신예 피아니스트로 쌍벽을 이루었지만, 후일에는 명암이 확실히 갈렸다. 오그던은 병을 얻어 젊은 나이에 세상을 떠난 뒤 점점 존재가 잊혀가고 있다. 한편 아시케나지는 대성해서 확고부동한 거장이 되었다. 그래도 내가 생각하기에, 두 사람이 가장 찬란하게 빛났던 시대는 1960년대에서 1970년대 초반이 아닐까.

1958년 차이콥스키 콩쿠르에서 우승한 미국인 피아니스트 밴 클라이번 역시 빛났던 시기는 짧았다. 국가의 영웅으로 화려하게 개선한 후, 수완 좋은 프로모터의 손에 이끌려 투어를 거듭하면서 재능을 소모하고, 건강을 해치고, 반쯤 은퇴 상태에 몰렸다. 콩쿠르 우승도 좋은 점만 있는 건 아니다.

오그던의 '차이콘' 지휘는 베테랑 바비롤리, 음반사는 아시케나지의 '차이콘'을 낸 영국 데카와 라이벌 구도인 EMI계열—말 그대로 호적수끼리 한판 붙은 셈이다. 하지만 레코드의 완성도 면에서는 역시 아시케나지 쪽이 우세하지 않을까. 호소하는 힘이 다르다. 오그던의 연주가 잘못됐다는 것은 아니다. 연주는 충실하다. 다만 오그돈의 연주는 지나치게 이성적인 부분이 없지 않다. 그에 비해 아시케나지의 연주에서는 감성이, 마음이 올곧게 용솟음친다. 그 안에는 사람을 강하게 끌어당기는 약동감, 청신함, 위세가 있다. 실제로 당시 오그던의 레코드는 아시케나지만큼 화제가 되지 않은 것으로 기억한다.

클라이번의 '차이콘'은 빌보드 차트 LP부문 판매량 1위에 올랐다. 클래식계에서는 그야말로 전대미문의 사건이다. 그 정도로 그는 일종의 '사회현상'이었다. 이 레코드는 지금 들어도 탁월한 완성도를 자랑한다. 강인한 터치, 유려한 운지, 갤런트한 풍격, 그 모든 것이 손쉽게 이뤄진 듯한 감각에 압도당하고 만다. 그리고 그렇게까지 눈부신 달성이 그의 경력 가장 앞장에 일어나버렸다는 사실에 어떤 비감을 느끼게 된다.

콩쿠르의 영광을 안은 재능 있는 세 젊은이가 제각기 걸어간 운명을 떠올리면서, 세 장의 '차이콘'에 오랜만에 귀기울였다.

Schumann: Cello Concerto in A Minor, Op.129

81

슈만 첼로협주곡 A단조 작품번호 129

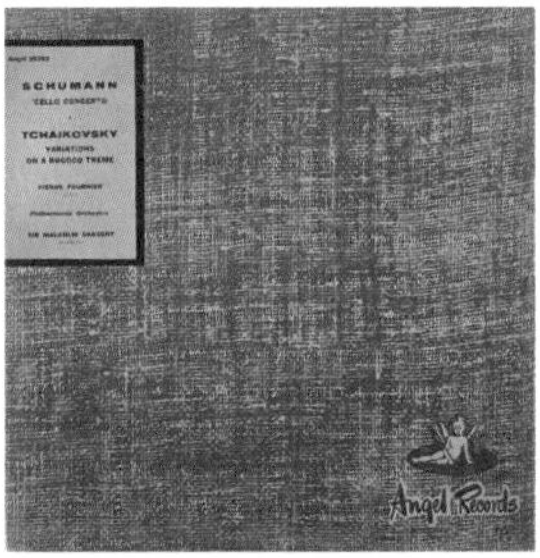

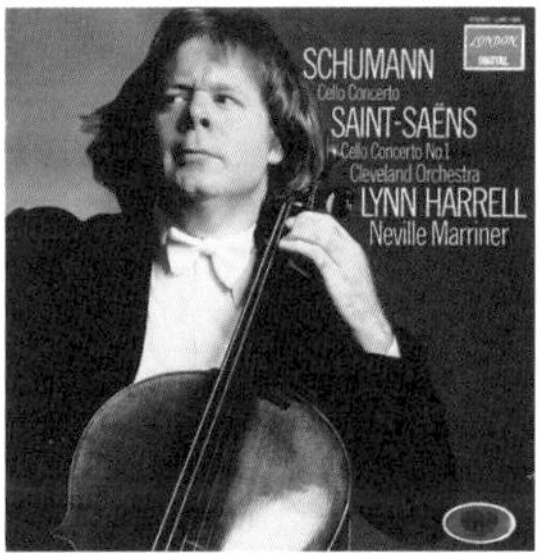

가스파르 카사도(Vc) 요넬 페를레아 지휘 밤베르크 교향악단 Dot VOX5513 (1956년)

피에르 푸르니에(Vc) 맬컴 사전트 지휘 필하모니아 관현악단 Angel 35397 (1956년)

로스트로포비치(Vc) 레너드 번스타인 지휘 프랑스 국립관현악단 일본Angel EAC80329 (1976년)

린 하렐(Vc) 네빌 마리너 지휘 클리블랜드 관현악단 일본London L28C-1395 (1981년)

카사도와 푸르니에, 이름난 두 첼리스트가 1956년 나란히 녹음한 슈만 첼로협주곡. 둘 다 뛰어난 연주지만 스타일은 상당히 다르다. 푸르니에의 연주는 글씨로 치면 해서체다. 살짝 흘려쓰기는 했어도 읽기 쉽고 보기에 곱다. 기품을 지닌 음악이 자연스럽게, 웅대하게 흘러간다. 악기가 노래해야 할 곳에서는 만전을 기해 멜로디를 읊지만, 적절한 억제를 겸비한지라 쓸데없이 정서에 휩쓸리는 일이 없다. 그런 '푸르니에적 자세'가 시종일관 흔들리지 않는다.

그에 비하면 카사도는 첫 음부터 거침없이 악기를 흐느끼게 한다. 악기에 감정을 싣는 것을 눈곱만큼도 주저하지 않는다. 처음에는 노골적인 로맨티시즘이 약간 당황스럽지만, 이윽고 그 스타일에 스며들어 즐기게 된다. 이런 연주도 있을 법하지, 싶다. 카사도는 같은 바르셀로나 출신인 카잘스를 사사하고 그의 수제자가 되었는데, 아무리 생각해도 스승과는 지향하는 바가 다르다(두 사람의 친밀한 사제관계는 훗날 정치적 이유로 단절되었다). 하지만 어쨌거나 현대 첼리스트 중에 이렇게까지 확신을 지니고 자신의 개성=스타일을 밀어붙일 수 있는 사람은 달리 없을 것이다. 그런 의미에서는 귀중한 기록이라 하겠다. LP에는 카사도가 직접 협주곡으로 편곡한 슈베르트의 〈아르페지오네 소나타〉가 커플링되어 있다. 솔직히 굳이 편곡할 필요가 있었을까 싶지만……

로스트로포비치는 정열을 쏟아 적극적으로, 열렬히 음악을 만들어나간다. 그 코미트먼트(몰입)에는 부족함이 없다. 연주 기술도 완벽하게 받쳐준다. 음색은 더없이 강건하고, 곡의 전체 구조가 명확히 떠오른다. '첼로는 이렇게 마음을 담아 켜는 것'이라고 귀감으로 삼을 만한 연주다. 번스타인은 그 웅변적인 첼로 독주를 존중하면서, 힘있고 효과적인 배경을 깔아나간다. LP에 커플링된 블로흐의 연주는 앞서 얘기했었다.

뉴욕 태생의 린 하렐은 (당시) 한창 띄워주던 '신세대' 첼리스트로, 정신이 번쩍 들 만큼 청신한 연주를 들려준다. 그의 첼로는 위대한 선인들과는 상당히 다른 방식으로 노래한다. 소리가 깊고 선명하지만 중압감이 느껴지지 않는다. 마치 중량을 줄인 스포츠카처럼 악기가 기민하게 움직이며, 경쾌한 퍼포먼스를 기분좋게 펼친다. 창을 활짝 열고 신선한 바깥공기를 들이켜는 듯한 상쾌함이 느껴진다. 슈만의 곡이 어느 때보다 약동감 있게 들린다. 로스트로포비치의 연주가 뛰어난 건 알겠는데 너무 웅장하다고 느끼는 사람에게는 이쪽이 더 맞을지도 모르겠다.

Brahms: Piano Trio No.1 in B Major, Op.8

82

브람스 피아노삼중주 1번 B장조 작품번호 8

아이작 스턴(Vn), 파블로 카잘스(Vc), 마이러 헤스(Pf) Col. ML4709 (1956년)

헨리크 셰링(Vn), 피에르 푸르니에(Vc), 루빈스타인(Pf) 일본Vic. SRA-2948 (1972년)

장자크 캉토로프(Vn), 필립 뮐러(Vc), 자크 루비에(Pf) Carastro SAR7704 (1977년)

브람스의 피아노삼중주 1번은 그가 약관 스무 살에 쓴 작품으로, 몇 번을 들어도 실로 아름다운 음악이다. 형식을 벗어나는 부분이 더러 눈에 띄지만 '청춘의 숨결' 같은 것이 충분히 보완해준다. 하지만 브람스는 이 작품의 미숙함에 불만을 품고 쉰여덟 살 때 대폭 수정했다.

스턴, 카잘스, 헤스의 임시 편성 트리오가 연주하는 것은 후에 손본 버전이다(다른 두 장도 마찬가지). 세 사람이 연주하는 음악은 실내악이라기보다 오붓한 신앙고백 모임 같은 느낌이다. 실내악 냄새가 나지 않는다, 라고 하면 어폐가 있을지 모르지만, 이른바 '실내악'의 불문율 같은 것이 거의 느껴지지 않는다. 그저 세 명의 뛰어난 연주가가 자발적으로 악기를 들고 모여서, 간소한 환경에서 마치 기도하듯 음악을 자아낸다—그런 소박하고 친밀한 분위기가 감돈다. 중심에 있는 이는 물론 카잘스다. 그렇다고 카잘스가 흐름을 유도하는 건 아닌 듯하다. 그가 그 자리에 있다는 사실만으로도 절로 개성적인 음악이 완성되어가는 것이리라.

그에 비해 셰링, 푸르니에, 루빈스타인 조합은 더할 나위 없이 완벽한 실내악을 들려준다. 각자 초일류 연주자인 이들은 어떻게 하면 수준 높은 실내악이 완성되는지 구석구석까지 숙지하고 있다. 흠잡을 데라고는 없는 연주다. 중심에 있는 이는 분명 루빈스타인이지만, 적어도 듣는 입장에서는 세 사람의 음악이 완전히 대등하게 느껴진다. 피아니스트가 다른 두 사람에게 경의를 표하고, 두 사람은 그 배려에 열의를 담아 성실하게 응한다. 유려한 인터플레이에 넋을 잃고 빠져들게 되는데, 만약 굳이(어디까지나 굳이) 흠을 잡는다면 연주가 '너무 완벽하다'는 게 아닐까. 조금은 자세를 허물어뜨리면 어떨까…… 싶다면 욕심이 과한 걸까? 카잘스의 가슴을 울리는, 인간적인 연주에 이어서 들으면 그만 그런 생각이 들고 만다.

캉토로프는 개인적으로 좋아하는 바이올리니스트인데, 그의 모차르트 소나타와 협주곡은 어느 것이나 훌륭하다고 생각한다. 브람스의 이 곡에서도 바이올린이 선두에 서서 아름답고 대담하게 음악 속으로 돌진한다. 그리고 노래해야 할 곳은 실로 유려하게 노래한다. 루비에의 피아노도 탄탄하게 뒷받침해준다. 하지만 곡의 흐름을 리드하는 것은 어디까지나 캉토로프다. 이 결단력 있는 연주를 듣고 있으면 청춘 시절 브람스의 뜨거운 숨결이 시간을 초월해 되살아난다. 브람스 특유의 난삽한 부분은 얇게 도려낸, 혹은 잘 달래어 누그러뜨린 느낌인데, 그런 점에서는 프랑스풍에 가까운지도 모르겠다. 어쨌거나 개성이 뚜렷한 연주다. 내가 가지고 있는 것은 45회전 LP음반인데 녹음도 선명하고 우수하다.

삼인삼색, 어느 것도 버리기 힘들다.

Sibelius: Symphonic Poem "Pohjola's Daughter", Op.49

85

시벨리우스 교향시 〈포욜라의 딸〉 작품번호 49

세르게이 쿠세비츠키 지휘 보스턴 교향악단 Victrola VIC1047 (1936년)

맬컴 사전트 지휘 BBC교향악단 EMI CFP114 (1958년)

존 바비롤리 지휘 할레 관현악단 Capitol SP8669 (1966년)

에이드리언 볼트 지휘 런던 필 일본Van. K18C-6378 (1956년)

에사페카 살로넨 지휘 필하모니아 관현악단 CBS M42366 (1986년)

핀란드 여행중에, 시벨리우스가 만년을 보낸 집을 방문한 적이 있다. 매우 검소한 집으로 당시에는 수도도 들어와 있지 않았다고 한다. 아마도 화려함에 익숙해지지 않는 사람이었던 것이리라. 검소함이 지나쳐서 가족들은 좀 스트레스를 받았던 모양이지만.

시벨리우스는 많은 '교향시'를 남겼는데, 그중에서는 〈핀란디아〉가 가장 유명하다. 〈포욜라의 딸〉은 그다지 눈에 띄지 않지만 사랑스러운 소품이다.

이 다섯 장의 레코드 중 가장 초기에 녹음된 것이 쿠세비츠키의 연주다. 시벨리우스가 아직 현역 작곡가로 생존해 있던 시기다. 물론 이건 SP복각판이다. 소리는 어쩔 수 없이 예스러워도 음악은 생동감 넘친다. 드라마틱한 연주지만 과장스러운 구석이 없고 동시대적 공감이 가득하다.

어째서인지 영국인 지휘자들이 시벨리우스 작품을 선호하는 경우가 많다. 시벨리우스의 음악—억제된 열정과 북방의 신비성—이 어쩌면 영국인의 기질에 잘 맞는지도 모르겠다. 사전트, 바비롤리, 볼트, 영국인의 전형과도 같은 세 지휘자가 각기 빼어난 〈포욜라의 딸〉 녹음을 남겼다.

셋 중에서는 사전트의 연주가 (보기 드물게) 가장 정열적이다. 지휘자의 고삐가 쉴새없이 팽팽하게 당겨진다. 초점이 좁혀지고, 오케스트라가 그곳을 향해 똑바로 돌진한다. 초기 스테레오 녹음이라 소리가 약간 경질로 느껴지지만, 뭐 이건 취향 문제일 것이다.

그에 비해 바비롤리의 연주는 어디까지나 아름다운 중용을 관철한다. 마치 화롯가에서 누군가의 이야기를 듣는 것처럼 음악이 자연스럽고 기분좋게 흘러간다. 대단히 완성도 높은 연주다. 오랫동안 시벨리우스 스페셜리스트로 인정받아온 사람답다. 그의 음악을 마치 자기 것처럼 자유자재로 구사한다. 녹음도 선명하고 깊이 있다.

볼트의 연주는 듬직하고 안정적이다. 서둘러 앞으로 나아가려 하지 않고, 다가오는 음악을 빠짐없이 받아들여 능란하게 소화해간다. 이 사람의 음악은 이따금 너무 고지식해서 따분할 때가 있는데, 이 곡에서는 그런 차분함이 장점으로 작용한다. 풍격을 지닌 음악으로 완성되었다.

쿠세비츠키가 녹음한 지 딱 반세기 후, 핀란드인 지휘자 에사페카 살로넨이 이 곡을 디지털로 녹음했다. 물론 음질은 현격하게 좋다. 이렇게 새로운 녹음으로 들으면 시벨리우스의 관현악곡은 연주 효과가 제법 출중하다는 것이 실감된다. 하지만 거꾸로 생각하면, 그런 (음향적인) 연주 효과 없이도 생명력 넘치는 음악을 듣는 이의 귀에 직송해준 쿠세비츠키에게 새삼 감탄하게 된다. 살로넨의 대담하고 화려한 연주는 오디오 데몬스트레이션의 면에서는 완벽할지 몰라도, 몸짓이 너무 큰 탓에 앞서 쓴 네 선배의 연주에 비하면 내게는 역량이 조금 아쉬운 듯 느껴진다.

Mahler: Songs on the Death of Children

84-1

말러 〈죽은 아이를 그리는 노래〉

시르스텐 플라그스타(Ms) 에이드리언 볼트 지휘 빈 필 London OS25039 (1958년)

모린 포레스터(contralto) 샤를 뮌슈 지휘 보스턴 교향악단 Vic. LSC2371 (1960년)

재닛 베이커(Ms) 레너드 번스타인 지휘 이스라엘 필 일본CBS SONY SOCO145 (1974년)

재닛 베이커(Ms) 존 바비롤리 지휘 할레 관현악단 EMI ASD2338 (1967년)

죽은 어린아이를 추모하는 이 가곡을 작곡한 뒤, 실제로 사랑하는 딸을 잃고 말았던 말러. 곧 다가올 감정을 예고하기라도 하듯 깊은 슬픔과 사랑이 가득한 세계다. 그런 정감을 얼마나 절실하게 (그러나 과장되지 않게) 표현하느냐가 가창의 관건이다. 우선 여성의 목소리로 노래한 네 장의 LP.

플라그스타는 바그너 가수로 이름을 알린 메조소프라노로, 말러를 부르는 경우는 흔치 않다. 에이드리언 볼트가 빈 필을 지휘해 말러를 연주하는 것도 그리 흔한 일은 아니다. 이래저래 흔히 볼 수 없는 구성인데, 플라그스타는 당시 예순세 살로 일선에서 물러난 지 오래라 목소리의 쇠퇴를 감추기 힘들다. 그만큼 오랜 경험으로 얻은 가창력에 의존하는 셈인데, 그 플러스 마이너스의 분기점을 어느 정도에 둘지는 듣는 이의 판단에 맡겨진다. 볼트의 지휘는 견실하고 자애롭다. 어쩌면 이 연주는 오케스트라를 중심으로 들어도 좋을 듯하다.

모린 포레스터는 데뷔 때부터 말러를 장기로 삼아온 캐나다인이다. 녹음 당시 서른 살, 플라그스타와는 대조적으로 한창 전성기일 나이다. 그렇기에 가창의 퀄리티와 성량에는 전혀 문제가 없다. 하지만 음악적 표현 방식에는 아무래도 익숙해지기 힘들다. 개인적인 취향 문제도 있겠지만, 정감을 고스란히 분출하는 이 가창에 나는 고개를 갸웃할 수밖에 없었다. 게다가 뮌슈—이 사람은 오랜 경력에도 말러를 다룬 적이 거의 없다—의 지휘도 다소 문제가 있지 않을까. 어쨌거나 유감스럽지만 전체적으로 그다지 깊이가 느껴지지 않는 음악이다.

영국인 재닛 베이커 역시 말러 가수로 좋은 평가를 받았는데, 번스타인과 함께한 이 녹음에서도 탁월한 가창을 들려준다(녹음 장소는 이스라엘). 감정을 억제하고 또 억제하면서, 그럼에도 치밀어오르는 것을 '행간'에서 서서히 배어나오게 한다. 그럼으로써 강하고 풍부한 설득력이 생겨난다. 번스타인의 지휘도 그에 걸맞게 미묘한 음영이 가득해서 마음을 사로잡는다. 번스타인은 1988년에도 바리톤 토머스 햄프슨을 만나 빈 필과 함께 이 곡을 녹음했다. 에너지 넘치는 훌륭한 연주지만, 너무 극적으로 흐르는 느낌이 있다. 굳이 고르자면 나는 베이커의 자연스러운 가창이 더 마음에 든다.

베이커는 칠 년 전에도 바비롤리와 함께 〈죽은 아이〉를 녹음했다. 이쪽도 번스타인반 못지않게 진심이 담긴 가창인데, 나는 번스타인의 열정이 담긴, 그러면서도 정밀하게 억제된 반주를 더 높이 평가하고 싶다.

Mahler: Songs on the Death of Children

84-2

말러 〈죽은 아이를 그리는 노래〉

피셔디스카우(Br) 루돌프 켐페 지휘 베를린 필 HMV EMI XLP30044 (1955년)

피셔디스카우(Br) 카를 뵘 지휘 베를린 필 Gram. 138 879 (1963년)

캐슬린 페리어(A) 브루노 발터 지휘 빈 필 Eterna 720 202 (1949년) 10인치

우선 바리톤 피셔디스카우가 부른 〈죽은 아이〉가 두 종류, 어느 쪽이나 뛰어나기로 정평이 난 가창이다.

말러 가곡의 가창을 '진한 맛'과 '담백한 맛'으로 나누면, 피셔디스카우는 어느 쪽이냐면(물론 굳이 나누었을 때의 얘기지만) '담백한 맛'이라고 생각한다. 요컨대 극적으로 노래를 고조시키기보다 내면에서 서서히 정감을 자아내는 스타일이다. 그렇지만 나름대로 억제했을지언정 충분히 드라마틱하다. 몸짓이 필요 이상으로 크지 않을 뿐이다.

루돌프 켐페와 공연했을 당시 피셔디스카우는 아직 스물일곱 살의 젊은 나이로, 아름다운 목소리에서 구김살 없는 약동감이 느껴진다. 하지만 목소리의 힘을 필요 이상으로 강조하지 않고, 의식은 깊은 감정 표현을 향해 직진한다. 켐페의 지휘는 시종 온화하고 조심스럽게, 젊은 가수의 가창을 성실하게 뒷받침한다. 가창에서나 오케스트라에서나 말러 특유의 '끈적함'이 별로 느껴지지 않는다. 지극히 지적이고 내성적이다. 위치로 따지면 말러의 독자적인 세계보다 오히려 독일 리트의 전통적 본류에 가까운지도 모른다. '말러 분위기'가 부족해서 아쉽다고 느끼는 사람도 있을 테지만, 이것도 이것대로 심오한 맛이 난다.

뵘과 공연했을 당시 피셔디스카우는 서른다섯 살, 장년에 접어들었지만 가창의 방향성은 팔 년 전의 구반과 큰 차이가 없다. 억제된 미성과 내면에서 자연스레 배어나오는 정감. 다만 뵘의 반주는 켐페에 비해 좀더 앞쪽으로 발을 내디디고 있다. 뵘은 말러가 장기라고 할 수는 없는 사람이지만(아마 노래 반주 외에는 말러의 곡을 정규 녹음하지 않았지 싶다), 여기서는 상당히 적극적으로 오케스트라를 가창에 엮어간다. 가수도 그에 부응해, 특히 후반으로 갈수록 곳곳에서 음악적 고조를 보여준다.

어느 버전이나 피셔디스카우의 가창은 우열을 가리기 힘들게 훌륭하다. 아니, 결점을 찾기가 거의 불가능하다. 나머지는 켐페와 뵘의 반주(둘 다 베를린 필)를 어떻게 평가하느냐의 문제인데, 나는 익숙지 않은 말러의 음악을 정면으로 상대하며 분투한 뵘의 자세를 좀더 높이 평가하고 싶다. 켐페의 '담백한 맛'도 버리기 힘들지만.

마지막으로 캐슬린 페리어가 브루노 발터와 함께 남긴 궁극의 명반. 1949년 런던에서 녹음되었다. 이걸 들으면 이 사람이 얼마나 차원이 다른 말러 가수였는지 실감할 수 있다. 다른 가수들과 비교할 마음이 사라져버린다. 실로 압권이다. 발터가 지휘하는 빈 필의 음색도 절묘해서, 조용한 드라마가 마음에 스며든다. 클렘페러와 함께한 1951년 BBC 실황반도 훌륭하지만, 역시 이쪽을 들어야 할 것이다.

Delibes: Ballet Suite "Coppélia"

85

들리브 발레 모음곡 〈코펠리아〉

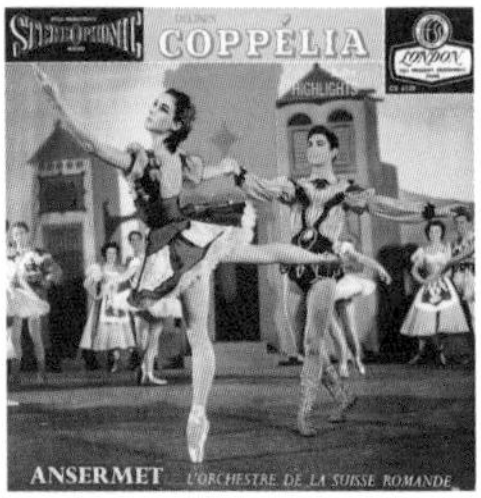

로버트 어빙 지휘 필하모니아 관현악단 HMV ASD 439 (1959년)

피에르 몽퇴 지휘 보스턴 교향악단 멤버 HMV ALP 1475 (1955년)

에르네스트 앙세르메 지휘 스위스 로망드 관현악단 London CS-6124 (1957년)

에이드리언 볼트 지휘 필하모닉 프롬나드 관현악단 일본PYE WW3020 (1967년) 10인치

헤르베르트 폰 카라얀 지휘 베를린 필 일본Gram. SLGM-1049 (1961년)

자동인형 코펠리아를 사랑한 마을 청년 프란츠와 화가 난 연인 스와닐다가 펼치는 희극을 바탕으로 한 발레음악. 전곡판으로 담으면 상당히 길어지는 탓에 전부 발췌판이다. 뭐, 전곡판을 꼭 듣고 싶다는 사람도 많지는 않을 것이다. 원래는 무용 반주가 목적인 실용음악이었던 셈인데, 현대에 와서는 그 실용성이 옅어지고 감상용으로 연주되는 경우가 대부분이다. 그 경계선을 잡는 것도 연주의 포인트다.

로버트 어빙은 영국인이지만 오랫동안 뉴욕 시티 발레의 음악감독을 지내며 게오르게 발란친과 여러 무대를 작업했다. 오케스트라 지휘자로도, 무용음악 스페셜리스트로도 많은 녹음을 남겼다. 역시나 숙련된 연주에, 통통 튀는 리듬으로 세부까지 장악한다. 바이올린 독주를 예후디 메뉴인이 맡았고 오케스트라의 실력도 좋아서, 스마트하고 기품 있게 즐길 수 있는 음악으로 완성되었다.

피에르 몽퇴는 들려줘야 할 곳이 어딘지 잘 알고 있다. 디아길레프 발레단에서 오랫동안 지휘했던 사람이니 무용음악은 식은 죽 먹기다. 발레음악 특유의 강약도 제대로 살려준다. 다만 그 강약이 귀에 낯설게 느껴지는 부분도 없지는 않다. 들리브가 활약했던 19세기 말 프랑스의 극장에서는 아마 이런 스타일로 연주되었을 테지만, 현대 청중의 귀에는 약간 구식으로 들릴지도 모르겠다.

앙세르메는 몽퇴와 동시대 사람으로, 역시 디아길레프 발레단에서 지휘한 경험이 있지만, 그가 연주하는 〈코펠리아〉에서는 낡은 느낌이 들지 않는다. 불필요한 화장기가 없고 뉴트럴하고 담백해서 녹음한 지 육십 년 넘게 지난 지금 들어도 어색하지 않게 즐길 수 있다. 익히 알려진 멜로디가 곳곳에 흐르는 곡이지만, 앙세르메의 연주는 통속적으로 빠지지 않고 시종일관 기품을 유지한다. 스위스 로망드 관현악단의 음색은 고품질일뿐더러 화려하다.

항상 중용을 중시하는 볼트는 영국 신사처럼 똑바른 자세로 연주할 때가 많은데, 여기서는 의외다 싶을 만큼 풍부한 표정으로 음악을 구성하려 노력한다. 그것까지는 좋은데, 차르다시나 마주르카에서 리듬이 '쿵짝짝' 하는 식으로 다소 예스럽게 나와버려서 위화감이 느껴진다.

카라얀의 연주는 내 귀에 좀 억지로 만들어낸 음악처럼 들린다. 특히 템포 설정이 이래도 되나 싶어서 불안하다. 차르다시의 심하게 느린 도입부는 서툰 연극 무대라도 보는 기분이다. 이래서야 무용수도 춤추기 힘들지 않을까 걱정스럽다.

J. S. Bach: Musical Offering, BWV1079

86

J. S. 바흐 〈음악의 헌정〉 BWV1079

예후디 메뉴인 지휘 배스 음악제 관현악단 멤버 Angel S35731 (1964년)

이고르 마르케비치 지휘 프랑스 국립방송 관현악단 Angel 45005 (1957년)

카를 뮌힝거 지휘 슈투트가르트 실내관현악단 Dec. LXT 5036 (1954년) 10인치 메뉴인과 마르케비치, 이 두 장의 LP를 비교해서 듣는 건 흥미롭지만 동시에 무척 번거로운 작업이기도 했다. 완전히 다른 곡처럼 들리기 때문이다.

바흐는 세상을 떠나기 얼마 전 이 곡을 출판했는데, 너무 많은 부분이 수수께끼로 남아 있다. 우선 악기 편성을 지정하지 않은 부분이 많다. 각 소품의 연주 순서도 분명하지 않다. 소품과 소품 사이의 관련성도 불명확하다. 게다가 '수수께끼 카논'으로 불리는 일련의 카논이 있고, 단선율에는 '구하라, 그러면 찾을 것이다'라는 알쏭달쏭한 문구가 적혀 있을 뿐이다.

다시 말하자면, 요컨대 지휘자의 생각에 따라 어떤 식으로든 연주할 수 있는 셈이다. 마르케비치와 메뉴인은 그런 자유재량권을 마음껏 활용하며 자기만의 스타일로 각색했다. 특히 유능한 작곡가이기도 했던 마르케비치는 대폭적인 보수작업을 감행했다. 마흔두 명 편성(현악기에 네 개의 관악기) 오케스트라를 세 악단으로 나누어 제각각 독립적으로 연주하는 변칙적 수법이다. 목적은 대위법을 좁일 수 있는 데까지 바짝 좁여보는 것이다.

한편 메뉴인은 여섯 명의 현악 주자에 플루트와 바순, 하프시코드만 추가해 심플하게 편성했다. 이 버전에서는 내적 일관성을 유지하기 위해 18세기 음악의 여러 부분이 '연결요소'로 인용, 사용됐다고 재킷에 적혀 있다. 즉 면밀하게 '손질'했다는 말이다.

그런 연유로 이 두 장의 레코드를 비교해서 들어보면 판연히 다른 음악에 머리가 어질어질해진다. 둘 중 한쪽만 들을 때는 기분 좋게 흘려들었지만, 진지하게 귀기울이면 '대체 뭐가 맞는 거지?'라는 근원적인 의문에 부딪힌다. 이런 건 건강에 별로 좋지 않다. 아무것도 모르고 순순히 음악만 듣는 쪽이 정답인지도.

나는 음악 전문가가 아닌지라 이쪽이 정통에 가깝고 저쪽은 사도邪道다, 같은 말은 할 수 없다. 다만 솔직한 감상을 말하면 메뉴인 쪽이 좀더 그럴듯하고 자연스럽게 들린다. 마르케비치 쪽은 한층 개성이 강하다—고 할지, 중간부터는 '마성'의 기미마저 느껴진다.

그러므로 일반적인 바흐 리스너에게는 (어디가 어떻게 '개정'됐는지는 몰라도) 메뉴인 버전을, 굳이 '마르케비치의 구덩이'에 빠져보고 싶다는 코어 팬에게는 마르케비치 버전을 추천하고 싶다.

좀더 평범하게, 어렵게 생각할 것 없이 음악을 감상하고 싶은 분에게는 바로크음악의 개척자라고 할 만한 카를 뮌힝거가 지휘한 레코드가 좋을 것이다. 부드럽고 차분한 바흐의 음악세계다. 중용의 여유라고 할까, 특히 트리오 소나타가 아름답다.

Tchaikovsky: Fantasy Overture "Romeo and Juliet"

87

차이콥스키 환상서곡 〈로미오와 줄리엣〉

오자와 세이지 지휘 샌프란시스코 교향악단 일본Gram. 20MG0190 (1972년)

샤를 뮌슈 지휘 보스턴 교향악단 Victrola VICS1197 (1956년)

언털 도라티 지휘 런던 교향악단 Mercury SR90209 (1961년)

헤르베르트 폰 카라얀 지휘 빈 필 London CS6209 (1961년)

이고르 마르케비치 지휘 필하모니아 관현악단 프랑스Col. SAXF847 (1960년)

'환상서곡'이라는 영문 모를 제목이 붙어 있지만, 뭐 '교향시' 같은 거다. 셰익스피어 희곡의 몇몇 장면을 따라가며 곡이 진행된다. 다채로운 오케스트레이션과 젊은 시절 차이콥스키의 로맨티시즘을 어떻게 표현하느냐가 연주의 포인트다. 여기서 꼽은 다섯 장의 LP는 전부 수준 높은 연주로, 어느 것을 골라도 불만 없이 즐길 수 있을 것이다. 세세하게 우열을 가리기가 무의미할 정도지만, 물론 각각의 특색이 있다.

오자와 세이지의 연주는 젊은이다운 패기가 넘치면서 세부까지 정확하고 면밀하게 다듬어져 있다. 파워풀하지만 놓치는 곳이 없다. 그 실력에 그저 감탄할 따름이다. 샌프란시스코 시절의 오자와가 남긴 걸작 중 하나라 할 것이다. LP의 다른 면에 담긴 프로코피예프의 〈로미오와 줄리엣〉도 명연이다.

오자와의 약동감과 다르게, 뮌슈의 연주는 그야말로 숙련된 지휘자가 보여주는 예술성의 극치다. 지휘봉의 미세한 떨림마저 눈에 보일 듯한 긴박감이 전체에 감돌고, 음악이 드라마틱하게 긴장해 있다. 오케스트라도 지휘자의 의도에 빈틈없이 바짝 따라붙는다.

이 시기(1960년 전후) 도라티는 미니애폴리스 교향악단과 런던 교향악단을 거의 번갈아가며 지휘했는데, 차이콥스키의 작품은 머큐리에서 한꺼번에 녹음했다. 오케스트라를 수시로 바꾼 이유는 알 수 없지만 런던 교향악단을 지휘한 이 차이콥스키 연주에는 명백한 약동감이 있다. 로맨틱한 묘사와 긴박한 장면의 화필을 뚜렷이 나눠 쓴다. 템포가 빠른 부분에서는 약간 서두르는 감이 있지만, 영국 음반사답게 훌륭한 음향이 매력이다.

오케스트라의 마술사(승부사) 카라얀은 이렇게 기교적인 곡을 맡으면 갑자기 본령을 발휘한다. 빠른 템포에서도 도라티와 달리 서두르지 않는다. 오직 속도감이 생길 뿐이다. 음색은 풍부하고, 컬러풀하되 불필요한 채색이 없다. 역시 잘한단 말이야, 하고 절로 감탄이 나온다.

마르케비치는 신기한 지휘자다. 연주가 항상 훌륭하다고 할 수는 없다. 별로 훌륭하지 않은 경우도 물론 있다. 하지만 일단 아귀가 잘 맞아들어가면 연주는 한없이 특별해진다. 이를테면 이 〈로미오와 줄리엣〉 연주에는 다른 어떤 음반에서도 찾아볼 수 없는, 어딘가 특별한 반짝임이 있다. 구체적으로 어떤 것인지는 설명할 도리가 없다. 하지만 듣고 있으면 몸이 오싹해진다. 음악이 살아 움직이는 소리가 난다. 그 감촉이 피부로 전해진다. 그렇게 느끼는 사람은 나뿐일까?

Prokofiev: Scythian Suite, Op.20

88

프로코피예프 〈스키타이 모음곡〉 작품번호 20

언털 도라티 지휘 런던 교향악단 Mercury SR-90006 (1957년)

에리히 라인스도르프 지휘 보스턴 교향악단 Vic. LSC-2934 (1967년)

레너드 번스타인 지휘 뉴욕 필 Col. MS7221 (1969년)

클라우디오 아바도 지휘 시카고 교향악단 Gram. 2530 967 (1978년)

〈스키타이 모음곡〉의 원형이 발레음악으로 작곡된 것은 1914년으로, 아무래도 한 해 전 스트라빈스키가 발표한 〈봄의 제전〉의 영향을 받았다고밖에 생각할 수 없는 부분이 있다. 디아길레프는 아마도 그런 점이 마음에 들지 않았는지 이 작품을 채택하기를 거절했다. 청년 프로코피예프는 낙담했지만, 관현악 모음곡으로 손봐서 1916년(바야흐로 러시아혁명 전야) 직접 지휘해 페테르부르크에서 초연했다. 하지만 청중의 반응은 몹시 나빴고, 많은 이가 도중에 자리를 떴다고 한다. '거칠고 파괴적이고 시끄럽다'는 것이 일반적인 평이었다.

도라티는 머큐리의 우수한 녹음기술을 등에 업고 '거칠고 파괴적이고 시끄러운' 요소들을 구석구석 눈부시게 표현한다. 1957년, 스테레오 초기의 녹음이지만 지금 들어도 놀랄 만큼 소리가 생생하다. 런던 교향악단의 포효도 힘차다. 이런 건 대형 스피커로 크게 틀어놓고 들어야 제 맛일 것이다. 나도 이 레코드로 처음 이 곡을 듣고 놀라 자빠질 뻔했다.

라인스도르프와 보스턴 교향악단은 1960년대 후반에 프로코피예프 교향곡과 관현악곡을 집중적으로 녹음했다. 라인스도르프는 오페라 외에 레퍼토리가 영 정착되지 않은 지휘자지만, 프로코피예프의 곡에서만은 내용이 의외로(라고 할까) 안정되고 충실하다. 이 〈스키타이 모음곡〉도 날카롭고 군더더기 없이 확실한 소리를 들려준다. 보스턴 교향악단(특히 목관부)의 저력을 실감하게 하는 RCA

의 리빙 스테레오 녹음도 훌륭하다.

번스타인의 〈스키타이〉는 다이내믹하고 와일드하지만 난폭하지는 않다. 스마트하게 설계도를 그린 근대적 강인함이 있다. 지휘자는 뉴욕 필이라는 거대한 기계를 물샐 틈 없이 컨트롤한다. 이렇게 현대에 가까운 곡을 연주할 때는 이 시기 번스타인/뉴욕 필이 무적의 조합이었다. 다만 고대의 비교秘教 같은 부조리는 찾아볼 수 없다. 녹음은 우수하지만 약간 경질이다.

시대는 흘러 1978년 녹음된 아바도/시카고 교향악단의 연주. 우선 소리의 깊이가 놀랍다. 머큐리 소리의 특색이 앞으로 크게 튀어나오는 폭력성이라면, 이 DG(도이치 그라모폰)의 특색은 바닥에서 솟구쳐올라오는 듯한 으스스함이다. 아바도의 지휘도 훌륭하지만 음향에서부터 감탄이 나온다. 라이너 블로흐를 비롯한 독일 녹음팀이 시카고까지 건너가서 작업했다. 아날로그 시대 말기의 근사한 작품이다.

젊은 반역가 프로코피예프가 온 힘을 기울여 그려낸 고대의 거칠고 야비한 풍경을 어떻게 소리로 재현할 것인가, 이는 지휘자와 연주자뿐 아니라 각 음반사 녹음기사들의 경연장이기도 하다. 자꾸 같은 말을 하는 것 같지만, 이 음악만은 대형 스피커를 쾅쾅 울리면서 들어야 한다.

Mozart: String Quartet No.15 in D Minor, K.421

89

모차르트 현악사중주 15번 D단조 K.421

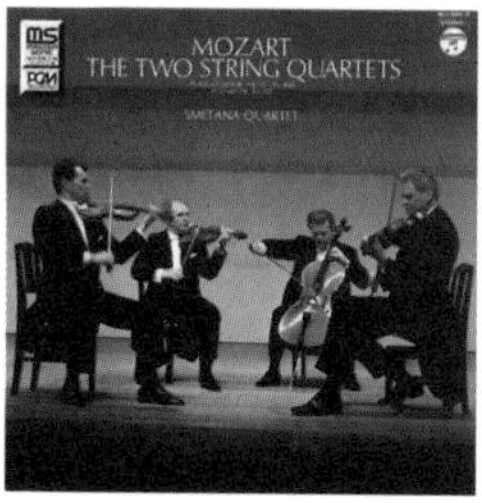

줄리어드SQ 일본CBS SONY SOCZ 415-417 3LPBOX (1962년) BOX

스메타나SQ 일본Col. NCC8501 (1972년)

스메타나SQ Supraphon 11113367 (1982년)

부다페스트SQ Col. ML4726 (1940년)

알반 베르크Q Tele. 624039 (1977년)

에스테르하지SQ 일본L'oiseau-Lyre L75C 1481/3 (1979년) BOX

내 꿈은 실력 있는 현악사중주단을 개인적으로 고용해서 이 K.421의 연주를 눈앞에서 듣는 것이다. 왜 그런 생각을 하게 됐느냐면, 옛날(고등학생 시절) 텔레비전 드라마 〈배트맨〉에서 주인공 브루스 웨인(배트맨)의 집에서 열린 파티에서 정장을 입은 현악사중주단이 이 곡을 연주하는 장면을 보았기 때문이다. '멋있다'고 감탄하면서, 나도 나중에 부자가 되면 꼭 저렇게 해봐야지 생각했다. 아쉽게도 아직 그 정도 부자가 되지는 못했다.

줄리어드SQ가 연주하는 이 15번은 푹 빠져서 제법 여러 번 들었다. 군더더기 없이 잘 다듬어진 근육질의 연주로, 당시 내 취향에 꼭 맞았다. 그런 연유로 줄리어드SQ 이외의 그룹이 연주하는 15번을 들으면 지금도 조금 위화감이 든다. 여기서 현이 서슴지 않고 쳐들어가는 소리가 나지 않으면 15번이라고 할 수 없지…… 하는 식이다. 1962년 녹음된 이 레코드는 지금도 여전히 내 가슴을 뜨겁게 떨리게 한다.

그래서 스메타나SQ의 1972년 연주에는 좀처럼 몰입하지 못했다. 처음에는 '좀 늘어지는걸'이라고 느꼈다. 몇 번 듣는 사이 조금씩 적응됐고 수준 높은 연주이긴 하지만, 현명한 어머니가 아이를 잘 구슬리고 있는 기분이 들어서 안절부절못하게 된다. 그런데 1982년반에서는 확 달라져서 긴박감이 넘치고 깊은 맛이 나는 연주가 펼쳐진다. 대체 어찌된 일일까? 아무튼 훌륭한 연주다. 내게는 줄리어드 이후 최고의 K.421이다.

부다페스트SQ의 모차르트는 트람플러가 가세한 현악오중주가 절찬받는 데 비해 사중주 얘기는 잘 나오지 않는다. 왜일까? 이 K.421(모노럴반) 연주도 어째 확 와닿는 것이 없다. 단정하고 올바르게 연주하지만 초점이 정확히 맞지 않는다고 할까. 참고로 부다페스트는 그 오랜 경력 속에서도 무슨 이유인지 '하이든 세트'*의 스테레오 녹음은 하지 않았다.

알반 베르크Q의 텔레풍켄반 연주는 아름답고 유려하다. 흠잡기가 몹시 꺼려진다. 그래도 이왕 D단조를 하는 김에 좀더 어두운 긴박감과 패기를 가졌으면 어땠을까 싶기도 하다.

에스테르하지SQ는 야프 슈뢰더가 1970년 초반 네덜란드에서 결성한, 오리지널 악기를 쓰는 단체다. 그런 (당시로서는) 새로운 시도에 관심이 생겨서 '하이든 세트' 세 장짜리 LP세트를 구해 들어보았다. 지금껏 없던 신선한 울림에 감탄하며 재미있게 들었지만, 평생의 친구로 삼아 몇 번씩 되풀이해 듣고 싶은가 하면 별로 그렇지는 않은 것 같다.

---

* 모차르트가 하이든에게 헌정한 현악사중주 14번부터 19번까지 여섯 곡을 말한다.

Berg: Lyric Suite for String Quartet

90

베르크 현악사중주를 위한 〈서정 모음곡〉

줄리어드SQ Vic. LSC-2531 (1962년)

알반 베르크Q 일본Tele. K17C-8327 (1974년)

로버트 크래프트 지휘 컬럼비아 교향악단 Col. M2S 620 (1961년)

〈서정 모음곡〉 하면 보통 로맨틱한 음악을 떠올리기 쉬운데, 실상은 베르크가 12음 기법을 도입해 작곡한 다소 경질의 현악사중주곡이다. 어쩌면 작곡자 입장에서는 서정적인 감각으로 만들었을지 몰라도, 간단히 음미할 수 있는 음악은 아니다. 작곡자가 무슨 말을 하고 싶은지 처음에는 나도 잘 이해할 수 없었다. 어떤 음악이 이해되지 않을 경우, 해결법은 두 가지다. 하나는 처박아두고 다시는 듣지 않는 것. 또하나는 이해될 때까지 끈질기게 반복해서 듣는 것이다. 나는 '이왕 사왔으니까' 하면서 몇 번이고 들어보았다. 그러자 차츰 음악이 가진 구조와 의미 같은 것이 보이기 시작했다.

우리집에 있는 LP레코드는 줄리어드SQ, 작곡자의 이름이 들어간 알반 베르크Q의 음반 두 장이다. 그 밖에 이 곡의 세 개 악장을 오케스트라용으로 작곡가가 직접 편곡한 것도 있다. 이 버전은 로버트 크래프트가 지휘하고 편집한 〈Music of Alban Berg〉(두 장 세트)에 수록되어 있다.

〈서정 모음곡〉은 최근 들어 '20세기 고전'으로 인기가 높아진 듯한데, 처음 이 곡을 대중적으로 널리 알린 음반은 줄리어드SQ가 1962년 녹음한 RCA반일 것이다. 긴박감 넘치는 뛰어난 연주다. '서정'이라기보다 오히려 '정념'에 가까운 것이 담겨 있다. 난해하다면 난해하지만 흐름이 논리적이고 일관된지라, 여섯 개 악장을 차근차근 흥미롭고 스릴 있게 들을 수 있다.

알반 베르크Q의 연주도 일관성 있지만 줄리어드에 비하면 조금 원만하게 느껴진다. 줄리어드가 끌어낸 것과 같은 '정념'이, 아직 '서정'에 이르지는 못했어도, 보다 따스하게 바뀌었다(혹은 소화되었다). 이 단체는 1991년 같은 곡을 재녹음했는데 그쪽은 들어보지 못했다. 어쨌거나 나는 이 구반 연주로 충분히 만족한다.

오케스트라판 〈서정 모음곡〉은 쇤베르크의 〈정화된 밤〉 오케스트라판과 거의 같은 위치에 있다. 현악사중주판에 이어서 들으면 '노골적'인 감촉은 엷어지고 한결 듣기 편하게 느껴진다. 현대음악 스페셜리스트인 크래프트의 지휘가 불필요한 색깔을 빼고 악보를 충실히 재생하면서 적당한 긴박감과 조심스러운 '서정'을 감돌게 한다.

CD로 옮겨가서, 좀더 최근의 디스크 중에서는 포겔SQ의 연주(1991년 녹음)가 완성도 높고 흥미롭다. 줄리어드의 '논리적 해석'이 한 발 더 나아가 '이야기적 해석'으로 진화했다. 대담하고 컬러풀하다. 이걸 두고 '재미있다'고 할지 '좀 과하다'고 할지에 따라 평가가 달라질 테지만.

하나 더, 카라얀이 지휘하는 오케스트라판은 실로 농염해서 듣는 즐거움이 있다. '호오' 하고 감탄하며 빠져들게 된다. 이 또한 사람에 따라 평가가 갈리겠지만, 수준 높은 음악임은 틀림없다.

Bartók: Viola Concerto

91

버르토크 비올라협주곡(유작)

윌리엄 프림로즈(Va) 티보르 셀리 지휘 런던 신교향악단 Bartók Records #309 (1952년)

팔 루카치(Va) 야노시 페렌치크 지휘 헝가리 국립교향악단 Gram. 138 874 (1961년)

다니엘 베냐미니(Va) 다니엘 바렌보임 지휘 파리 관현악단 일본Gram. MG 1243 (1978년)

라파엘 힐리어(Va) 와타나베 아케오 지휘 일본 필 일본Col. DS 10044 (1967년)

비올리스트 윌리엄 프림로즈가 미국에 망명중이던 버르토크에게 비올라협주곡 작곡을 위촉했다. 버르토크는 건강이 좋지 않았지만 병상에서 작업에 힘썼고, 곡을 거의 완성했을 즈음 숨을 거두었다. 동향에 가까운 사이였던 작곡가 티보르 셸리가 그 초고를 수년 동안 정리해(무척 혼란스러운 작업이었다고 한다), 암호나 다름없는 메모를 바탕으로 오케스트레이션의 미완성 부분을 마무리했다.

역시 가장 먼저 들어야 할 것은 버르토크에게 이 곡을 의뢰했고, 1949년 초연을 맡았던 프림로즈(영국 출신, 오랫동안 토스카니니 밑에서 비올라 수석주자를 맡았다)가 1952년 녹음한 음반이리라. 지휘는 보충 작업을 했던 셸리. 제작은 독립 음반사인 버르토크 레코드인데, 대표가 작곡자의 아들이자 우수한 녹음기사로도 이름을 날린 피터 버르토크였다. 장소는 런던 킹스웨이홀, 음질이 이 연대치고는 눈이 번쩍 뜨일 만큼 훌륭하다(물론 모노럴). 독주자나 지휘자나 만년의 버르토크를 잘 알던 사람들인 만큼 진심이 담긴 따뜻한 연주를 들려준다. 오케스트라는 녹음 전문인 프리랜스 유닛이지만 역시 수준급이다.

팔 루카치와 야노시 페렌치크는 둘 다 버르토크와 같은 헝가리인이다. 한마디로 말해 매우 지적인 연주다. 힘에 맡기는 부분이 전혀 없다. 충분히 숙고하고 다듬은 음악이다. 냉전 시대 녹음인데 헝가리 주재 음악가들의 뛰어난 수준이 엿보인다. 비올라가 화려한 악기는 아닌데, 그 평범함을 현명하게 역이용한 느낌이다. 그렇지만 절대 차갑지는 않다. 이국 땅에서 숨진 버르토크의 '백조의 노래'를, 고국에서 고요한 경의를 담아 노래하는 것이다.

베냐미니는 이스라엘 출신으로 바렌보임의 눈에 띄어 파리 관현악단 비올라 수석주자로 발탁되었다. 둘 다 유대계 음악가로, 날카롭고 분명한 연주를 들려준다. 날카롭지만 가시 돋친 구석은 없고, 더없이 원활하게 음악이 흘러간다. 세 장의 음반 중에서는 가장 정열적이고 드라마틱한 연주라 할 수 있다. 루카치/페렌치크 조합과 대조적으로, 비올라라는 악기의 유효성을 열렬히 파고들고, 버르토크 음악의 특징인 토착성과 현대성의 혼합을 선명하게 그려낸다. 레코드에 커플링된, 비올라를 위한 힌데미트의 작품 〈백조 고기를 굽는 사나이〉도 무척 재미있다.

삼인삼색, 각기 매력 있는 뛰어난 연주라고 생각한다.

힐리어는 줄리어드SQ에서 오랫동안 비올라를 맡았다. 이 레코드로 처음 독주를 들어봤는데, 솔리스트로도 실로 손색없는 연주다. 음색은 아름답고 이지적이며, 시종 긴박감이 끊이지 않는다. 일본 필도 힘있고 예리한 소리를 들려준다. 이 레코드를 지금은 구할 수 없다는 게 정말이지 아쉽게 느껴진다. 커플링된 곡은 역시 〈백조 고기를 굽는 사나이〉.

Brahms: Piano Quintet in F Minor, Op.34

92

브람스 피아노오중주 F단조 작품번호 34

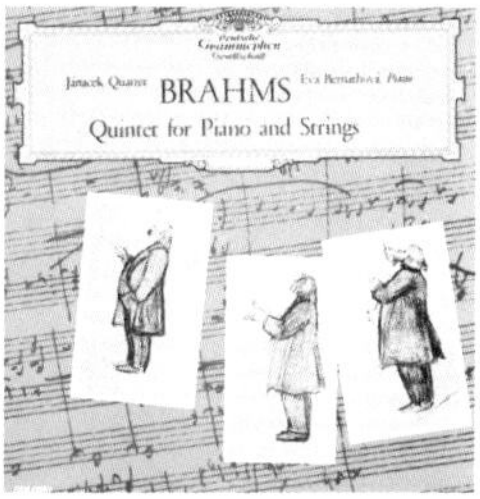

클리퍼드 커즌(Pf) 부다페스트SQ Col. ML4336 (1950년)

외르크 데무스(Pf) 빈 콘체르트하우스Q West. XWN 18443 (1952년)

에바 베르나토바(Pf) 야나체크SQ Gram. DGM12002 (1958년)

루돌프 제르킨(Pf) 부다페스트SQ 일본CBS SONY SOCL68 (1964년)

레온 플라이셔(Pf) 줄리어드SQ Epic LC3865 (1963년)

피아노오중주라는 형식을 나는 왠지 모르게 좋아한다. 브람스가 이 형식을 택해서 만든 유일한 작품도 빈틈없이 근사하다.

가장 오래된 녹음은 커즌과 부다페스트SQ의 공연. 이 콤비는 슈만 피아노오중주에서도 훌륭한 결과물을 남겼는데, 브람스도 역시나 훌륭하다. 옛날 무슨 광고 카피 중에 '아무것도 더하지 않는다. 아무것도 빼지 않는다'라는 게 있었는데, 그 말대로 완벽하게 필요충분한 음악이다. 그러면서도 한없이 자유롭고 평온하다. 내가 들어본 한, 커즌의 실내악 연주에는 실패작이 하나도 없다. 녹음된 지 벌써 칠십 년 넘게 지났지만 세월도 이 연주의 장점을 손상시키지는 못했다. 슈만에서 그랬듯이, 음악의 기조를 만드는 사람은 커즌이다.

데무스와 빈 콘체르트하우스Q라는 빈 순수혈통의 조합. 데무스는 당시 아직 스물네 살로 발랄하게 통통 튀는 피아노 연주를 들려주는데, 음악의 주도권은 역시 결성 십팔 년이 지난 사중주단 쪽에 있다. 현악 주자들은 확고한 자신감을 토대로 망설임 없이 자기들만의 브람스를 연주한다. 그리고 젊은 피아니스트의 숨결을 너그럽게 받아들인다. 빈의 봄볕처럼 온화한 2악장이 특히 좋다.

헝가리 태생 베르나토바와 체코를 본거지로 하는 야나체크SQ의 동유럽 음악가 조합. 안정적이고 본격적인 브람스다. 피아노와 현악기가 대등하게 겨룬다. 견실한 만큼 수수해서 눈길을 끌기 힘들지만, 연주의 밀도는 높다. 좀더 유연해도 좋지 않을까 싶긴 하지만.

루돌프 제르킨과 부다페스트SQ의 녹음은 높은 평가와 함께 이 오중주의 정석으로 통하는데, 실제로도 무척 묘미 있고 근사한 연주다. 협주곡을 연주할 때의 제르킨은 어깨에 힘이 들어가는 편인데 소인원 합주에서는 한없이 느긋해진다. 아마 그쪽이 더 성격에 맞는 것이리라. 부다페스트SQ도 제르킨의 피아노가 들어오면 평소보다 나사가 살짝 풀린다. 그런 상호 화학작용이, 때로 난삽한 면모를 보이는 브람스의 실내악곡을 부드럽게 누그러뜨린다.

레온 플라이셔와 줄리어드SQ는 흔한 조합은 아니지만, (당시) 상승세를 타던 신예끼리 잘 맞물린 결과 시원스럽고 신선한 연주가 탄생했다. LP 양면을 다 쓰는 상당히 긴 곡이지만 늘어지는 구석이 없고 마지막까지 생동감을 잃지 않는다. 이 시기 플라이셔의 음악은 실로 청신하다. 후일 병을 얻어 오른손을 쓸 수 없게 되었지만 오랜 시간을 들여 재활에 성공하고, 약 사십 년 후 에머슨Q와 이 오중주를 재녹음했다.

Schubert: “Wanderer Fantasy” in C Major, Op.15, D.760

95

슈베르트 〈방랑자 환상곡〉 C장조 작품번호 15 D.760

게리 그래프먼(Pf) Vic. LM-2012 (1956년)

게리 그래프먼(Pf) Col. MS-6735 (1965년)

레온 플라이셔(Pf) Epic LC3874 (1963년)

스뱌토슬라프 리흐테르(Pf) 일본Angel EAA-129 (1963년)

장 루돌프 카르스(Pf) London CS-6714 (1971년)

호로비츠의 몇 안 되는 제자 중 한 사람인 게리 그래프먼이 쓴 자서전을 읽은 적이 있는데, 이게 엄청나게 재미있다. 일단 문장이 좋다. 책 제목은 『사실은 연습했어야 하는데I Really Should Be Practicing』. 이 그래프먼이 슈베르트의 〈방랑자 환상곡〉을 두 번 녹음했다.

첫 녹음은 1956년, 아직 이십대 때다. 좋게 말하면 젊은이답게 똑바로 정면에서 파고들어간 연주, 나쁘게 말하면 공백을 두지 않고 힘에 맡긴 연주라고 할 수 있다. 솔직히 몇 번씩 반복해서 듣고 싶은 연주는 아니다. 두번째 녹음은 서른일곱 살 때. 콘서트 피아니스트로 순조롭게 경력을 쌓아온 만큼 제법 자세에 여유가 생겼다. 그러나 묘하게 침착하지 못해서 듣는 사람도 좀처럼 집중이 되지 않는다. 어쩌면 이 사람은 슈베르트 음악에 잘 맞지 않는지 모른다는 생각까지 든다. 그러고 보면 호로비츠가 연주하는 슈베르트에 감동한 기억도 없는 것 같고……

이어서 레온 플라이셔. 그래프먼, 유진 이스토민과 더불어 1950년대부터 1960년대에 걸쳐 미국의 신예 피아니스트 '삼총사'로 불렸다. 모두 동부 출신 유대계다. 이 사람의 슈베르트는 꽤 흡인력이 있다. 그래프먼과 달리 공백을 잘 살렸다. 슈베르트의 피아노곡을 연주할 때 빠져서는 안 될 요소다. 다만 끝까지 듣고 나서 감명을 받을 수 있는가 한다면, 거기까지는 이르지 못했다. 소리의 강약, 완급의 컨트롤에 필요한 깊이가 느껴지지 않는 것이 큰 원인인지도 모른다.

그런 점에서 리흐테르는 역시 잘한다—고 할까, 격이 다르다. 음악이 (거의) 모두 그의 지배하에 있다. 지독히 느린 부분에도, 불꽃 튀게 빠른 패시지에도 위축되는 일이 없다. 때로는 좀 과하더라도 스케일이 큰 피아니즘=연주 기법은 항상 듣는 이에게 확실한 반향을 남긴다.

장 루돌프 카르스는 인도 태생 유대계 피아니스트인데, 아버지가 오스트리아인이고 프랑스에서 자란 이색적인 이력의 소유자다. 삼십대에 가톨릭으로 개종하고 은퇴해 성직자의 길을 걸었으니 피아니스트로 활약한 경력은 짧다. 하지만 적어도 이 슈베르트 연주에서는 테크닉도 그렇고 음악성도 그렇고 실로 훌륭하다. 스물네 살 때의 연주인데, 특별히 애쓰는 부분도 없고 젊은이답게 유연하고 구김살 없는 음악이다. 〈방랑자 환상곡〉만 놓고 보자면 나는 리흐테르의 철저히 컨트롤된 연주보다 오히려 이쪽의 자유로운 청량함을 높이 평가하고 싶다.

Bizet: Opera "The Pearl Fishers"

94

비제 가극 〈진주조개잡이〉

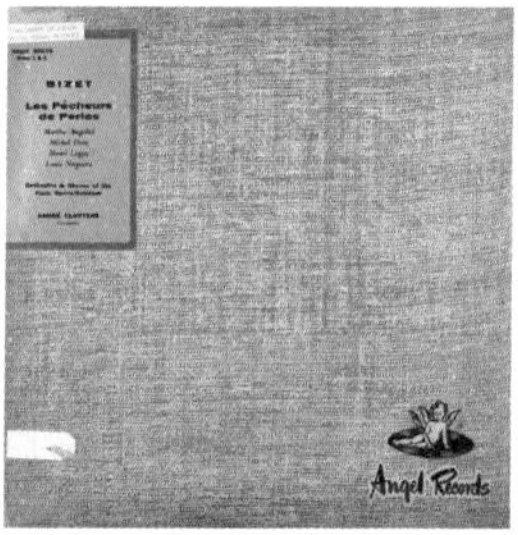

앙드레 클뤼탕스 지휘 파리 오페라 코믹좌 관현악단+합창단 마사 안젤리치(Ms),

앙리 르게(T), 미셸 덴(B), 루이 노게라(Br) Angel 35174/5 (1954년)

제쥐 에추베리 지휘 알랭 방조(T), 르네 도리아(S), 로베르 마사르(Br) Vogue 30127 (1961년)

유시 비요링(T): <신성한 사원에서> 그 밖의 이중창 Vic. GL87799 (1950년)

디트리히 피셔디스카우(Br): <폭풍우도 잦아들고…… 오오, 나디르>

페렌츠 프리처이 지휘 베를린 방송교향악단 Gram. 138700 (1961년)

이것은 비제의 첫번째 오페라로, 당시 비평가들에게서는 혹평이 쏟아졌지만 대중의 반응은 매우 좋았다고 한다. 뭐, 반대 경우보다는 낫다.

십 년 전쯤 미국 중고가게 세일품 코너에서 이 클뤼탕스의 구반을 발견했는데, 두 장 세트 오리지널(흠집 하나 없음)이 단돈 1달러길래 무조건 집어왔다. 그전까지는 본 적도 들은 적도 없는 오페라인데, 들어보니 꽤 재미있어서 지금껏 애청하고 있다.

클뤼탕스는 1950년대 초반, 메조소프라노 안젤리치와 함께한 〈카르멘〉과 포레 〈레퀴엠〉을 비롯해 훌륭한 가곡을 담은 작품을 EMI에서 여럿 녹음했다. 모노럴 녹음이고 가수들의 가창에도 다소 고풍스러운 분위기가 감돌지만, 일단 레코드에 바늘을 내려놓고 듣기 시작하면 그런 건 신경쓰이지 않을 정도로 내용이 충실하다. 전체적으로 음악이 촘촘하게 조화를 이루며, 분위기는 한없이 기분좋고 친밀하다.

에추베리는 프랑스 오페라가 전문인 지휘자로, 방조를 비롯한 미성의 프랑스 가수를 대동하고 시종 관능적인 〈진주조개잡이〉를 들려준다. 클뤼탕스반과는 분위기가 꽤 다르다. 이것도 이것대로 비교해서 들으면 재미있지만.

이 오페라 속 아리아 몇 곡은 극을 벗어나 단독으로 다뤄지는 기회도 많은데, 그중에서도 내가 특히 좋아하는 것은 스웨덴 출신 미성 테너 유시 비요링과 로버트 메릴(바리톤)이라는 양대 스타의 이중창 〈신성한 사원에서Au fond du temple saint〉다. 누구건 넋을 놓게 만드는, 비할 데 없이 유려한 명창이다. 혹시라도 이 두 사람이 나디르와 주르가를 노래하는 〈진주조개잡이〉 전편을 듣게 된다면 얼마나 엄청날까 싶다. 물론 이룰 수 없는 꿈이지만. 이 이중창으로는 프리츠 분덜리히(나디르)와 헤르만 프라이(주르가)라는 호화 멤버의 녹음도 있는데(1963년), 이쪽도 만만치 않다. 생각해보면 남성 둘이 노래하는 매력적인 이중창곡 자체가 흔치 않은지도 모르겠다.

그리고 피셔디스카우가 프리처이가 지휘하는 베를린 방송교향악단을 배경에 두고 다이내믹하게 노래하는 주르가의 아리아 〈폭풍우도 잦아들고…… 오오, 나디르〉도 훌륭하다. 피셔디스카우의 가창도 맛깔나지만, 프리처이도 만만찮은 힘으로 다가붙는다. 2차대전 후 얼마 되지 않아 아직 무명이던 피셔디스카우를 발굴해 베를린 시립가극장 공연에 등용한 것이 프리처이였다. 프리처이가 1963년 마흔여덟의 젊은 나이에 백혈병으로 세상을 뜬 뒤, 피셔디스카우는 '프리처이협회'를 설립했다.

Mozart: Horn Concerto No.3 in E-Flat Major, K.447

95

모차르트 호른협주곡 3번 $E^{\flat}$ 장조 K.447

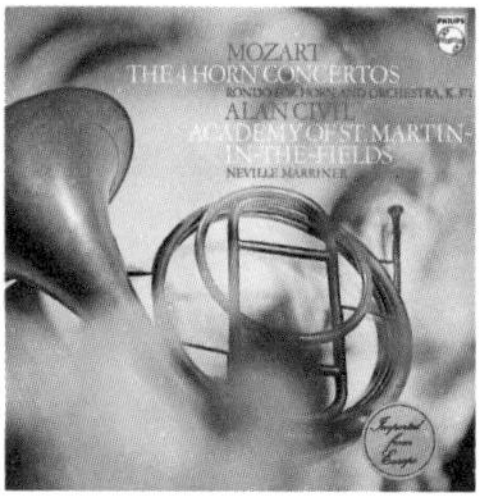

데니스 브레인(Hn) 헤르베르트 폰 카라얀 지휘 필하모니아 관현악단 영국Col. 33CX1140 (1953년)

배리 터크웰(Hn) 페터 마크 지휘 런던 교향악단 London CS-6178 (1960년)

앨런 시빌(Hn) 오토 클렘페러 지휘 필하모니아 관현악단 Angel S35689 (1960년)

앨런 시빌(Hn) 루돌프 켐페 지휘 로열 필 일본Vic. SHP-2503 (1966년)

앨런 시빌(Hn) 네빌 마리너 지휘 아카데미 Phil. 6500 325 (1972년)

만일 모차르트가 호른협주곡을 한 곡도 쓰지 않았다면 전 세계의 모든 호른 연주자는 지금보다 좀더 어두운 세계에서 살았을 것이 틀림없다, 고 할 수 있을 정도로 귀중한 존재인 네 곡의 호른협주곡. 그중에서도 나는 이 3번을 제일 좋아한다. 영국계 호르니스트 세 명이 실력을 겨룬다.

데니스 브레인의 연주는 이 곡의 역사적인 정석이다. 자유롭고 활달하고 구김살 없는 연주다. 마치 사람에게 말로 얘기를 걸듯 자유자재로, 퍼스널하게 악기를 연주한다. 호른이라는, 어찌 보면 투박한(실례) 악기로 그런 연주를 할 수 있는 사람은 아마 그리 많지 않을 것이다. 카라얀의 반주도 부드럽고 아름답게, 독주 악기를 존중한다. 오래된 모노럴 녹음이지만 연주 내용이 매우 충실해서 듣다 보면 음질은 신경쓰이지 않는다.

터크웰은 호주 출신으로 주로 영국에서 활약했다. 더없이 확실한 기술로 완벽에 가까운 음악을 구축해낸다. 브레인의 연주가 퍼스널하다면, 이쪽은 '정조正調'라고 할 법하다. 구두점이 정확하고, 모든 요소 하나하나에 수긍이 간다. 그러면서도 딱딱한 인상은 전혀 없다. 모차르트의 음악을 마음껏 즐길 수 있다. 페터 마크의 지휘 역시 말 그대로 정조의 모차르트다.

앨런 시빌의 연주 세 장. 시빌은 로열 필의 호르니스트로, 데니스 브레인과 동료였다.

시빌의 연주는 전체적으로 여유롭다. 클렘페러와 처음 함께한 연주에서는 솔직하고 자연스럽게 멜로디를 노래하려는 의지가 엿보인다. 마치 오페라 아리아를 부르는 가수처럼. 그리고 그 의도는 성공을 거두었지만, 호른 소리가 제자리에서 반걸음쯤 뒤로 물러나 있는 듯한 인상을 마지막까지 지울 수 없다. 연주에 문제가 있는지, 아니면 녹음의 문제인지.

켐페와 함께한 연주도 마찬가지로 꾸밈없는 자연체다. 호른의 선율이 매끄럽다. 하지만 여기서도 소리가 왠지 조금 답답하게 들린다. 꼭 커튼 너머에서 불고 있는 것처럼, 오케스트라의 음량에 눌리는 느낌이다. 호른 소리가 원래도 약간 먹먹하게 들리는 경향이 있지만, 브레인이나 터크웰 음반에서는 그런 불만을 느낄 수 없었다. 연주만 놓고 보면 아름답지만.

그런데 마리너/아카데미와의 공연반에서는 시빌의 호른이 딴판으로 한결 파워풀해졌다. 기술적으로도 완성되어, 더이상 오케스트라 소리에 물러서지 않고 정면에서 꿋꿋하게 맞버틴다. 가수처럼 아름답게 노래하기보다는 독주 악기로서 음악 전체를 적극적으로 리드하는 쪽에 큰 무게를 둔 듯하다. 오케스트라(아카데미 오브 세인트 마틴 인 더 필즈)의 잘 다듬어진 미음이 그 연주를 노련하게 뒷받침한다. 템포를 빠르게 잡은 3악장이 특히 훌륭하다.

Beethoven: Piano Sonata No.32 in C Minor, Op.111

96-1

베토벤 피아노소나타 32번 C단조 작품번호 111

솔로몬(Pf) Vic. LM1222 (1951년)

빌헬름 바크하우스(Pf) 일본London MZ-5010 (1954년)

글렌 굴드(Pf) 일본CBS SONY SOCL-165 (1956년)

빌헬름 켐프(Pf) Gram. MG-1410 (1964년)

로베르트 리플링(Pf) Valois MB812 (1966년)

CD까지 포함하니 우리집에는 이 작품번호 111의 디스크가 마흔 장도 넘게 있었다(모르는 사이에 슬금슬금 쌓여버렸다). LP만 골라도 전부 싣는 것은 도저히 무리이기에, 열한 장을 골라 녹음 연대순으로 두 번에 나누었다. 1970년 이전과 이후. 피아니스트에게 최고봉이라고 할 만한 이 소나타에 동서고금 수많은 피아니스트가 모든 역량을 다해 임했다. 온화하고 긴 2악장을 마지막까지 얼마나 깊이 있게 끌어가느냐, 하는 것으로 연주의 가치가 달라진다.

우선 솔로몬. 영국 태생 피아니스트로, 요시다 히데카즈 씨가 최고의 베토벤 플레이어라고 절찬한 바 있다. 연주가 매우 깨끗하고 단정하다. 듣는 사람을 놀라게 하는 부분은 전혀 없지만, 강인하면서도 섬세하고, 흔들림 없이 성실한 터치에서 내면을 조용히 응시하는 깊이가 느껴진다. 경의를 표할 만한 연주다. 원반은 영국EMI.

바크하우스의 구 녹음 모노럴반은 다카다노바바의 중고가게에서 무려 50엔에 샀다. 띠지에 붙은 '50엔'이라는 가격표를 볼 때마다 '죄송해서 어쩌나' 하고 고개를 숙이게 된다. 가격을 매길 수 없을 정도로 탁월한 연주지만 뭐, 시장의 수급관계로 그렇게 된 것이리라. 처음부터 끝까지 도무지 흠잡을 데라고는 없는 연주다. '베토벤이란 이런 것이지'라고 바크하우스 선생께서 말씀하신다면 '네, 지당하십니다' 하고 머리를 숙이는 수밖에 없다. 그래도 50엔은 충격인걸……

두 베토벤 전문가의 교과서 같은 연주를 듣고 나서 굴드의

32번을 들으면 그만 놀라 자빠질 것이다. 첫머리부터 전혀 다른 곡처럼 들린다. 그런데 빠져든다! 이런 사람이 한 명쯤 있어줘야 세상이 재미있는 법이다. 상당한 이단이기는 해도 음악의 본질을 정확히 꿰뚫고 있다.

바크하우스와 나란히 피아노의 양대 거장으로 불렸던 켐프. 특히 일본에서 인기가 많았다. 그런데 나는 켐프의 연주를 듣고 감동한 기억이 거의 없다. 사색적이라는 호평을 받는 연주인데, 내 귀에는 그저 발음이 불분명한 연설처럼 들릴 때가 많다. 이 음반도 세간의 평가는 좋은 모양이지만 확 와닿진 않는다.

리플링은 독일계 노르웨이인 피아니스트. 2차대전 전에 켐프를 사사했고 독일 음악을 장기로 삼았는데, 눈에 띄지 않는 인물이라 이름을 들어본 사람은 많지 않을 것이다. 32번 소나타에서는 등을 꼿꼿이 펴고 제법 바른 자세로 연주한다. 테크닉도 손색없고, 마지막까지 늘어지지 않는다. 켐프와 달리 발음도 명확하다. 하지만 아쉽게도 '꼭 있어야 할' 맛이 느껴지지 않는다. 이 레코드를 듣다보면 32번 소나타를 제대로 연주하는 것이 얼마나 어려운 일인지 절감할 수 있다. 비유하자면 피아니스트들을 고기 분쇄기에 넣는 것 같은 곡이다.

Beethoven: Piano Sonata No.32 in C Minor, Op.111

96-2

베토벤 피아노소나타 32번 C단조 작품번호 111

알프레트 브렌델(Pf) Phil. 6500 138 (1970년)

게리 그래프먼(Pf) Col. M33890 (1976년)

마우리치오 폴리니(Pf) 일본Gram. MG8302/4 (1977년) BOX

잉에르 쇠데르그렌(Pf) Caliope WE681 (1978년)

이보 포고렐리치(Pf) Gram. 2532 036 (1981년)

소노다 다카히로(Pf) EVICA EC 350 1/13 (1983년) BOX

브렌델은 베토벤 소나타 전곡을 세 번 녹음했는데, 그중 두번째. 당시 서른아홉 살로 기력 넘치는 장년기고 정통파 베토벤 연주가로 이미 정평이 나 있었다. 다만 앞에서도 썼듯이 나는 브렌델의 팬이 아니다. 이 곡도 듣고 있으면 '잘하는구나' 싶긴 하지만(특히 2악장), 왠지 마음에 와닿지 않는다. 아마 그의 '문체'(같은 것)가 체질적으로 미묘하게 나와 맞지 않는 것이리라.

다소 주춤하는 감이 있는 '한때의 신예 피아니스트 유망주' 그래프먼은, 의외라고 하면 미안하지만 이 32번에서는 충분히 건투했다. 딱히 베토벤이 장기였을 것 같진 않은데 내실 있고 차분한 음악을 들려준다. 대중에 영합하지 않는 정통파 베토벤 소나타다. 당시 마흔여덟 살, 바야흐로 성숙기에 접어들었음을 짐작하게 하지만, 운명의 장난인지 이듬해 오른손에 이상이 생겨 실질적으로는 피아니스트로서의 수명이 끊겼다.

폴리니, 서른다섯 살 때의 연주. 완벽하다고 해도 될 만큼 충실하고 중후한 연주다. 마음과 지성과 기교가 정확히 삼위일체를 이룬다. 자애가 넘친다……는 영역까지는 이르지 못했어도, 틀림없는 진심이 실려 있다. 도이치 그라모폰의 녹음도 훌륭하다.

쇠데르그렌은 1947년 태어난 스웨덴 여성. 인지도는 높지 않지만, 이 32번은 첫머리부터 정신이 번쩍 들게 하는 신선한 울림을 들려준다. 그 선명한 긴장감이 격류처럼 1악장을 휩쓸고, 고요히 숨죽이고 시작되는 2악장으로 이어진다. 터치가 섬세하고, 표정도 또렷하게 실아 있다. 쿨하고 지적인 연주지만 열정도 결코 부족하지 않다. 마지막 한 음까지 빈틈없이 충실한 연주인데, 언급되는 경우를 본 적이 별로 없다. 어째서일까?

포고렐리치, 스물세 살 때의 연주. 데뷔하고 얼마 되지 않은 시기에 도이치 그라모폰에서 베토벤 32번 소나타를 내다니, 아무튼 평범한 멘탈의 소유자는 아니다. 연주도 자신만만한 것이 꼭 '불만 있으신지?' 하는 느낌이지만, 실력은 과연 나무랄 데 없다. 시원하고 예민하고, 음악의 흐름이 명료히 읽힌다. 다만 2악장은 지금이라면 좀더 농밀하게 연주할 수 있지 않을까? 이 사람과 한번 만나서 대화한 적이 있는데, 손이 어찌나 크고 손가락이 억센지 경악했다.

소노다 다카히로의 두번째 소나타 전집, 라이브 녹음본이다. 장소는 도쿄문화회관 소강당, 피아노는 야마하 콘서트그랜드, 소노다는 확신을 지니고 안쪽 깊숙이까지 똑바르게 건반을 누른다. 듣는 이는 1악장, 2악장을 거치며 고결하고도 인간미 있는 베토벤의 음악을 즐길 수 있다.

97

토머스 비첨의 멋진 세계

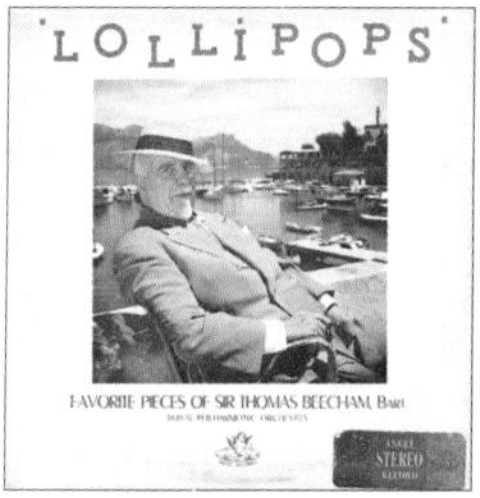

<LOLLIPOPS> 로열 필 Angel S355006 (1957년)

<BON-BONS> 로열 필 Seraphim S60084 (1961년)

<The Inimitable Sir Thomas> 로열 필+프랑스 국립방송 관현악단 HMV ALP1968 (1963년)

딜리어스 작품집 로열 필 HMV ASD-357 (1958년)

슈베르트: 교향곡 6번(+그리그 소품집) 로열 필 영국Col. 33CX1363 (1956년)

모차르트: 교향곡 39번 40번 로열 필 Phil. ABL-3094 (1955년)

영국인이 사랑한 지휘자 토머스 비첨은 주로 영국인이 애호하는 음악을 연주했다. 자기만의 스타일이 있었고, 고집스럽기는 해도 상냥하고 관대했다. 그리고 무엇보다, 신사였다. 부호의 아들로 태어나, 우수한 오케스트라(로열 필하모니)를 사비로 설립해 소유하고, 유유자적하게 좋아하는 음악을 마음껏 연주하고, 경 호칭을 받고, (아마도) 안락하게 생애를 마쳤다. 그런 음악가는 달리 찾아보기 힘들다. 생몰년은 1879년과 1961년.

일본에서는 비첨의 인기가 그리 높지 않은지라, 당연히 중고 레코드 가격도 낮은 편이다. 덕분에 나는 비첨의 레코드를 제법 많이 사들일 수 있었다. 비첨의 장점은 음악적으로 실패작이 거의 없다는 것이다. 어느 레코드에 바늘을 내려놓아도 대체로 듣기 좋은 음악이 울린다. '감동적인 명연주' 같은 건 딱히 떠오르지 않지만, 즐거운 연주라면 얼마든지 찾을 수 있다.

소품을 모은 〈롤리팝〉도 그렇듯 사랑스러운 앨범 중 하나다. 롤리팝이란 앙코르에 어울리는 가벼운 클래식 곡을 말하는데, 그렇게 선별된 곡을 비첨 아저씨가 아이 다루듯이 소중하게 연주한다. 이 앨범을 듣다보면 마음이 절로 훈훈해진다. 베를리오즈의 두 곡과 시벨리우스의 〈슬픈 왈츠〉가 훌륭하다. 이 레코드는 녹음 상태도 엄청나게 좋다.

그 속편이 〈봉봉〉. 들리브의 발레음악 〈환락의 왕〉, 포레의 〈돌리 모음곡〉 관현악판 등, 프랑스 작곡가가 만든 상당히 정교한 곡들이 모여 있다. 경묘하고 세련됐지만 결코 평이하지 않다.

〈흉내낼 수 없는 토머스 경The Inimitable Sir Thomas〉, 실로 적확하다고 할지, 멋진 앨범 타이틀이다. 이 앨범도 선곡이 좋다. 대부분 처음 듣는 곡이라 앙코르에서 나와도 '이거 뭐더라?' 할 것 같은데, 그래도 하나같이 사랑스러운 소품이다.

그리고 비첨이 평생 동안 열의를 담아 꾸준히 연주했던 딜리어스. 수많은 악곡의 초연을 맡았고, 사비를 들여 작곡가를 지원하기도 했다. 청중이건 비평가건 그의 음악에 큰 관심을 보이지 않았지만, 비첨은 아랑곳없이 주야장천 집요하게 연주를 계속했다. 이쯤 되면 도락의 세계다.

비첨은 하이든, 모차르트, 슈베르트를 애호했지만 베토벤과 브람스에는 냉담했다. 말러와 브루크너에는 아예 눈길도 주지 않았다. 아무튼 한결같은 사람이다. 슈베르트의 6번(그리고 뒷면의 그리그)과 모차르트의 39번, 40번 교향곡은 정말 눈부시다. '이건 명반이다!'까지는 아닐지언정 어쨌든 도락의 희열로 가득하다.

98

존 오그던의 개성적인 생애

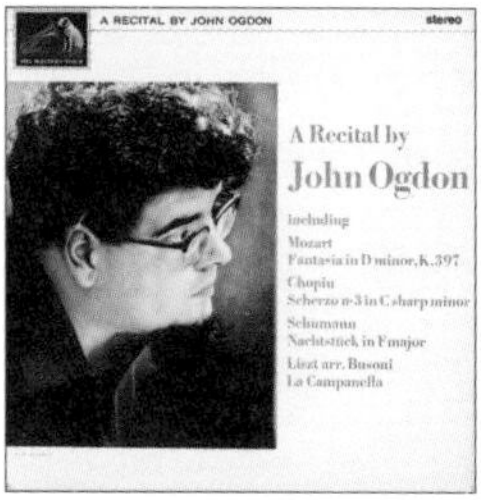

리스트 곡집(<시몬 보카네그라의 회상> <메피스토 왈츠 3번>) EMI SME81103 (1966년)

리스트 초절기교 명곡집(<헝가리 광시곡 2번> <마제파> <도깨비불>) 일본Vic. SX-2037 (1972년)

라흐마니노프: 피아노소나타 1번 작품번호 28 2번 작품번호 36 Vic. LSC3024 (1968년)

라흐마니노프: <회화적 연습곡> 작품번호 33+39 EMI HQS 1329 (1974년)

리사이틀(쇼팽 <스케르초 3번> 드뷔시 <달빛>) HMV ASD546 (1963년)

멘델스존: 피아노와 현악을 위한 협주곡 A단조+두 대의 피아노와 현악을 위한 협주곡(브렌다 루카스 Pf)

네빌 마리너 지휘 아카데미 실내관현악단 Argo ZRG605 (1970년)

이상하게 자꾸 눈에 들어와서 모르는 사이 적지 않은 레코드가 쌓여버리는 연주가가 있다. 내게는 영국인 피아니스트 존 오그던이 그런 존재다. 오그던의 이름이 들어간 레코드를 발견하면 거의 반사적으로 집어들고 만다.

오그던은 쇼스타코비치와 차이콥스키 항목에서도 다루었듯이, 1962년 차이콥스키 콩쿠르에서 블라디미르 아시케나지와 1위를 나눠 가지며 뜨거운 주목을 받았다. 작곡가로서도 활발했다. 그러나 1973년 정신질환이 생겼고 그후에는 비만과 당뇨병으로 고생했다. 유전에 의한 조현병이라는 말도 있고 조울증이라는 말도 있는데, 그 때문에 말년에는 정신적으로 불안정하고 기이한 연주가 많아졌다. 화려한 테크닉을 자랑했던 사람인데, 해를 거듭할수록 기술적인 쇠퇴도 현저해졌다. 그리고 1989년, 파란만장한 오십일 년의 생애를 마감했다.

연주가로서 오그던의 레퍼토리는 상당히 편향되어서, 베토벤이나 모차르트, 브람스 같은 고전음악에는 거의 흥미를 보이지 않고 동시대의 마이너한 작곡가나 리스트, 라흐마니노프, 스크랴빈 등 기교적 색채가 강한 작품을 선호했다. 편벽하다고 할지, 아마 음반사로서는 다루기 힘든 상대였을 것이다(예를 들어 아시케나지 같은 사람에 비하면).

리스트나 라흐마니노프 곡집에서 오그던은 물 만난 고기처럼 생동감 넘치는 음악을 만들어간다. 리스트의 〈돈조반니의 회상〉이

나 〈시몬 보카네그라의 회상〉처럼 조금 '이상야릇한' 음악을 연주할 때가 무척 즐거워 보인다. 일본 빅터에서 제작한 음반에는 리스트의 인기곡이 모여 있는데, 여기서는 한층 듣기 편하고 프렌들리한 연주를 들려준다. 기교적인 과제를 즐기면서도 결코 기교에 함몰되지 않는 지적 강인함을 엿볼 수 있다. 라흐마니노프의 악곡도 마찬가지다.

경력으로 따지면 아주 초기에 녹음한 〈리사이틀〉에서는 흔치 않게 바흐의 〈평균율〉 곡을 연주하는데, 이게 무척 재미있다. 이 사람의 바흐를 연달아 들어보고 싶어진다. 모차르트의 D단조 환상곡도 훌륭하다. 그러나 그뒤로는 다시 그런 악곡을 다루지 않았다. 아쉽다.

멘델스존이 열세 살에 작곡한 A단조 협주곡(작품번호 없음)처럼 희귀한 곡을 일부러 꺼내오는 것도 자못 오그던답게 심술궂은 선곡이다. 혹은 '개성적'이라고 해야 할까(이것이 전 세계 최초 녹음본이다). 그럴 만큼 재미있는 음악 같지도 않은데, 본인은 흡족한 듯 매우 진지하게 연주한다. 부소니의 장대한 피아노협주곡도 연주했는데, 이것을 끝까지 다 듣기란 솔직히 말해 상당히 피곤했다.

99

마르케비치의 구덩이

프로코피예프: 고전교향곡(세 개의 오렌지에 대한 사랑)

필하모니아 관현악단, 프랑스 국립방송 관현악단 프랑스Col. FC 25040 (1953/55년) 10인치

스트라빈스키: <봄의 제전> 필하모니아 관현악단 일본Angel 5SA 1003 (1959년) 10인치

러시아 발레곡집(프로코피예프 <강철의 춤> 리야도프 <키키모라> 등) Angel 35153 (1957년)

모차르트: <대관식 미사> C장조 K.317 베를린 필 Gram. LPE17141 (1954년) 10인치

모차르트: 교향곡 34번 C장조 K.338 베를린 필 미국DECCA DL9810 (1963년)

이고르 마르케비치(1912~1983)도 보이는 대로 자꾸 레코드를 사오게 되는 지휘자 중 한 사람이다. 워낙 다작이라 퍼펙트 컬렉션 같은 걸 만들기는 힘들지만, 그래도 내가 기억하는 한 이 사람이 지휘하는 음악을 듣고 실망한 적은 없다. 평균점이 높은 사람이고, 그중에서도 완성도가 높은 것은 더없이 재미있다. '뭔가 저지를 것 같다'는 기대를 품게 하는 사람이다. 고전부터 현대 작품까지 수비 범위가 꽤 넓은데, 러시아 태생인 만큼 차이콥스키에서 스트라빈스키에 이르는 러시아 작품에 역시 정평이 나 있다.

아주 초기의 녹음 중, 필하모니아를 지휘한 프로코피예프의 〈고전교향곡〉(1953년)이 다시없이 활기차다. 소리 하나하나가 펄떡펄떡 튀어오르는 것처럼 들린다. 프랑스 국립방송 관현악단을 지휘한 〈세 개의 오렌지에 대한 사랑〉(1955년)도 훌륭하다. 어느 것이나 오래된 모노럴 녹음이지만 소리가 무척 스릴 있다.

마르케비치는 필하모니아와 함께 두 번 〈봄의 제전〉을 녹음했는데, 여기서 얘기하는 건 두번째 스테레오반이다. 내가 가지고 있는 건 도시바에서 발매한 초기 레드반인데 음향이 실로 나무랄 데 없다. 마르케비치는 한껏 날이 선 채로 시종 숨 돌릴 틈 없이 오케스트라를 압도한다. 1950년대의 그에게는 말 그대로 '문제아'의 풍격이 있었다. 앞서 말한 바흐 〈음악의 헌정〉의 대담한 개고를 감행한 것도 이 시기였다. 그 부근에 파인 '마르케비치의 구덩이'에 한번 빠지면 헤어나오기가 쉽지 않다(마르케비치의 외모부터도 꽤나 치명적이다).

열여섯 살 무렵부터 디아길레프 발레단에 소속되어 발레음악 작업을 했던 만큼, 〈러시아 발레곡집〉에서의 연주도 뛰어나다. 평소 들을 기회가 많지 않은 프로코피예프와 리야도프의 곡이 마르케비치의 손에 들어가면 힘있게 되살아난다. 당장이라도 눈앞에서 무용수들이 춤을 출 것처럼 활기찬 분위기가 탄생한다.

그리고 모차르트 두 장. 마르케비치는 〈대관식 미사〉를 두 번 녹음했다. 첫번째는 베를린 필과 함께한 이 모노럴 녹음, 두번째는 라무뢰 관현악단을 지휘한 스테레오반. 둘 다 소프라노는 마리아 슈타더. 종교곡이므로 독창과 합창을 전면에 내세우고 오케스트라는 일단 뒤로 빠져서 얌전하고 신중하게 (근질근질해하면서) 대기하는데, 교향곡의 경우는 마르케비치의 본령이 얼굴을 내민다. 모차르트의 음악은 진행될수록 마치 무곡처럼 활기찬 경쾌함을 띤다. 그의 거침없는 지휘봉 아래 베를린 필도 기분좋게 몸을 흔들기 시작한다. 34번 교향곡은 그리 인상적인 작품이 아닌데, 마르케비치의 연주로 들으면 다시없이 즐거운 음악으로 변한다.

당신도 '마르케비치의 구덩이'에 빠져보지 않겠습니까?

100

젊은 날의 오자와 세이지

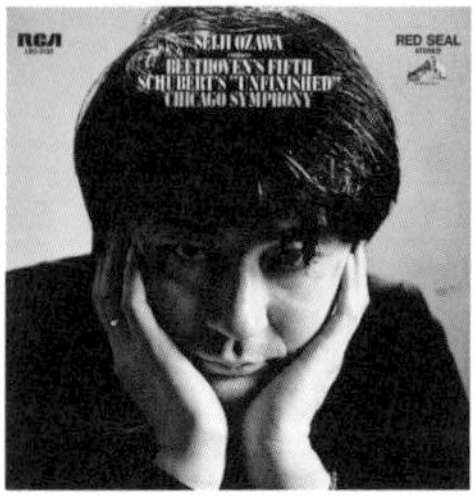

슈만: 피아노협주곡 레너드 페나리오(Pf) 런던 교향악단 Vic. LSC 2873 (1966년)

무소륵스키: <전람회의 그림> 시카고 교향악단 Vic. LSC 2977 (1967년)

차이콥스키: 교향곡 5번 시카고 교향악단 Vic. LSC-3074 (1969년)

베토벤: 교향곡 5번 (슈베르트 <미완성>) 시카고 교향악단 Vic. LSC 3132 (1970년)

모차르트: 교향곡 35번 <하프너> 뉴필하모니아 관현악단 Vic. VICS 1630 (1971년)

베를리오즈: <환상교향곡> 토론토 교향악단 Col. 32 11 0035 (1973년)

여기 가져온 레코드의 공통점은 전부 재킷에 오자와 세이지의 얼굴이 있다는 것. 그만큼 포토제닉이라고 할까, 당시부터 카리스마 있는 존재감을 발했다는 말이리라. 1966년부터 1973년, 즉 그가 삼십대에 남긴 레코드들이다. 보스턴 교향악단 음악감독에 취임한 것이 1973년이니, 스물세 살에 스쿠터와 함께 화물선에 몸을 싣고 혈혈단신으로 일본을 떠나 그 자리에 이르기까지의 음악적 궤적인 셈이다.

나는 『오자와 세이지 씨와 음악을 이야기하다』라는 책을 쓰면서 인터뷰를 위해 세이지 씨가 젊은 날 남긴 레코드를 산더미처럼 쌓아놓고 하나하나 남김없이 들어보았는데, 다 듣고 나서는 그 탁월한 완성도에 새삼 압도되었다. 이 사람은 자신이 하고 싶은 일을 명확히 바라보고, 그것을 실제 소리로 눈앞에서 만들어나갈 줄 아는 것이다. 그러려면 악보를 심도 있게 읽어내야 하고, 어떤 형태로 빚어나갈지 논리를 세워 남들에게 효과적으로 설명하고 수긍을 얻어내야 한다. 사람을 움직이는 힘도 필요하다. 동양의 섬나라에서 훌쩍 건너온 가냘픈 청년이, 산전수전 겪으며 각자 일가견이 있는 일류 오케스트라의 단원들을 자기 뜻대로 움직여야 하는 것이다. 아무리 생각해도 쉽게 할 수 있는 일은 아니다. 하지만 이 사람에게는 가능한 것이다. (아마도) 더없이 간단히.

물론 보스턴 교향악단 음악감독이 되고 해를 거듭할수록 그의 음악은 보다 충실해지고 스케일이 커지고 깊이를 더해갔지만, 지위가 올라감에 따라 당연히 책임도 무거워진다. 많은 사람들을 통솔하는 관리자로서의 의무도 늘어난다. 높은 곳에 오를수록 바람은 거세지는 법이다. 그에 비해 젊은 날의 세이지 씨는 실로 마음 편한 처지였다. 눈앞에 찾아온 기회를 잡고, 그 파도에 올라타고 나아가기만 하면 된다. 이 시기 그의 연주는 그런 자유로움과 그곳에서 솟구쳐 나오는 순수한 기쁨으로 가득하다.

이를테면 이 베토벤의 〈운명〉을 들어보시길. 젊은 나이에 시카고 교향악단을 지휘해서 〈운명〉과 〈미완성〉을 레코딩할 기회가 대형 음반사 RCA로부터 주어졌다는 건 생각해보면 엄청난 일이다. 큰 기회인 동시에, 한 발 삐끗하면 지휘자로서의 경력이 끝나버릴 수도 있는 지점이다. 하지만 세이지 씨는 그런 것은 크게 (아마도) 개의치 않고, 실로 즐겁고 호방하게 시카고 교향악단을 움직여 생명력 넘치는 소리를 이끌어낸다. 그리고 그것은 틀림없이, 다른 무엇과도 바꿀 수 없는 '젊은 날의 오자와 세이지'의 음악이 되었다.

My Good Old Classical Records

지은이 **무라카미 하루키**
1979년 『바람의 노래를 들어라』로 군조신인문학상을 수상하며 데뷔했다. 1982년 『양을 쫓는 모험』으로 노마문예신인상, 1985년 『세계의 끝과 하드보일드 원더랜드』로 다니자키 준이치로 상을 수상했다. 『기사단장 죽이기』 『1Q84』 『여자 없는 남자들』 『일인칭 단수』 『수리부엉이는 황혼에 날아오른다』 외 수많은 소설과 에세이로 전 세계 독자들의 사랑을 받고 있다.

옮긴이 **홍은주**
이화여자대학교 불어교육학과와 같은 대학원 불어불문학과를 졸업했다. 2000년부터 일본에 거주하며 프랑스어와 일본어 번역가로 활동하고 있다. 옮긴 책으로 『일인칭 단수』 『수리부엉이는 황혼에 날아오른다』 『기사단장 죽이기』 『고로지 할아버지의 뒷마무리』 『마사&겐』 『미크로코스모스』 『녹턴』 등이 있다.

오래되고 멋진 클래식 레코드

1판 1쇄 2022년 3월 25일 | 1판 3쇄 2022년 4월 25일

지은이 무라카미 하루키 | 옮긴이 홍은주
기획·책임편집 양수현 | 편집 황문정 이현자 오동규 염현숙
디자인 김현우 이주영 | 저작권 박지영 형소진 이영은 김하림
마케팅 정민호 이숙재 한민아 김혜연 이가을 박지영 안남영 김수현 정경주
브랜딩 함유지 함근아 김희숙 정승민
제작 강신은 김동욱 임현식 | 제작처 한영문화사(인쇄) 경일제책(제본)

펴낸곳 (주)문학동네 | 펴낸이 김소영
출판등록 1993년 10월 22일 제2003-000045호
주소 10881 경기도 파주시 회동길 210
전자우편 editor@munhak.com | 대표전화 031) 955-8888 | 팩스 031) 955-8855
문의전화 031) 955-3578(마케팅) 031) 955-2684(편집)
문학동네카페 http://cafe.naver.com/mhdn | 트위터 @munhakdongne
북클럽문학동네 http://bookclubmunhak.com

ISBN 978-89-546-8567-2 03830

잘못된 책은 구입하신 서점에서 교환해드립니다.
기타 교환 문의 031-955-2661, 3580

www.munhak.com